내 삶의 파일들을 정리하고 싶다

내 삶의 파일들을 정리하고 싶다

초판 인쇄 2020년 3월 2일
초판 발행 2020년 3월 6일

지은이 김용희 ‖ **펴낸이** 박찬익 ‖ **책임편집** 정봉선
펴낸곳 ㈜ **박이정** ‖ **주소** 서울시 동대문구 천호대로 16가길 4
전화 02) 922-1192~3 ‖ **팩스** 02) 928-4683 ‖ **홈페이지** www.pjbook.com
이메일 pijbook@naver.com ‖ **등록** 2014년 8월 22일 제305-2014-000028호

ISBN 979-11-5848-447-7 03810

* 책값은 뒤표지에 있습니다.

내 삶의 파일들을 정리하고 싶다

김용희 수필집

(주)박이정

작가의 말

살아온 세월이 오래 되다 보니 많은 것을 보고 생각하게 된다. 생활을 하면서 끊임없이 부딪치는 소소한 일들에 감탄하고 흥분하고 분노했던 기록들은 좁게는 내 개인생활, 확대하면 같은 시대를 살아왔던 우리 시대의 생활이었다. 변화 많은 세상에서 한 시대를 살아낸다는 것은 만만치 않았지만, 우리 앞의 세대들에 비하면 우리가 살아온 시대는 비교할 수 없을 만큼 여건이 좋아졌다고 볼 수 있을 것이다.

이런저런 이유로 써 모았던 글들은 그 당시에는 나름 절실했고 꼭 해야 할 이야기라고 생각했던 것들이다. 내가 바라본 현실이 동시대를 살아간다고는 해도 모든 사람들이 같은 공감대를 형성한다고는 볼 수 없겠지만, 이 땅에서 같은 시대를 살아온 사람으로서 느끼는 동질감은 있을 것이다.

이 시대는 다양한 사람들이 다양한 공간에서 무작위로 부딪치며 살아간다. 전철의 어느 칸이든 도시의 어느 공간에서든 무엇으로도 변별하기 쉽지 않은 수많은 사람들이 자신들의 주장을 하고 살아간다. 요즘에는 방송에서도 다양한 연령대의 사람들이 나와서 노래로 자신을 표현한다. 그들은 노래를 잘 부르겠다는 것만이 아니라 자신을 표현하려는 욕구가 강한 것으로 보인다. 가장 전통적인 표현 방법인 문자로 쓰는 글이 노래나 춤보다 우월하다고 생각하지도 않는다. 글은 미술이나 음악보다 우리에게 좀 익숙한 방법일 뿐이다.

이 책에 모은 글들은 정치적인 주장도 아니며, 어떤 이념을 설파하려는 것도 아니다. 우리가 문밖에 나가면 부딪치는 수많은 사람들 중의 한 사람인, 나이 들어가는 여자가 하는 이야기일 뿐이다. 모든 사람이 자기 이야기를 하는 시대에 이런 이야기를 책으로 묶을 필요가 있을까 하는 생각을 하게 된다. 한 사람 한 사람의 이야기가 모여서 거대한 역사를 이루며 넘어가고 있는 시대 속에서 내 이야기가 아주 가느다란 한끝의 실일 수도 있다는 생각을 감히 해보면서 용기를 낸다.

사람마다 나이 들어가며 살아 있음을 확인하는 방법으로 여러 가지 작업을 할 것이다. 세끼 밥을 스스로 해먹는 것으로 자기 생존을 책임지는 것으로부터 몇 페이지씩이라도 책을 읽는 것도 생존을 확인하는 방법일 것이다. 창조적이고 예술적인 작업이 아니어도 우리가 하는 모든 행위는 숭고하다. 신체의 어느 부분이 조금씩 부실해져서 힘을 사용해야 하는 일들은 못한다 해도 책을 읽고 몇 자씩 쓸 수 있는 힘이 남아 있기를 간절히 바란다.

대단한 이야기를 쓸 수 있을 것 같아서 그러는 것이 아니라, 세끼 식사를 하듯이 마지막까지 읽고 쓸 수 있기를 희망하는 마음이 간절해서 그럴 것이다. 읽기가 그렇듯이 쓰기는 우리가 할 수 있는 모든 행위 중에서도 그나마 제일 늦게까지 할 수 있는 일이 아닐까 싶어서 그런 꿈을 가져본다. 과거를 기억해 낼 수 있는 총기와 현재에 대한 통찰력, 미래에 대한 예지 능력을 가질 수 있기를 바라본다. 실현 가능성이 희박한 이런 꿈을 꾸는 것은 내가 살아가는 목표를 갖고 싶어서이다. 자식들의 교육 때문에 머리 아파했던 시간, 강의 준비를 위해 바빴던 시간, 논문을 쓰기 위해 자료를 찾아다니던 그 많은 시간을 대체할 일로 이런 글을 쓰고 싶다.

책을 읽고 글을 쓸 수 있는 작업을 희망하는 만큼 내 정신이 순화되어 다른 사람의 마음을 정화시키는 역할은 기대하지 못해도 내 스스로 세상을 관조하며 따뜻한 마음으로 살아갈 수 있다면 더 이상 바랄 것이 없을 것이다.

2020. 2. 28.

차례

우리를 슬프게 하는 것들

하와이에서 거주하는 독일 태생의 할머니와 일본 태생의 할아버지가 결혼 60주년을 맞이하여 동네 지인들이 축하회를 해 드렸다는 얘기를 들었다. 지인들이란 아침마다 바닷가를 같이 산책하며 간단한 다과를 나누는 동네 친구들이다. 이야기를 전해준 친구도 결혼을 한 뒤 곧 미국으로 가서 50년 가까운 세월을 살았으니 그 또래의 나이든 분들의 모임인 듯했다. 결혼할 때의 젊고 예뻤던 서양 아가씨와 씩씩하고 늠름해 보이는 동양 젊은이가 다정하게 같이 찍은 사진 한 장과, 늙고 주름진 노부부의 현재 모습을 찍은 또 다른 사진 한 장으로 만든 초청장은, 세월이 참 무섭구나 하는 생각이 들게 했다. 60년이라는 장구한 세월을 두 사람이 같이 살아내시다니? 뵙지도 못한 분들이지만 존경스럽고 숭고해 보이기까지 했다. 대부분의 평범한 부부는 그렇게 한 세상을 살다가 갈 것이다. Ernest와 Herta라는 이름으로 살아온 두 분은 표면적으로 보면 지극히 평범한 노부부였다.

스무 살이 갓 넘어 두 사람이 처음 만났을 때 그분들의 고국인 독일과 일본은 패전국이라는 점에서 동병상련의 아픔을 같이 겪었던 것으로 보인다. 당시 남편 Ernest가 독일에 갔을 때는 미국 군인 신분이었으며, 그분의 부모는 더 일찌감치 하와이로 사탕수수 농사를 짓는 노동자로 이민을 갔고, 그는 미국 시민권자로서 독일에 파병을 갔다. 그때 독일의 궁핍함은 말할 수 없어서 아내인 Herta는 학교는 물론 다닐 수 없었고, 일자리도 변변치 못해서 끼니 걱정을 할 정도였을 때여서, 돈도 잘 쓰고 외모도 준수한 동양 청년에게 마음이 끌렸고, 주변에 있는 친지들도 응원을 해줘서 두 사람은 결혼을 하고 하와이로 갔다.

하와이에서는 완고한 일본인 시부모가 아들이 서양 여자를 며느리로 데리고 온 것을 마땅치 않아 하시며 살아계시는 내내 혹독한 시집살이를 시켰다고 했다. 미국인이 된 남편도 나이 들어가며 전형적인 일본 남자의 완강함으로 독일인 아내를 힘들게 했다고 한다. 독일인 아내에게 남편은 평생 일본음식을 해주기를 강요했으며, 미국 본토에서 살고 있는 두 아들과는 의절을 하고 산다고 했다. 일본인들이 부모 형제 사이에도 서로 의가 상하면 의절을 한다는 말을 들었는데 그런 분인 모양이었다.

남편의 완강함 때문에 아내는 삼십년이 넘는 세월 동안 본토에 사는 두 아들을 한번밖에 만나지 못했다고 한다. 남편의 뜻을 어기고 비행기 표를 살 수 없어서였다니 이 시대에도 그런 부부가 있다는 것에 놀랄 뿐이었다. 결국 아침마다 모이는 지인들의 모임에서 몇 푼씩의 돈을 갹출해서 비행기 표를 산 뒤 한 번 아들들을 만나러 본토에 다녀올 수 있었다고 했다. 독일에도 결혼한 뒤 한번밖에 가보지 못했다는 것을 보면 그녀의 삶이 얼마나 고달팠는지 짐작이 간다.

비슷한 연세의 한국인 김 선생 부부도 한국 전쟁과 변화 속에서 힘들게 지내오셨다. 김 선생이 어렸을 때는 부친의 직장인 만주에서 살았고, 중학생이 된 후 함흥으로 내려와서 살다가 곧 한국전쟁이 발발했다. 전쟁이 발발하자 소년의 어머니는 중학교 2학년의 어린 아들에게 같은 나이의 사촌과 함께 기차를 타고 안동에 있는 외가로 내려가 있으라고 했다. 전쟁 통에 열다섯 살도 안 된 소년들이 머나먼 피난길에 나선 것이다. 그때 어머니가 어린 아들의 륙색에 꼭꼭 눌러서 넣어준 것은 얼린 찐빵 백 개에 스케이트 한 켤레, 일영사전 한 권이었다. 한영사전이 좀 더 편했지만 종이가 나빠서 어쩔 수 없이 일영사전을 가지고 갔다. 스케이트는 혹한의 만주와 함흥에선 쉽게 탈 수 있었고, 전쟁에 대한 위험을 몰랐던 소년에게 무엇보다 소지하고 싶었던 물건이었다. 얼린 찐빵은 두고두고 조금씩 아껴가며 먹었다고 했다.

안동으로 가는 길은 기차에서 서서 가는 것은 보통이고 지붕에 올라타고 가야 하는 경우도 자주 있었지만 무섭기 보다는 재미있었다는 기억이 더 많이 남는다니 어린 소년이라 그랬을 듯싶다. 소년은 안동 외가에서는 오래 있지 못하고 다시 남한의 여기저기를 돌아다니다 미군들이 부대 인근 도로에서 교통 표지판 등을 세우는 작업을 하고 있을 때 사전을 뒤져가며 표기법 등을 알려주다 그들의 요청으로 미군 부대를 쫓아다니며 먹고살았다. 소위 말하는 하우스보이 노릇을 한 것으로 보인다.

일영사전 한 권을 들고 미군들을 쫓아다니며 생계를 해결했던 소년은 전쟁이 끝난 뒤 서울에 있는 유명대학의 영문과를 졸업하고 강남에 있는 세칭 일류 고등학교의 영어선생님이 되었다. 4·19혁명 때는 교문 밖으로 나가서 시위에 참가하는 학생들이 부상을 당하지 않도록 방어하다 팔에 총탄을 여러 군데 맞기도 했다. 위험한 상황에서 학생들을 보호해야 한다는 생각밖에 못했던 진정한 교사였지만 정년을 채우지도 못하고 사표를 쓰고 말았다. 80년대에 들어 자식들의 명문대학 입학을 강요하는 학부모, 특별히 열성적인 강남어머니들의 강압을 이겨낼 수가 없었다. 김 선생에게는 교육이 끝나지 않은 자식들을 포함해 생계를 책임져야 하는 가정이 있었지만 도저히 그 압력을 견뎌낼 수가 없었다. 전쟁보다 더 무서웠던 것은 일류대학 입학을 원하는 한국 어머니들의 왜곡된 교육열이었다.

20세기 중반, 전쟁이 끝난 뒤 폐허 속에서 독일을 비롯한 유럽과 한국, 일본 등 아시아의 젊은이들에게 희망은 미국이었고, 영어는 미국으로 통하는 도구였다. 지난 100년 가까운 세월 동안 수많은 사람들이 세계 각지에서 미국으로 모여들었다. 오랜 세월 미국 열풍이 만들어낸 현재의 미국 모습에 그들은 만족하고 있을까? 미국 사회가 지향하는 민주적 가치를 실현하는데 개인들의 생활은 어떠했을까? 세계 여러 나라에서 모인 사람들로 형성된 미국이라는 국가가 가진 문제점은 여러 곳에서 드러나는 것으로 보인다. 다양성이 주는 강점도 있지만 개개인이 감수해야 하는 고충도 만만치 않아 보인다.

하와이에서 살아온 일본인 할아버지도 사탕수수 농사에 동원될 정도로 오래 전에 이민을 간 시민권을 가진 사람이었지만 일본 태생이라는 것 때문에 일찍 군대에서 전역해야 했고 작은 연금을 받을 수밖에 없었다. 경제적 궁핍에서 비롯된 장성한 아들과의 불화도 미국 사회의 주류에 끼지 못하는 아시아인이라는 것이 작용했다고 지인들은 믿는다. 그러한 편견은 역으로 하와이 원주민들에 대한 무시로 나타나고, 본인의 생활을 행복하게 하지 못하는 원인이 된다. 주변의 지인들과 더불어 살아가지 못하는 성격은 다만 경제적인 이유로 살기 위해 이주한 외지에서 고립감을 심화시키는 요인이 된다.

이 나라에서 상대적으로 성적이 좀 우수하다는 이유로 무조건 영문과에 진학했던 세대의 젊은이들도 대부분 영어학이나 영문학과는 관계없는 일을 했지만 영미식의 문화나 사고를 이 나라에 이입시키고 확산시키는데 주도적인 역할을 했음은 분명하다. 영어가 세계의 공용어로 정착되어가는 속도만큼 영어를 새롭게 습득해야 하는 사람들의 정신적인 혼란과 갈등은 개인적인 문제에 그치는 것이 아니라 또 다른 사회적인 문제의 원인이 된다. 모국어가 있음에도 영어를 자유스럽게 사용하기 위해 많은 시간을 할애하고 노력해야 했다. 그 결과는 품위하고는 거리가 있는 저열한 영어의 세계에 침식당함을 느낀다. 왜 품격 있는 것들보다 제거하고 싶은 것들만이 내면 깊숙이 남아서 우리의 삶을 추레하게 만들까? 삶이 그런 모양이다. (2016)

분열된 사회

한국전쟁 이후 헐벗고 굶주리며 비바람도 막을 수 없는 움막 같은 곳에서 살던 사람들이 제대로 된 집과 세 끼 밥을 먹으며 전쟁 후보다는 상대적으로 풍요로운 생활을 하는 것으로 보이는데, 사회는 평화스럽지도 않고 사람들은 행복해 보이지도 않는다. 자유주의 · 자본주의의 기치 아래 치열한 경쟁이 계속된 결과가 현재의 우리 사회이다. 지난 2,30년간 구소련을 비롯한 공산주의 국가의 몰락과 붕괴는 자본주의의 극단적인 경쟁을 미화시키며 당당하게 밀고 나온 것으로 보인다.

극소수의 가진 자와 대다수의 경제적 약자로 양분되는 현재의 사회 모습이 자본주의가 추구하는 궁극적인 목표일까? 자본의 소유 정도에 따라, 권력의 유무에 따라 사람의 신분이 명확하게 구분되는 현대사회를 아무 저항 없이 받아들이는 것이 당연한가? 새로 급부상한 중국의 재벌 알리바바의 총재 마윈은 35세 이후에도 가난한 것은 본인의 책임이라고 자신 있게 말한다. 중국의 젊은 재벌에 대해서는 10대 초반에 영어를 공부하기 위해 자전거를 타고 1시간이나 되는 길을 왕복하며 노력했다는 것부터 수많은 영웅적인 일화들이 우리에게 전해진다. 그런가 하면 직장에서 명퇴당한 가장이 퇴직금 전액을 투자하여 시작한 치킨집이 안 되어 문을 닫는다는 이야기가 끝도 없다. 이제 우리 사회에서 동등하게 주어진 기회를 잘 이용하지 못해서 도태된 것은 본인의 능력이 부족한 것이고 노력하지 않은 결과이니 감수해야 하는 것으로 보인다.

봉건사회의 엄격한 위계질서는 현대사회에서는 자본과 권력 등으로 너무도 확고하게 자리 잡혔다. 양반들의 서슬 퍼런 권세에 저항하던 민중들의 이야기가 주류를 이루었던 개화기 소설이 읽혔던 것이 백년 남짓인데, 이제 민중들은 또다시 자본과 권력 앞에서 고달픈 삶을 살아간다. 그들에게 희망이 보이지 않는다는 것이 더 절망스럽게 한다. 그들에게 위로가 되는 것은 절대적으로 다수인 동일한 상황에 처해 있는 사람들의 숫자인지도 모른다.

조류 독감, 구제역으로 닭, 오리, 돼지들을 집단으로 살 처분하는 것이 무섭고 끔찍했는데, 몇 년 전 해남지방에 출몰한 갈색 메뚜기 떼는 화면으로만 보기에도 공포스러웠다. 어디에 잠복해 있다가 갑자기 출몰하여 지역 전체를 뒤덮고 있을까? 곤충의 번식력에 대해 어렴풋이 짐작할 뿐인 어른들도 논과 밭, 도로 위에 뒤덮인 메뚜기 떼는 무서웠다. 세계문학전집을 읽었던 기성세대의 어른들은 펄벅의 『대지』에 나오는 메뚜기 떼를 떠올리며 불안스러워했다. 집단으로 움직이는 것들은 사람이든 가축이든 곤충이든 공포의 대상이다. 그럼에도 현대의 자본과 권력은 대단한 위력을 가지고 있어서 현실 사회에서 소외된 대다수 사람들에 대해 두려움이 없는 것으로 보인다. 답답한 현실을 알리기 위해 시위를 해보겠다고 모인 사람들을 차량과 인간 띠로 압박하는 경찰들의 태도는 시위 참가자들이 질병을 확산시키는 닭이나, 돼지나 메뚜기 떼처럼 보이는 모양이다.

세상은 왜 이렇게 무섭게 이 시대를 살아가는 평범한 사람들을 압박할까? 이스라엘과 팔레스타인의 끝없는 전투, 인종 차별에 대한 저항, 세계 곳곳에서 일어나는 지진, 홍수와 같은 자연재해와 대형 여객기의 추락사고 등 엄청난 숫자의 인명 피해는 연일 발생한다. 이는 과거에 비해 우리가 위험한 상황에서 살아가기 때문이기도 하겠지만 세계의 모든 뉴스가 실시간으로 전달되는 것도 한 이유이다. 통신 산업의 발달로 세계의 모든 뉴스가 동시에 지구 구석구석까지 전해진다. 이처럼 시간의 축소와 함께 공간의 축소는 이 시대를 살아가는 대부분의 사람들에게 주어진 혜택이지만 동시에 그 충격은 우리가 감수해야 하는 부분이다.

시간과 공간의 축소는 정보의 과잉으로 연결되며, 다양한 정보는 이를 습득하지 않을 경우 현실 사회에서 도태 될 것 같은 불안감으로 엄습한다. 초등학교에 들어가기 전의 어린 아이들이 받는 영어 사교육비는 엄청나서 경제적, 시간적 여유를 가진 극소수의 부모들이나 이를 실현해 볼 수 있다. 부모들의 욕망은 학생들의 능력보다 훨씬 강해서 학령 전의 아이들은 영어뿐만 아니라 미술, 음악, 체육 등의 과외교육으로 분주하다. 하루 종일 뛰어놀고 싶어 하는 아이들을 이렇게 억압하는 교육의 과잉은 이러한 세상에서 살아남기 위해서는 이렇게 하지 않으면 안 된다고 믿기 때문이다. 본인들은 물론이고 자식들이 소속한 사회에서 최고를 향한 열망은 어린 자식들에게 가해지는 교육을 통해 표현되고 있으며,

이는 벌써 과부하가 걸려 소화 장애가 되어 있는 상태이다.

세계 여러 나라에서 부러운 대상으로 이해되기도 한다는 한국의 교육 방법과 과열 현상은 결코 정상적으로 보이지는 않는다. 인간의 수명이 길어졌고, 삶의 질이 높아졌다고 하지만 건강한 삶을 유지하기 위해, 상대적으로 고품질의 생활을 영위하기 위해, 어린 나이부터 그렇게 피나는 노력을 하고 부모들이 경제적인 부담을 져야하는 것은 결코 바람직하다고 볼 수 없다. 아이들 교육에 소요되는 엄청난 액수의 금전은 한국 가정 경제에 병적인 요인으로 작용한다. 이는 이 사회의 구성원들이 소속된 집단에서 극소수의 사람들에게만 가능한 최고의 지위에 오를 수 있는 유일한 방법이라고 믿기 때문이다.

5,60년대에는 다른 부처에 비해 상대적으로 후순위에 있었던 교육부가 이제는 정부 부처 중 가장 상위에 위치한다. 거기에 지방자치제에서 관할하는 교육청까지 교육에 매달리지만 교육 현실은 개선의 조짐이 보이지 않는다. 한국에서 대다수 국민이 공감할 수 있게 교육문제만 이성적으로 해결된다면 정치, 경제, 사회적 제반 문제들이 사라질 정도로 파급 효과가 클 것이다. 이는 국민 개개인의 인생관의 문제이며, 결국은 철학적 문제와 통한다. 나이 들어가며, 많은 사람들이 결국은 자연으로 돌아가는 것이 인생이고, 젊었을 때 좇았던 현실적 가치들이 그렇게 대단한 것이 아님을 알게 된다. 돈과 권력이 우리를 모든 어려움으로부터 지켜줄 수 있는 것처럼 생각했지만 결국 중요한 것은 다른 곳에 있음을 안다. 이제 우리는 표피적인 가치만을 추구하며 살아온 생활의 극단에 왔음을 안다. 가치관의 변화가 절박하게 요구되는 시점이다. (2016)

아흔 살 노모

아흔 살 노모가 버스를 타고 서울 근교에 있는 성지 순례를 가신다고 했을 때 우리 모두 이제는 그렇게 사람이 많이 모이는 곳에는 그만 다니셨으면 했지만 아무도 어머니를 말릴 수가 없었다. 자식들은 모두 자기 일에 바쁘고 하루 온종일 혼자 지내셔야 하는 노인들은 모두 기회만 있으면 밖으로 나가고 싶어 하신다는 얘기를 들은 뒤로는 우리 어머니도 그러려니 했다. 오히려 성당에서 성지 순례라는 이름으로 연로하신 노인들을 일 년에도 몇 번씩 전국 여기저기를 모시고 다니는 것에 자식들은 오히려 고마워했다.

엘리베이터는 탈 수 있지만 에스컬레이터는 타실 수 없고, 사차선 횡단보도를 어렵게 건너시는 어머니의 신체적 유연성은 세 살 정도의 어린 아이처럼 불안하다. 그래도 어머니는 작년까지만 해도 작은 가방 하나를 메고 젊은 봉사자들의 도움을 받으며 지방 여기저기를 다녀오셨고, 그 때마다 소풍가는 아이처럼 흥분하셨다. 어머니가 성당에서 장거리 여행을 하실 때마다 우리가 못하는 효도를 해주시는 분들에게 고마워하며,

종교 단체가 이 나라 노인 복지에 기여하는 부분이 얼마나 큰가에 대해 새삼 감사해왔는데, 아침에 나가신 어머니가 쓰러지셔서 응급실에 계시다는 연락을 받았다. 해가 바뀔수록 기력이 쇠진하시는 것을 느낄 수 있는 어머니가 걱정은 되면서도 언제나 그랬듯이 봉사자들이 잘 돌봐주시겠지 하는 게으름이 화근이었다.

육십 년이 넘는 세월 동안 의식주를 손수 해결하시며 아버지와 해로하셨던 어머니는 삼년 전 아버지가 돌아가신 뒤에도 혼자 생활을 해오셨다. 일곱이나 되는 자식들은 직장 때문에 아이들을 맡겨야 할 때나 이사할 때 날짜가 안 맞는 등 각자의 사정으로 부모님 집에 들어가서 얼마씩 폐를 끼친 적은 있었지만, 부모님이 자식들의 집에 오셔서 사신 적은 없었다. 우리 형제들은 이제 그만 자식들의 집으로 가시는 것이 어떠냐고 설득을 해보지만 막무가내셨다.

구십 년을 독자적으로 살아오신 생활 습관을 결코 바꾸실 수 없다는 것을 잘 알지만 아침저녁으로 전화하고, 번갈아가며 이삼 일에 한 번씩 찾아뵈어야 하는 의무감에서 벗어나고픈 마음도 솔직히 부정할 수는 없었을 것이다. 어머니는 어느 자식의 집도 손님처럼 잠시 들르실 뿐 주무시는 것을 몹시 불편해 하셨고, 하루라도 자식의 집에서 주무셔야 하는 날이면 소파 한 귀퉁이에 웅크리고 앉으셔서 빨리 당신의 집으로 가고 싶어 하는 모습이 측은할 정도였다. 어머니가 쓰러지셨을 때 의사는 병원에서 한 달 정도를 입원하셔야 한다고 했지만 돌아가신 아버지까지 팔아가면서 집으로 가시겠다고 했다.

"왜 우리 집에 있지 않고 여기에 있어?"

아버지가 꿈에 나타나셔서 자꾸 말씀하신다는 것이다. 어머니에게 몇십 년 살아왔던 공간은 당신의 옷이고, 우주이다. 청국장도 하시고, 호박, 가지, 토란대도 말리시며 살아가시는 어머니의 공간이다.

어머니의 사고를 우리가 곧 알 수 있게 된 것도 어머니의 집 덕택이었다. 어머니는 올해도 예년처럼 엿기름을 길러서 마루 위에서 말리셨고, 그날도 근처에 사는 딸에게 낮에 한번 당신 집에 들려 엿기름을 뒤적거려 놓으라고 이르셨다. 딸은 해마다 겉보리를 보내주시는 시골 이모님도 원망스럽고, 세월이 흘러도 지칠 줄 모르는 노인의 살림 욕심도 멀미가 나려고 했다. 딸이 햇빛을 따라가며 엿기름을 뒤척거리고 있을 때 전화벨이 요란하게 울려댔고, 우리는 어머니의 사고 소식을 들으면서 교적에 올려놓은 전화번호 하나가 어머니의 연락처였다는 사실을 알고는 혼비백산했다.

엿기름 때문에 어머니 집에 딸이 가보지 않아서 즉시 연락을 받지 못했다면 어떻게 되었을까를 생각하면 지금도 등줄기에 식은땀이 흐른다. 조그만 딸딸이를 끌고 골목시장을 누비며 물건을 사러 다니시고, 일주일에 몇 번씩 동네 병원을 드나들며 물리치료를 받으시고, 아침저녁으로 산책을 다니시는 노인에게 무슨 일이 있을 때 우리들의 연락처를 새긴 목걸이 하나 걸어드리지 않았던 것을 생각하고는 너무 부끄러웠다. 어머니는 언제나 우리 옆에서 그렇게 아무 일 없이 살아계실 줄 알았다.

1916년 생으로 열여섯 나이에 시집와 그 많은 시동생들 결혼시키고, 자식들 낳아서 기르신 내 어머니는 평범한 이 나라의 수많은 어머니 중의 한 분이다. 언제든지 일을 손에서 놓으면 큰 일이 나는 줄 알고, 꼼지

락거리는 어머니는 일을 하지 못하면 이 세상에서 살아갈 수 없다고 생각하시는 모양이다. 해마다 마당의 잔디를 조금씩 걷어내며 심은 상추, 아욱, 고추, 호박 등 채소를 뜯어서 자식들에게 주셨고, 나이 든 자식들은 제비새끼처럼 그것들을 받아먹었다.

그 작은 땅에서 거두는 수확에 감사하며, 땅의 힘에 놀라워했는데, 작년부터는 새로 지은 옆집의 높은 벽에 햇빛이 가려서 채소가 제대로 못 자라는 것을 못내 아쉬워하셨다. 어머니는 이 세상에서 마지막 사시는 집에 점점 햇빛이 줄어드는 것을 힘들어 하시지만, 우리는 저 세상에서 사실 집이라도 양지바른 채로 남아 있기를 바랄 뿐이다.

"죽었다가 살아났다. 그런데 살아난 게 그렇게 좋지가 않다."

응급실에서 중환자실, 그리고 입원실에 계시다 퇴원을 하신 어머니는 아주 처연하게, 그러나 담담하게 말씀하셨다. 이승과 저승의 경계에서 돌아오신 표정이 결코 만족스러워 보이지는 않았다.

"왜 이 좋은 세상에서 더 사셔야지."

자식들은 헛소리를 했지만 노인은 속지 않았다.

"내 몸을 간수할 수 없을 때까지 살고 싶지 않아. 이젠 정말 내 집으로 돌아가고 싶다."

어머니가 말하는 집은 살아서 사는 집이 아니고 죽어서 사는 집을 말했다. 평생 일만 하신 어머니는 일할 수 없으면 살고 싶지 않은 듯 했다. 어머니가 가려는 집은 어떤 세상일까?

아버지가 돌아가셨을 때 자식들은 어머니와 아버지의 합장을 당연한 것으로 받아들이고 산소 자리를 준비하려고 했다. 그런데 어머니는 아버지 옆에 묻히기는 하지만 절대 합장은 하지 않겠다고 하셨다. 자식들이 평생 동안 알고 있는 부모님은 특별하지는 않았지만 서로 지극한 마음으로 정답게 살아오셨다고 믿었는데 한 집으로 들어가지는 않으시겠다고 했다.

"싫다. 죽어서는 훨훨 자유스럽게 살고 싶다."

너무 단호하셔서 우리는 두 분의 봉분을 따로따로 만들었지만, 지금도 어머니의 속내를 잘 모르겠다. 아버지 돌아가신 뒤에도 정성스럽게 제사를 모시고, 무슨 일만 있으면 산소를 찾는 어머니는 왜 아버지와 같은 집에 들어가지 않으시려는 것일까? 기껏 한글을 깨우쳐서 이광수, 박완서, 최인호의 소설이나 순교자들의 이야기를 즐겨 읽으시는 저 작은 노인네의 자유 의지는 무엇일까? 자식이지만 죽음을 향해서 한 발짝씩 걸어가는 노모의 마음을 정확히 헤아릴 수는 없어도 나도 인생을 마감할 때는 그런 마음이 될 것 같다.

어머니는 몇 년 전부터인지 당신 물건들을 하나씩 정리하시더니 병원에서 퇴원하신 뒤에는 하얀 무명 다섯 통을 마지막으로 나에게 주셨다. 장롱 위에 언제나 놓여있던 구닥다리 함 속에 그런 것이 있을 줄은 몰랐다. 어머니가 실을 자아서 짠 것이라고 했으니 육십년은 더 되었을 것이다.

아주 어렸을 때의 기억으로 물레에서 실을 뽑고, 베틀에서 옷감을 짜던 어른들의 모습들이 어렴풋이 생각나기는 하지만, 그것은 친가나 외가에서 보았던 풍경들이고, 자식들 교육시키겠다고 일찌감치 아버지를 따라 도시로 나오신 우리 어머니가 옷감을 짰을 때는 육십년도 더 전이었을 것이다. 기차를 타고 그 많은 어린 자식들과 숟가락 몇 개, 솥단지, 냄비 나부랭이와 함께 서울까지 가져온 무명은 어머니에게는 무엇보다 귀한 것이었을 것이다. 그 오랜 세월이 지났음에도 조금도 상하지 않고, 색도 바라지 않고 보존이 되었다는 것은 놀라웠다.

다섯 통의 무명은 결혼 때 받으셨을 함에 담겨진 채 언제나 그랬듯이 가끔은 천정에서 비가 새기도 하고, 옹색했던 집에서 제일 좋은 자리를 차지하고 보관되었을 것임에 틀림없다. 빈손으로 서울에 올라오셔서 살림이 너무 어려웠을 때 아버지가 무명을 팔아서 가용에 쓰자고 하셨지만, 어머니는 고생되더라도 팔지 말자고 하셨다고 했단다. 몇 말의 쌀값으로 바꿔쳐질 수도 있었을 어머니의 정성이 다 칠이 벗겨진 함 속에서 어렵게 지금까지 버텨왔다. 저 무명을 어떻게 써야 가장 값진 것일까 생각해본다. 어머니가 당신의 부모님들을 위해 그랬듯이 돌아가신 뒤 상복을 만들어 삼년 동안 입을 수도 없을 것이고, 목단과 나비를 수놓은 버선본을 보관하는 작은 쌈지, 수복부귀다남(壽福富貴多男)을 수놓은 수젓집과 함께 내 딸에게 넘겨질 것이 분명하다. (2006)

내 삶의 파일들을 정리하고 싶다

하루에 세 번 밥 해먹고 세탁기 돌리고 청소는 미룰 수 있는 한 미루다가, 불결함을 더 이상 견딜 수 없을 때 젖은 티슈로 굴러다니는 먼지들을 훔쳐내기에도 얼마나 힘이 드는지 땀이 비 오듯 흐른다. 쇠로 만든 숟가락 젓가락보다는 나무로 만든 수저의 가벼움이 좋은 나는 내 체력과 타협하며 생활을 어떻게 안배해야 할지 생각하는 나이가 되었다.

그나마 지금보다 체력이 더 떨어질까 두려워 일주일에 서너 번 치기 시작한 탁구가 삶의 활기를 불어넣는다. 상대방의 손과 라켓의 방향만을 열중해서 바라보며 공을 받아넘길 때는 흰머리 휘날리는 할머니임을 잊어버린다. 시합 도중 나도 모르는 사이에 '얏' '야호' 하며 괴성을 질러댈 때는 국가 대표 선수라도 된 듯 쾌감을 느낀다. 은퇴를 앞두고 배운 탁구가 지난 몇 년 나를 이렇게 행복하게 만들 줄 몰랐다. 앞으로 얼마 동안은 기분 좋게 운동할 수 있지 않을까 하는 기대를 해본다. 기껏해야 동네 동호인들끼리의 경기에서 기분 좋게 게임이 풀리는 정도에 환호성이 요란스럽다고 할 수 있지만 기분은 최고다.

아침에 일어나 창문을 여는 것으로 시작해서 저녁에 문을 닫는 것으로 하루하루를 지내다 보면 결국은 몸이 건강해야, 체력이 따라주어야 현실에서 살아낼 수 있음을 확인한다. 순발력 있게 움직이는 사지 육신으로 재빠르게 위기를 모면하고, 지하철 계단을 통통거리며 내려갈 수 있을 때 느끼는 쾌감이 하루를 행복하게 하는 요인임을 잘 안다. 결국은 대단한 미모도 재산도 지식도 아니라 건강과 체력이 우리의 자존감을 높여주는 요인이라니-. 이 나이에 내가 선택할 수 있는 가능성은 극히 제한적임을 부정할 수 없다.

의, 식, 주를 해결하는 일상생활을 내 손과 몸으로 하려는 의지는 그나마 내 육신을 내가 책임져보려는 자존감일 것이다. 가르치는 일과 함께 몇 십 년을 지속적으로 해온 읽기와 쓰기는 그 작업을 하루라도 하지 않으면 불안하고 공짜 밥을 먹는 것처럼 미안했으나, 요즈음은 한동안 컴퓨터 모니터를 바라보면 눈이 아파서 눈물까지 난다. 앞으로 몇 줄이라도 어떻게 글을 쓸 수 있을지 절망적인 기분이 된다. 그래도 잠깐 잠깐 쉬어가며 지속하는 건 아직도 독서일 뿐이다. 이 세상의 모든 책을 다 읽을 수 없음에도 종이에 박힌 활자를 머릿속에 가슴속에 주워 담으며 느끼는 편안함과 흐뭇함은 우리가 살아오며 습득한 괜찮은 생활양식의 덕택이다.

독서는 살아 있음을 증명하는 숭고한 행위일 것이다. 노안이 다가오는 듯 곧 피로해지지만 아직은 눈이 독서를 할 수 있음에 감사한다. 언젠가 이마저 어려워져 책장을 넘기기도 어려울 때가 오지 않을지 준비해야 할지도 모른다. 읽기도 어려워질지 모르는 불안감에 떨면서도 뭔가 써보고 싶은 욕망이 아직도 있음을 확인한다. 얼마나 주제넘은 생각인지 잘 알면서도 그 꿈은 있다. 일본 중세의 문필가 요시다겐코(吉田兼好)는 『도연초』徒然草에서 서가에 책이 빽빽이 많은 것도 좋게 보이지 않는다고 했건만 무슨 대단한 책을 쓰겠다고 탐욕을 부리는지 모를 일이다. 그럼에도 한두 편씩 썼던 글들을 모아서 책을 엮어보고 싶은 마음을 분수 모르는 행위라고 비난받지 않았으면 싶다.

아주 젊었을 때 썼던 작은 글부터 얼마 전까지 썼던 것들을 모아 정리해보고 싶은 마음은 내 인생을, 내 지나간 시간을 정리해 보려는 마음일 것이다. 다른 사람이 아니라 바로 내가 관심이 가는 일일 뿐이다. 책을 쓰는 일이라는 것이 타인과의 소통을 목적으로 하는 것이겠지만 궁극적으로는 자신을 표현하는 방법이며, 개인적인 삶의 궤적이다. 현직에 있으며 썼던 학술서적도 결국은 자신의 관심사에 대한 연구 논문들이었다.

새로운 것들에 대한 관심은 그것이 장소이든 사람이든 특별히 근거 없이 생기지 않는다. 개인적인 관심일수록 자신의 체험과 연결될 수밖에 없다. 현재 주어진 상황에서 내가 가지고 있는 것들을 정리해 가며 살아가고 싶듯이 내 머리 속에 입력된 것들을 정리하며 살아가고 싶다. 딱히 필요하지도 않은 것들을 너무 많이 사고, 쟁여두었듯이 얼마나 많은 중요한 또는 허접한 지식들을 머릿속에 집어넣으려고 애썼던가? 옷장의 옷들을 비롯해서 살림살이들을 정리하듯이 서가의 책들을 정리한 뒤 느끼는 쾌적함도 유사하다. 학교 도서관에 보낸다지만 거의 평생을 같이 지내온 책들을 실어낼 때는 냄비 나부랭이나 셔츠 쪼가리를 없앨 때와는 기분이 다르지만 어쩔 수 없이 받아들여야 하는 일이다.

이제 책은 예전처럼 서가에 빽빽하게 꽂아놓고 보는 시대는 지났다고 본다. 파일로 저장된 전자책에 적응하듯이 내 컴퓨터에 저장된 파일들을 정리하여 묶어야 할 것이다. 어쩌면 앞으로는 나도 전자책을 받아들여야 할지도 모른다. 어떤 출판 양식이 되었든 파일에 있는 내 글들을 묶어보겠다는 생각은 내 개인적인 일이기도 하지만 지극히 평범한 한 사람 한 사람에 대한 내 관심의 시작이기도 하다.

반복되는 일상에 진저리를 치며 여행을 떠나본다. 날마다 사용하던 칫솔과 수없이 빨아 입던 내의에 오래된 운동화를 신고 떠나는 여행은 새로울 것도 없고 흥미로울 것도 별반 없다. 깨끗하고 쾌적한 호텔에서 늘어지게 자고 이부자리를 정돈하지 않아도 된다는 여유만으로도 좋다. 여행지가 어디여도 별 관계가 없는 것을 보면 여행의 목적이 관광이 아닌 것은 분명하다.

요즈음은 TV 화면에서 쏟아내는 세계 유명 지역을 찍은 고화질의 영상들이 너무나 생생하고 선명해서 실제 그 곳에 가 있는 것 같은 느낌을 받을 때가 많다. 어떤 여행은 화면에서 본 수많은 풍경들의 확인 작업인가 하는 생각이 들 정도로 영상의 공급 과잉 시대에 살고 있다. 모든 정보가 차고 넘치는 상황에서 결핍을 충족시켰을 때의 쾌감은 기대하기 어렵다. 물론 현지에서 느끼는 놀라운 감동이 다 사라졌다고 볼 수는 없지만 여권을 처음 만들고 가슴 설레며 떠났던 여행의 흥분은 기대하지 않는다.

이제는 자동차 회사에서 주 대상으로 삼는 소비자가 더 이상 이삼십대의 젊은이들이 아니라는 것과도 연결된다. 웬만큼 자동차의 편리함과 스피드에서 오는 쾌감을 맛본 젊은이들이 옛날처럼 자동차에 연연하지 않는다는 것이다. 자동차도 그저 공간 이동에 필요한 도구일 뿐이다. 결국 우리 생활에서 오롯이 남는 것은 지극히 단순한 일상이다.

여행지에서 아직도 관심이 있고 흥미를 끄는 것은 뒷골목 풍경들이다. 도로 전면에 세워진 최첨단의 건물들이나 오래된 성당, 교회, 사원의 웅장함이 우리를 압도하는 것은 분명하지만 그것은 예술적 대상으로서 일방적으로 바라볼 수밖에 없는 조형물이다. 집 앞에 심어놓은 작은 화초들, 채마 밭에서 뽑은 채소들을 다듬는 할머니들, 너무 더워 집 밖으로 나와 그릇에 담겨진 덮밥 한 그릇을 쭈그리고 앉아 잡수시는 노인들, 하루 일과를 마치고 서서 술 한 잔을 마시는 선술집의 남자들, 그늘에서 늘어지게 낮잠을 자고 있는 개나 고양이들, 조금씩 열어놓은 문 사이로 보이는 집 안의 풍경들이 그 어떤 명승고적보다 재미있다. 도로변 작은 점포에서 자전거 타이어를 고치거나, 도장을 판다든지, 옷을 수선하는 사람들... 우리 일상에서 필요한 많은 일들을 하는 사람들의 표정이 재미있다. 묵묵히, 진지하게 자신들의 일에 몰두하는 사람들을 바라보는 것이 좋다.

"아침 잡수세요?"

"……"

"날씨가 너무 덥지요?"

"……"

"저는 한국에서 왔어요."

"……"

저 쪽에서 알아듣지 못하는 말을 나는 그냥 웃으면서 말한다. 저쪽 할머니는 뭐라고 답변을 했을까?

"어느 나라에서 오셨수?"

"이건 나물로 볶아 먹으면 맛이 있답니다."

"한 달 전에 심었는데 이렇게 자랐네요. 당신네 나라에서도 이걸 먹나요?"

뭐라고 말을 했으면 무슨 상관인가? 요즘에는 혼자서도 말을 잘하는데. 누구를 향해서 말하지 않아도 괜찮다. 혼잣말에 익숙하다. 세상의 모든 말을 다 들을 필요가 없다는 것을 알아챈 지 오래되었으니. 어느 나라에서나 골목 여기저기에서 살아가는 평범한 사람들의 생활에 관심이 가듯이 이 나라의 평범한 할머니로 늙어가는 나는 컴퓨터의 파일들을 정리해야 할 일이 내 버킷 리스트의 첫 번째 과제이다. (2010)

생명의 근원

대단한 더위였다. 섭씨 35도를 오르내리는 혹서가 39일이나 지속되었다고 한다. 끝날 것 같지 않는 더위 속에서 삶의 양식을 바꿔야 할 것이라고 생각했다. 햇빛 속으로 걸어 나갈 엄두가 나지 않았다. 그래도 공사 현장에서 작업을 하는 사람들은 계속했다. 불 앞에서 음식을 만드는 일이 말할 수 없이 힘들었지만 식당까지 걸어가는 것도 만만치 않아 보여 참기로 한다. 내가 만드는 음식도 썩 마음에 들지는 않지만 그래도 맛을 예상할 수는 있다. 맛 집이라고 소개된 식당을 어렵게 찾아가지만 실망하지 않고 기대에 부응하는 경우는 그렇게 많지 않다. 아주 오랜 동안 음식을 먹어온 혀의 미각이 웬만한 음식에 감동하기 어려운 것으로 보인다.

음식에 대한 까탈은 점점 불안해지기까지 한다. 체력이 떨어져 본인이 먹어야 하는 음식을 비롯해서 의식주를 해결하기 위해 누군가의 도움이 필요한 시기가 곧 다가올까 두렵다. 이번 더위처럼 무차별적으로 인간을 극한상황으로 몰았을 때 반응하는 훈련을 통해 미래에 대한 예측을 해볼 수 있을 것이라는 생각을 해본다.

사람들이 이번 더위에 대처하는 양상들도 다양했다. 경제적인 여유가 있는 분들이 지구 반대편의 선선한 지역이나 휴양지로 장기 여행을 가는 경우도 많이 보았지만 그 분들도 쪽방에서 더위와 씨름하는 독거노인들이나 경제적 소외계층을 생각할 때 자기 돈으로 간다고는 하지만 맘 편한 여행은 될 수 없었을 것이다. 그렇다고 하루 종일 에어컨을 켜고 쾌적한 집안에서 생활하는 것도 여의치는 않을 것이다. 장시간 에어컨을 사용할 때 지불해야 하는 전기료도 만만치 않지만 전기를 생산하기 위해 요구되는 엄청난 화석연료와 오염되는 환경에 대해 무심할 수는 결코 없을 것이다. 우리는 어쩔 수 없이 전열기를 조금만 더 사용하면 계량기가 차단되며, 촛불을 켜야 했던 과거의 경험에서 자유스러울 수 없는 세대이다.

결국 우리는 올 여름 같은 자연재해에 대처하는 방법도 지극히 원시적일 수밖에 없음을 확인한다. 그 더위 속에도 끊임없이 전달되는 지진, 테러, 난민들의 소식에 그나마 우리가 대처해야 하는 것이 더위뿐이라는 것에 결코 안도할 수는 없었다. 복면을 쓴 테러 집단의 광기가 몇몇 정치 지도자들까지 살상을 합법적인 것으로 자행하도록 하는 것은 아닌가 한다.

마약 퇴치의 명목으로 2천명이 넘는 숫자의 국민을 총살하도록 허용했다는 가까운 나라의 대통령이 존재 하는 게 우리 현실이다. 권력 다툼의 표현이든 사회적 악을 제거하고 정화시키겠다는 권력자의 의욕이든 방법이 너무 극악무도하고 비인간적이다. 아이 한명을 출산하여 교육시키고 성장시키는데 조부모까지 온 가족이 매달려도 힘든 현실에서 출산을 포기하고, 출산과 교육이 국가적 문제로까지 되고 있다. 그럼에도 한쪽에서는 그렇게 쉽게 살상을 자행하다니. 세계 곳곳에서 일어나고 있는 살상은 그들의 목적을 달성하기 위한 수단으로 이용되는 것이 분명하다.

이런 상황에서 유엔은 아무 역할도 할 수 없는 것인지 답답하다. 사건이 발생한 이후에 알량한 구호 물품이나 조금 전달하는 것이 무슨 의미가 있을까? 먼지와 땡볕 속에서 생명의 위협에 대한 공포와 굶주림에 지친 사람들이 구호 물품을 향해 내뻗는 눈길과 손길은 인간의 존엄성을 포기한 것으로 보인다. 다만 생존에 대한 본능만이 남은 것으로 보인다. 누구도 인간을 그런 상황으로 몰아선 안 될 것이다. 한국전쟁 이후 폐허 속에서 구호물자를 받아보았던 우리는 그 비애감을 너무 잘 기억한다. 한국전쟁을 유발한 이념에서 근거하는 살상은 물론 동의할 수 없지만 그나마 정의를 실현한다는 명분이 전제되어 문학의 소재로서 설득력을 지닐 수 있었을 것이다.

중동을 중심으로 일어나는 종교를 방패로 삼은 집단의 테러는 진화된 폭발 성능과 자신의 생명을 걸고 자폭하면서까지 목적을 달성하고 말겠다는 비정상적인 사고로 엄청난 숫자의 사람들을 희생시킨다. 그들이 믿는 종교의 숭고한 뜻은 무엇인지 모르지만, 불특정 다수를 향해 무작위로 자행되는 폭력은 이 시대를 살아가는 모든 사람들을 공포에 떨게 한다. 종교적인 이유만은 아닌 강대국들의 정치적 이익과 경제적 이권들이 개입되었겠지만 이 시대는 최악의 극한적인 상황임에 분명하다. 그래서 더욱 이성에 의존한 근대가 만들어낸 혼란스러운 현재 상황은 어느 때보다 인간 개개인들의 존엄성을 소중하게 생각해 보아야 하는 시기인 것도 부정할 수 없다.

엄청난 더위 속에서 꿋꿋하게 자란 것은 상추, 가지, 고추, 오이, 토마토, 감자 등 농산물이었다. 봄에 어설프게 심어놓은 채소들을 일주일에 한번 씩 가서 따오는 것이 전부였지만 그 즐거움은 말할 수 없었다. 예쁘게 자라는 상추는 계속 뜯어 먹어도 끝없이 자라났고, 감자도 두 부대는 족히 될 만큼 소득이 컸다. 오이와 토마토는 먹고 남는 양은 갈무리를 해서 저장했지만 가지는 얼마나 빠른 속도로 자라는지 정신이 없었다. 가지는 양념을 해서 볶아서 직장생활로 바쁜 이웃집 젊은 엄마들에게 돌렸더니 대환영이었다.

엉겁결에 시작한 작은 채소 농사는 나이 들어가며 젊었을 때처럼 도전할 만한 일도 마땅치 않고, 체력도 되지 않아서 무기력해졌던 생활에 활력을 불어넣는 계기가 되었다. 뜨거운 햇빛 아래에서 그것들을 따서 배낭에 메고 오는 동안 땀은 비 오듯 흐르고, 모기는 사정없이 달려들었지만 시장에서 돈 몇 푼이면 살 텐데 하는 생각은 결코 들지 않았다. 자식 농사라는 말들을 다반사로 하듯이 땅에서 나오는 농산물은 소중했고, 자식처럼 귀하게 생각되었다.

어느 날 갑자기 더위가 사라지고 선선해진 이번 여름처럼 극성을 부리던 모기들이 약속이나 한 듯 사라졌다. 어디로 갔을까? 조금 있으면 물론 따뜻한 실내로 염치 불구하고 들어오겠지만. 모기들은 우리보다 더 영리하게 세상을 살아가는 법을 아는 듯하다. 선사시대의 화석에서도 모기의 흔적이 발견된다는 것을 보면 미물이라고 함부로 볼 것은 결코 아니다. 우리의 생명을 지탱해 주는 힘은 원시적이지만 근원적인 것에 있는 것으로 보인다.(2016)

하늘의 뜻대로 이루어지기를

실크로드를 가보았다. 우루무치에서 돈황까지 가보았을 뿐이니 과거 서역과 동방의 문물을 교류하던 전체 실크로드의 극히 일부분을 맛보았을 뿐이다. 중국 땅 서안에 갔을 때 그 출발점을 확인하며 감회에 젖었고, 터키를 여행할 때 양쪽의 상인들이 만나고 머물면서 교역하던 숙소들을 보며 문명의 교류 흔적을 조금씩 모자이크처럼 붙여 보며 감동했다.

놀라운 것은 오래된 과거 역사를 현재 느낄 수 있다는 것보다 그 광활한 공간을 낙타라는 느린 교통수단을 이용하여 이동하겠다는 대인다운 자세이다. 그 뜨거운 햇빛 아래서 기차나 버스도 가끔 전복된다는 강한 바람 속에서, 물도 구하기 힘든 사막을 횡단하겠다는 그 열정은 어디에서 기인하는 것이었을까? 놀라운 인간의 집념은 하늘까지 닿을 것 같다. 그들의 집념이 종교였든 돈이었든 그들의 열정은 현재 우리가 보고 느낄 수 있는 건축, 미술을 포함한 세계 문명으로 남았다.

작은 나라에서 살아서인지 거대한 자연을 보면 감탄과 동시에 부러움이 앞선다. 끝없는 땅, 지평선, 거대한 산맥, 끝이 안 보이게 똑바로 뻗은 장대한 대로는 세상을 대하는 자세도 변화시킬 만큼 대단하다. 밤하늘의 별들은 어찌 그리도 많고 쏟아질듯이 반짝거리는지. 수많은 소수민족으로 형성된 거대한 나라가 얼마나 통치하기에 어려울 것인가는 그 다음 문제이다. 경제력과 군사력 등으로 소수 민족의 고유한 권리를 인정하지 않고, 흡수하여 세계 질서를 교란시키는 횡포가 이 시각에도 계속 문제가 되고 있지만 내가 부러워하는 것은 그 넓은 땅 속에 사람이 오염시키지 않은 자연이 아직도 남아있다는 것이다.

나무도 심지 않아서 그대로인 땅과 끝없이 펼쳐진 사막이 놀라웠다. 큰 바위들이 바람과 비에 작게 부서져 작은 모래로 변화하는 과정도 모두 소중했다. 인간이 인위적으로 변질시키지 않았다는 그 사실만으로도 모든 것은 충분히 감동적이었다. 자연 그대로라는 것은 아직 아무 것도 그리지 않은 도화지처럼 무엇이든 할 수 있을 것이라는 기대감이 있기에 소중할 수도 있다. 오염되지 않은 자연을 바라볼 때의 느낌을 아주 어린 시절 도화지도 귀한 때에 한 권의 스케치북을 갖게 되었을 때의 기쁨에 비할 수 있을지 모르겠다. 빈 도화지에는 이것저것 마음대로 그려도 좋겠지만 사람의 손길이 닿지 않은 자연은 제발 그대로 두었으면 싶다. 바람이든, 비든, 눈이든 하늘의 뜻대로 변화되기를 간절히 바란다. 지금 세계의 움직임을 보면 그런 꿈이야말로 정말 헛된 망상이라는 것이 분명하지만 그래도 그런 꿈을 꾼다. 인간이 오염시키지 않은 그 땅에 잠시 잠입해 맛보았던 감동이 지금도 가슴을 뛰놀게 한다.

이번 봄에 우리가 사는 구에서는 조그만 자투리땅을 똑같은 형태로 조경을 해놓았다. 팬지, 장미, 페튜니아, 튤립 등등을 똑같은 자리에 심고 그 사이에 지게 모형을 세우고, 조악하게 만든 물레방아와 수레바퀴 등을 적당히 안배해서 만든 화단이었다. 자동차들이 쌩쌩 달리는 도심 한가운데 농촌 풍경을 연상시키도록 디자인한 화단은 어쩐지 물 위에 기름처럼 이질적으로 보였는데 똑같은 모양의 정원이 산책을 하다 보니 지하철역 앞에도, 구민회관 앞에도 또 있었다. 붕어빵처럼 찍어놓은 정원은 아무리 살아 있는 꽃들로 이루어진 것이라 해도 죽은 것처럼 보였다. 경쟁을 하듯이 지역사회를 예쁘게 꾸미려는 노력은 좋지만 주민들의 기호나 의식도 생각했으면 좋을 것이다. 다만 장식을 위해 만든 지게와 마차의 수레바퀴 등은 자연스러움도 향수도 느낄 수 없는 유치한 모조품일 뿐이다.

이삼십년 전에는 도로변의 쓰레기통이나, 공원의 의자 등을 시멘트로 만든 뒤 나무 색깔의 페인트를 칠해 놓았었다. 그 속임수에 기분이 나빴듯이 또 다른 모조품 화단이 불쾌했다. 색색으로 만든 조화, 먼지를 뒤집어 쓴 시들지 않는 플라스틱 꽃이나 식물들처럼 또 다른 가짜들 속에 살아가는 듯해서 우울하다. 도시는 도시답게 기능적으로 보이는 것이 더 어울릴 것이다. 회색의 시멘트를 그대로 살려서 지은 모던한 건물들이 훨씬 우리 눈을 즐겁게 한다. 쉴 사이 없이 자동차들이 질주하는 도로 사이에서 매연을 마시며 시들어가는 꽃은 아름답기보다는 추하다.

21세기의 세계는 인간다운 것을 거부하고 자연을 소중하게 생각하지 않은 부작용이 세계 곳곳에서 일어나고 있다. 물리적인 재앙만이 아니라 정신적인 황폐함으로 해서 발생하는 인간관계의 삭막함은 한계에 도달했다. 이 사회를 인간답게, 물 흐르듯이 자연스럽게 만들어가는 것이 우리가 해야 할 과제일 것이다.

전 국토를 도로로 만들어서 어느 길로 들어서도 다 통하게 되어 있지만 그래서 훼손시킨 자연이 얼마인가? 아직도 구식 사고를 가져서인지 모르겠으나 산허리를 뚝뚝 잘라서 도로나 골프장을 만드는 것을 보면 자연 훼손보다 하늘의 뜻을 거역하는 것 같아서 무섭다. 천벌을 받을 것 같은 생각이 들기 때문이다.

그 많은 자동차도로를 만들었지만 우리가 몇 살까지 안전하게 운전을 할 수 있을까? 주위에 밤 운전, 고속도로 운전이 자신 없어지는 분들이 늘어나고 있다. 긴 여행을 하다보면 결국 두 발로 오랫동안 걸을 수 있는 것이 제일 부럽듯이 인생의 여로에서도 순리대로 자신의 육신을 이용하여 살아가게 되기를 기도하고 노력해야 하지 않을는지. (2008)

음식에 대한 기억

여자들이 나이가 들면서 옷을 좋아하는 사람도 있고, 집을 꾸미는 것을 좋아하는 사람도 있지만, 음식을 만들고 같이 나누어 먹는 것을 좋아하는 사람도 많다. 음식을 좋아하는 사람들은 만드는 과정도 좋아하겠지만 무엇보다 사람을 좋아하고 음식을 같이 먹으며 이야기 나누는 것을 좋아하는 사람들이다.

언제부턴가 주말이면 가족 단위로 외식을 하는 것이 보편화면서, 큰 식당에서 생일잔치 또는 축하모임을 하는 사람들이 많아졌다. 식생활 문화가 달라진 것이리라. 서울 시내를 조금 벗어난 교외의 풍경이 좋은 곳에 자리 잡은 식당이나, 시내 중심가의 분위기 좋은 레스토랑에 가면 자리를 가득 채운 중년 여성들에 놀라곤 한다. 오랜 세월 가족을 위해서 부엌에서 일해 온 주부들의 자유선언처럼 보여서 잠시 공감을 하다가도 좀 지나치다 싶은 생각이 드는 것은 사실이다.

주부들이 음식을 만드는 것을 싫어하는 것은 새로운 아파트를 지을 때 부엌을 아주 작게 만드는 것에서도 드러난다. 모두 부엌을 탈출해서 어디로인가 가고 싶어 한다. 그래서 음식을 같이 만들어 먹으며 형성되었던 인간적인 따뜻함이 사라지는 것이 아닌가 하는 생각도 든다. 요즈음 세계 경제에 맞물려 한국 경제도 어려워지며 제일 먼저 타격을 입는 것이 요식업이라 한다. 제일 쉽게 줄일 수 있는 것이 음식 값이라서 그럴텐데 그나마 어려운 상황에서도 가정식이 오랜만에 빛을 발하는 기회가 되면 좋겠다.

아흔 살이 넘은 모친이 살아온 세월은 한국 음식의 변천사와 같을 것이다. 지난 정월 보름날 나이 들어가는 딸이 오곡밥에 나물을 하는 것을 지켜보시며 마늘을 까주시던 어머니는 "어느 해인가는 나물을 해서 옹기 그릇에 하나하나 담아 늘어놓고 보니 스물세 가지나 되더라." 하시면서 몇 십 년 전의 아스 무라 한 기억을 더듬으셨다. 시골 들판에서 스물몇 가지의 나물을 어떻게 구별해서 말려 보관했다가, 장작불에 볶고 끓이셨을까 놀라울 뿐이다.

어머니는 보름이면 밤이나 대추, 잣 등을 넣은 찰밥도 꼭 하셨지만, 팥이 듬성듬성 섞인 수수밥을 해서 크고 넓은 그릇에 담아놓으시고 얼마 동안을 먹게 하셨다. 요즘은 값이 비싸서 잡곡으로 조금씩 섞어먹기도 어려운 수수를 그렇게 많이 밥을 지으신 걸 보면 그 때는 한국 농가에서 수수 농사를 꽤 많이 지었던 모양이다. 뭉근한 불에서 오래도록 주걱으로 저어가며 정성들여 수수밥을 만드시던 모습이 생각난다. 겨울에는 언제나 새알심이 많이 들어간 팥죽을 큰 항아리에 담아 뒤곁 시원한 곳에 두시고, 조금씩 떠다 오래도록 먹었다. 팥죽을 먹을 때는 대나무 잎으로 질러 땅 속에 보관한 동치미와 같이 먹었다. 요즘이라면 냉장고에 넣지 않으면 하루도 보관하기 힘든데, 그때는 며칠씩 밖에 두고 먹었던 것을 보면 겨울이 지금보다 훨씬 추웠기 때문일까? 아니, 땅 속 온도가 그만큼 변화가 없었기 때문이었을 것이다.

방학 때 깊은 산골에 있는 할아버지 댁에 가면 여름에는 땡볕에서 열무를 뽑아 집으로 가져와 그 자리에서 버무려 밥을 비벼 먹게 해주셨다. 콩밭 사이로 심으신 열무 옆에서는 산딸기, 까마중 열매가 익어갔고, 그것들을 하나씩 따먹는 맛은 그만이었다. 한여름에는 뜨거운 논두렁에 풋감을 넣어두었다가 며칠 후에 꺼내 먹는 맛도 좋았다. 땡볕에서 야생 산딸기 등을 따먹고 풋감을 우려먹던 추억이 그나마 문학에 대한 감수성을 키워준 것이 아닌가 하는 생각을 한다.

겨울에는 마당 앞에 쌓아놓은 땔감에 하얀 눈이 쌓이고, 사이사이로 다람쥐들이 들락거렸다. 겨울 날 어른들이 부엌에서 상을 보실 때는 추위에 모든 반찬 그릇 밑이 얼어서 상 위에서 김치, 간장, 고추장들이 스케이트를 타는 것이 재미있었다. 시골집에서 어른들은 찐 고구마를 얇게 썰어 따뜻한 아랫목에 말렸다가 겨우내 간식으로 주셨다. 곶감을 만들고 남은 감 껍질도 달큰해서 먹을 만했지만 제사지내기 위해 만든 커다란 인절미를 화롯불에서 구워 조청에 찍어 먹을 때가 더 행복했다. 고등학생이 되어서인가는 눈 어두워지신 할아버지에게 신문을 읽어드리고 할아버지 간식꺼리인 편강을 얻어먹는 맛도 좋았다. 나중에 생각해 보면 할아버지는 한자가 잔뜩 섞인 신문을 읽을 줄 아는 손녀딸이 대견해서 읽어보라고 하셨던 듯하다.

다섯 살 때인가 처음으로 입은 색동저고리 빨간 치마도 기억에 생생하지만 먹을 것을 좋아해서인지 음식에 대한 추억은 끝이 없이 이어진다. 엄마와 동생과 같이 풍롯불에 석쇠를 올려놓고 구워 먹던 고추장 양념한 돼지고기는 얼마나 맛있었는지. 모든 옛날 안주인들이 그랬듯이 어머니도 밑반찬을 많이 만드셨다. 자식들은 많고, 도시락이라도 싸려면 밑반찬이 필요했을 것이다. 오월이면 아주 큰 조기를 사다가 소금을 많이 뿌려 조기젓을 담는 것이 일이셨다. 여름에는 간이 잘 든 조기를 소금 탈탈 털어내고 쪽쪽 찢어 참기름이나 파 마늘 양념에 먹으면 맛이 좋았고, 그늘에 말려 구워먹어도 좋았다. 어머니는 해마다 반찬 없는 여름에 조기젓 덕을 많이 보았지만 6·25 때 한 달 전 쯤 담은 조기젓은 정말 맛있었다고 하신다. 폭격이 퍼붓고 총알이 날아다니는 사이에 먹을 것이 귀할 때 비린 것이 더 고마우셨겠지. 우리는 지금도 가끔 그 큰 조기들은 다 어디로 갔을까를 궁금해 한다.

그래도 장아찌를 도시락 반찬으로 싸주실 때는 정말 싫었다. 고추장이나 된장 속에서 푹 삭은 장아찌들이 양은 도시락 속에서 몇 시간 지난 뒤에는 얼마나 독한 냄새를 풍겨대는지. 지금도 만나는 여학교 때 내 짝은 어머니가 신식이어서 그랬는지, 메추리알이 예쁘게 박힌 크로켓이나 자그마하게 튀긴 포크커틀릿을 케첩과 함께 모양 좋게 담아 와서 얼마나 기가 죽었는지. 그래도 외국에 나가 산 지 오래된 오빠는 지금도 어머니의 마늘잎 장아찌를 그리워한다.

초봄에 여린 마늘잎을 슬쩍 데쳐서 이삼일 물을 갈아주며 매운 맛을 뺀 뒤 절구에 찧어서 잎이 실처럼 되면 주먹으로 자그마하게 꼭꼭 쥐어서 물기를 뺀 뒤 햇빛에 바짝 말린 다음 고추장에 박는다. 맛이 들면 다시 잘 뜨어서 참기름 조금 치고 먹으면 개운한 맛이 그만이다. 매운 고추와 고춧잎, 토마토 풋것이나 단단한 감, 개구리참외도 된장이나 간장에 박아 짠 맛을 빼고 양념해서 잘 먹었다. 우리 형제들이 모두 기억하는 어렸을 때 먹었던 음식들도 정작 손수 만드셨던 어머니는 이제 그 기억이 가물가물하시다니 세월의 무상함이여. (2008)

꿈이여 다시 한 번

1930년대 초 저 남쪽 산골에서 농사를 지으며 야학을 하시던 내 아버지가 서울에 처음 오셨을 때 보신 것은 남대문도 전차도 아니고 이화여전의 여학생들이었다. 아버지는 이광수가 조선 청년들, 특히 농촌의 젊은이들에게 용기를 주기 위해 동아일보에 연재한 장편소설『흙』을 읽고 감명을 받은 문학청년이었다. 지방 소도시에서도 몇 십 리를 더 들어가는 곳에서 태어나서 살았던 농촌 청년에게 근대 도시로 변화하는 서울이 여러 면에서 신기했으련만, 여대생들의 모습이 너무나 신선해서 다른 것은 하나도 눈에 들어오지 않으셨다고 했다. 서당에서 한학이나 배우도록 강요받은 아버지에게 이화는 꿈이었고, 젊은 날이었다.

아버지는 이화여대가 꿈이었지만 정작 딸은 입학을 했는데도 대학 합격이 좋은지도 몰랐다. 왜 그때는 인생이 그리도 시들했는지. 다만 이화여전의 꿈을 가지고 계셨던 아버지가 흐뭇해하셔서 효도를 좀 했다는 생각은 들었다. 하기는 내 딸이 이대에 입학했을 때도 딸보다 내가 더 좋아했었으니- 대학 신입생의 나이가 아마 그런 모양이다.

국문과에 들어간 딸에게 아버지는 그 옛날 이광수에게서 받은 엽서 한 장을 내보이며 은근히 소설 쓰기를 강요했다. 원고지를 다섯 장도 메꿔본 적이 없는 딸에게 무리한 요구였고 별 관심도 없었지만 수업시간에 선생님들이 한 말씀씩 해주시는 칭찬은 나를 흥분시켰다. 이남덕 선생님은 강의가 시작된 첫 날 '나의 인생관'이라는 글을 써오라고 하셨고, 다음 시간에는 내 글을 읽어주시면서 내 의도보다도 훨씬 깊은 해석을 해주셔서 감격했던 기억이 난다.

이어령 선생님의 창작 수업은 오후에 있었는데 대강당 채플에 앉아서 일주일 전 숙제의 못다 쓴 부분을 채우느라고 힘이 들었었다. 하도 무서워서 선생님 그림자 근처에도 못 갔지만 내 글을 읽어주시면서 소설의 기법을 설명해주실 때는 세상이 다 내 것이 된 것처럼 행복했었다.

일학년이 끝날 때 쯤 이대학보에 중편소설을 공모하는 광고가 났었다. 원고지 이백 장 정도를 쓰는 것이었지만 백삼십 장밖에 쓰지 못했다. 그리고는 잊어버렸는데 새 학기가 시작되고 개나리가 막 피어나는 후윳길을 걸어서 올라갈 때 만난 친구가 내 소설이 가작으로 당선되었음을 알려주었다. 나는 지금도 운동장으로 들어가는 입구 그 언저리를 지날 때면 삼십 여 년 전으로 돌아간다. 내 젊은 날이 거기에 있기 때문이다. 그 후에도 몇 번인가 내 인생에 전환점이 될 만큼 좋은 날들이 있었지만 그 만큼 좋은 때는 없었던 것 같다. 내 글이 신문에 실리다니.

활자를 하나하나 뽑아 조판을 해서 어렵게 신문을 만들던 시절 내 사진과 글이 실렸을 때 우리 가족이 느꼈던 기쁨은 그 어느 상금보다도

켰다. 그때 받은 상금으로 어머니의 한복을 해드렸던 기억도 난다. 이대 학보는 나에게만 아니라 우리 모두에게 소중한 신문이었다. 훗날 대학 선생이 되어 학보사 주간을 맡게 되었을 때 처음으로 한 일이 학보사가 주관하는 '문학상' 제정이었다. 문학을 꿈꾸는 학생들에게 희망을 주는 기회를 만들고 싶었기 때문이다.

대강당은 나하고 참 친해지기 어려운 곳이었다. 일주일에 세 번씩이나 하는 채플은 말할 것도 없고 김정옥 선생님이 가르치신 교양 필수 과목을 듣기 위해 아침 여덟시까지 그 많은 계단을 올라가야 하는 것은 고문이었다. 몇 분 차이로 그 육중한 빗장이 잠길 때의 절망감이라니. 천국의 문도 그렇게 단호하게 닫힐 것 같지는 않았다. 그 대형 강의에서 다만 좌석 뒤의 번호가 내 존재를 확인해 준다는 것에 분노했지만 할 수 없었다. 상급생이 되어 동생이 사범대에 들어오게 되었을 때 채플 시간이 엇갈리는 것을 이용하여 돈을 주고 동생을 내 자리에 앉힌 적이 몇 번 있었다. 그것은 체제에 대한 치기어린 반항이었지만 그때는 통쾌했었다.

선생님들의 칭찬 몇 마디로 문학에 조금씩 다가갔던 것이 근거가 되어 문학선생 노릇을 하듯이, 일주일에 세 번씩 끌려가듯이 골고다언덕을 걸어서 채플실로 향했던 그 마음이 나이 들어 내가 제일 어려울 때 위안이 된다는 것은 얼마나 모순인가? 동생에게 내가 재직하는 학교에서 채플 시간이 참 좋다는 말을 했더니 옛날 얘기를 하며 나를 비웃었다. 이화는 내 영혼과 육신을 살게 하는 힘이었다. 내 아버지에서 시작된 꿈이 나를 통해 내 딸에게 이어지면서 우리는 이화를 호흡하며 살아간다.

요즘 우리는 투병생활을 하는 대학 동창 때문에 가슴이 아프다. 그 많은 친구들 중에 제일 피부도 곱고 예뻐서 우리 모두 은근히 부러워했고, 글도 잘 썼지만 글씨도 잘 써서 그 친구의 노트 필기를 시험 때마다 돌려가며 빌려보곤 했었다. 가끔 내 대리출석도 해주었던 친구. 우리 모두 가는 길이지만 어쩌자고 저리 빨리 앞서가며 우리를 슬프게 하는지, 그 친구 생각을 할 때마다 가슴이 저려온다. 그래도 우리는 그 친구의 다 빠져버린 머리를 보면서도 그 옛날 예뻤던 모습만 생각한다. 꽃무늬 예쁜 원피스를 입고 샐비어 핀 길을 뛰어가던 친구는 우리 모두의 가슴속에 정지된 화면으로 살아있다. 이화에서 만난 수많은 사람들이 우리 삶의 원동력이었듯이 그 친구도 그 힘으로 찬란했던 시간들을 생각하며 위로받았으면 싶다. (2008)

한 그릇의 행복

근무하는 학교가 경기도에 있어서 처음에는 출퇴근하는 일이 고역이었는데, 언젠가 부터는 그 시간을 즐기고 있다는 것을 알게 되었다. 그것은 학교를 오가는 길에 도심을 벗어나면 노력하지 않고도 자연의 변화를 볼 수 있어서 그런 것 같았다. 처음에는 논과 밭을 지나 도심에서 떨어져 있는 학교를 가야 한다는 것에 매일매일 유배를 당하는 것 같은 기분이 느껴져 심란한 기분을 지울 수가 없었는데, 차창 밖으로 전개되는 자연이 이런 우울한 기분을 곧 제거해 주었다. 계절 따라 바뀌는 주변 산의 나무들과 논밭을 바라보며 운전하는 맛이 썩 괜찮다. 방학으로 한두 주일 만에 학교에 나오거나 연휴가 끼어 좀 긴 주말을 지내고 학교에 다시 오면 그 변화된 풍경들이 시간이 흘러감을 확인시켜 준다.

몇 년 사이에 점점 학교 연구실에 남아 연구하는 선생님들이 많이 늘어났다. 선생님들은 우선 집에서 학교까지의 절대적인 거리가 멀기 때문에 출퇴근 하는데 시간을 많이 빼앗기기도 하지만, 학교에 오면 서울이라는 대도시의 복잡함에서 단절될 수 있다는 느낌이 좋다고 한다. 가족을 비롯하여 지인들도 대단히 급한 일이 아니면 학교로 연락도 하지 않고 어떤 기대도 하지 않는다고 한다. 가정이라는 것이 주는 편안함도 좋아하지만 그 구속감에서 도망가고 싶은 욕구도 무시할 수 없는 게 사람의 심리이기도 하다. 비록 하루나 이틀이지만 연구실 안에서 생활하는 동안 누구에게도 간섭받지 않고 그 지지부진한 일상에서 완벽하게 자유스러울 수 있다는 것이 행복하고 또한 우리에게 주어진 최소한의 것들로 생활할 수 있다는 만족감을 느끼는 것도 좋다.

학교에서 좀 떨어진 곳에 동료들과 같이 점심이나 저녁식사를 하러 가는 아주 허름한 식당이 있다. 식당 내부가 뭐 대단하게 장식을 해놓은 것도 없고 학교에서 특별히 가까운 곳도 아닌데 우리는 그 집을 자주 찾는다. 포장되지 않은 길옆에 있는 식당의 여닫이문은 흙탕물이 튀어 있기가 일쑤이고 의자는 너무 옹색해서 몹시 불편하다. 좀 추운 날은 식당 옆에 하나 있는 방에 들어가서 먹기도 하는데 윗목에는 쌀가마니와 밀가루 포대가 수북하게 쌓여 있는 아주 작은 방이다.

그 식당의 메뉴는 소머리국밥, 만둣국, 칼국수, 냉면, 콩국수 정도인데 계절에 따라 여름에는 콩국수, 냉면, 겨울에는 국밥과 만둣국을 주로 한다. 여름에는 겨울이 오면 만둣국을 먹을 수 있다는 것에 행복하고, 겨울에는 냉면과 콩국수를 먹을 수 있는 여름을 생각하면 기분이 좋다. 반찬은 김치와 깍두기가 전부인데 우리는 한 번도 다른 반찬이 더 있었으면 좋겠다는 생각을 해본 적이 없다. 그만큼 김치 한 그릇과 깍두기 한 그릇이 맛이 있기 때문이다. 부부가 맷돌에 갈아서 만든 콩국은 그 진한 맛이 일품이고, 서울 어디어디 유명 식당의 냉면도 이

집만큼 맛이 있지 않다고 생각하며 먹었다. 언제나 뜨끈뜨끈하고 푸짐한 만둣국이라니.

이 식당 주인은 한국의 전형적인 농사꾼 아저씨와 아주머니이다. 그 식당에서 우리가 먹는 음식은 손톱 끝이 다 닳고 머리카락이 햇빛에 다 바스러진 중년의 부부가 농사일 사이사이에 해내는 가정식이다. 농번기에는 같이 농사일을 하는 분들에게 대접하는 새참이기도 하고, 농사일이 바쁘지 않을 때는 수업을 끝내고 달려가는 교수들이 먹는 끼니이기도 하다. 식당에서 열심히 농사일을 하다가 식사를 하는 아주머니 아저씨들과 이야기를 하다 보면 두 직업이 상당히 유사하다는 것을 알게 된다. 성실하게 품을 들이는 만큼 좋은 결과물이 나온다는 점에서 우선 유사하다.

대부분의 식당 음식 재료가 금방 밭에서 나온 것이라 신선하기도 하겠지만 대단한 재료를 사용하지 않은 음식이 그렇게 맛이 있을 수 있다는 것을 우리는 감사했다. 너무 바빠서 쌀농사와 고추농사 밖에 지을 수 없다는 그 아주머니의 손맛은 일품인데도 자신은 그 것밖에 할 수 없다고 겸손해 한다. 그 식당에서는 본격적인 모내기철이 되거나 하면 영업을 하지 않고 당신들 논에 품앗이하러 온 사람들을 위한 식사만 준비한다. 그럴 때는 우리도 그 옆에서 농주와 푸짐한 식사를 얻어먹기도 하는데 그런 날은 절대로 돈을 받는 일이 없다. 좀 미안하기는 하지만 아주머니의 뜻을 거스르고 싶지 않아서 그만 둔다. 사람이 할 수 있는 최선을 그 아주머니를 통해서 느낀다면 과장일까?

학생들과 함께 답사를 목적으로 가끔 전국의 유명 사찰을 들르게 되면 엄청난 돈을 들여서 만들어 놓은 시설물로 눈살이 찌푸려진다. 최근에 증축을 하거나 개축을 한 사찰의 기와는 유약이 지나치게 들어가서 그런지 번쩍거려서 정이 가지 않는다. 잡초 씨 하나 떨어져 뿌리내리지 못하게 매끄럽게 되어있는 기와는 새마을사업을 하던 6,70년대 색색으로 덮여졌던 고속도로변의 슬레이트 지붕을 생각나게도 한다.

새로 만들어 놓은 돌다리의 난간은 모두 기계로 깎아서 매끈매끈하게 만들어 어느 절이든 똑같은 모양이다. 인건비 등을 생각하면 어쩔 수 없는 모양이지만 정이 들지 않는 것은 어쩔 수 없다. 언젠가는 바닥이 날지도 모르는 귀한 돌들을 사용하여 벽돌 찍듯이 천편일률적으로 만드는 것이 안타깝다. 돌은 돌다웠으면 한다. 인건비가 좀 더 들더라도 기계로 깎은 다음에 정으로 다듬어서 돌의 질감을 살리면 어떨지?

아까운 돌을 그렇게 흉물스럽게 해놓은 것은 후손들뿐만 아니라 동시대를 살아가는 우리가 보기에도 아름답지 않다. 기계의 힘을 빌려서 만들어 내는 것이 이 시대 문화 양식의 한 형태라고 해도 그것은 일시적이고 개인적인 것으로 끝나야지 시대를 넘어서까지 우리 시대 모두를 대표하는 것으로 남아서는 곤란하다. 오래된 사찰에서만이라도 가짜는 이제 그만 보고 싶다.

우리를 짧은 시간이나마 행복하게 해주는 것은 무엇인가? 자연에 있는 재료로 기교 부리지 않고 만든 한 그릇의 음식이 우리를 충분히 행복하게 해주고 그 음식을 만든 아주머니 아저씨의 투박한 외모를 보면 저 모습이 진짜 사람의 모습이 아닌가 하는 생각까지 하게 된다. 사람이 꾸미지 않은 본연의 모습이 충분히 감동을 줄 수 있다는 것을 시골 식당의 부부를 통해 확인했다면 사찰의 번쩍거리는 기와와 기계로 절단한 석조물에서 받는 혐오감은 쉽게 지워지지 않는다.

증축한 지 오십 년 가까이 된다는 사찰의 번쩍거리는 기와는 썩지 않는 비닐만큼이나 흉물스럽다. 자연에 있는 여러 가지 중에서도 우리가 마지막으로 관심을 가지게 되는 것이 석물이라는데 그렇게 정 떨어지는 모습으로 전국 곳곳을 오염시켜도 괜찮은가? 개인의 것이 결코 될 수 없는 자연의 건축 조형물에서 미적이고 예술적인 면은 기대하지 못한다 해도 자연적인 것은 요구할 권리가 있다고 본다.

시간을 넘고 넘어 남아 있을 조형물을 제작하는 이들에게 농사짓는 틈틈이 한 그릇의 음식을 만들어 손님에게 대접하는 아주머니의 정성과 진솔함이 있다면 그것을 보는 많은 사람들이 행복해 할 것이라는 생각이다. 우리가 원하는 것은 자연스러움이다. '자연스러움'의 그 '자연'을 우리는 어떻게 훼손하고 있는가? (2008)

나이 들어 살아가는 법

남편은 육십 세를 바라보기 몇 년 전부터 일요일이면 고등학교 동창들과 등산을 다닌다. 삼십여 년 전의 친구들이 정다워서인지 아니면 자신의 건강을 위해서인지 별 특별한 일이 없는 한 거르지 않고 다닌다. 고등학교 친구들을 만날 때는 그 시절로 돌아가는지 등산에서 돌아올 때는 고등학교 학생들처럼 들뜨고 짓궂은 농담이나 우스갯소리들을 물어오곤 했다. 일주일에 한번 몇 시간의 등산도 건강에 좋겠지만 잠시 이 복잡한 세상을 잊어버릴 수 있는 것도 참 좋겠다는 생각이 든다.

한동안 즐겁게 등산을 다니던 남편이 올 들어 가져오는 이야기는 즐거운 이야기보다는 우울한 이야기들이 더 많았다. 부모님들이 돌아가셨다는 이야기는 나이가 들어서 그런지 그러려니 하고 받아들이는 눈치였으나, 누구 자식이 직장을 그만 두었다든가, 사업을 하던 친구가 부도가 났다든가, 하던 장사를 이제는 더 이상 못 버티겠어서 문을 닫았다든가, 또는 보증을 잘못 서서 집을 날리게 되었다는 이야기를 듣고 오는 날은 몹시 우울해 했다.

지난 주일엔 등산을 하는 친구들의 70~80%가 직업이 없어졌다는 말을 걱정스럽게 했다. 기껏해야 50대 중반 남자들의 그 많은 숫자가 할 일이 없다니 듣기에도 답답했다. 일차적으로는 먹고 산다는 것이 가장 문제이겠지만, 건강한 장년의 남자들에게 할 일이 없다는 것은 병든 사회의 징표처럼 보여서 우울했다.

세상에는 경우에 따라서는 상대적으로 다른 사람보다 먼저 죽는 사람도 많으니 한 10년 다른 사람보다 먼저 사회생활을 일찍 그만둔다고 생각하면 별문제가 아닐 수도 있다. 그러나 그러한 실직이 자신의 문제로 되었을 때 이를 아무 일도 아닌 듯이 받아들이기는 쉽지 않을 것이다. 가정을 이루고 사는 사람치고 형제나 친지들의 보증 부탁이나 금전의 차용에서 자유스러운 사람이 얼마나 되겠는가. 평생을 벌어도 갚을 수 없는 엄청난 액수의 돈이 그 보증이라는 것으로 사람을 옭아매는 것은 상상만 해도 무섭다. 그러나 그 부탁을 거절하기는 또 얼마나 어려운가? 예상치 못했던 일을 받아들인다는 것은 누구에게나 어려운 일이다.

그렇다고 언제 무슨 일이 닥쳐도 태연할 수 있도록 정신 수양을 하며 사는 사람이 얼마나 될까? 그래서 그런지 전에는 가끔 자신들의 기억력이 떨어져서 외울 수 없는 유머 시리즈들을 정리해서 나누어주는 친구들이 있다면서 한 장씩 가져오더니 지난 주일엔가는 '나이 들어 현명하게 사는 법'이라는 글을 한 장 받아왔다. 그 내용은 나이 들어 이 세상에서 잘 살아남는 처세술 비슷한 것이었는데, 옛날 시집가는 딸에게 친정어머니가 전해주는 계녀가가 생각났다. "우리들의 시대는 다 지나갔으니 옛날 일들일랑 다 잊고…"로 시작되는 내용은 모두 패배적인 구절만은 아니었지만, 자신을 버리고 양보하고 설치지 말고 살아가라는 것이 주를 이루었다.

나이 들어가면서 겸손해지자는 것으로만은 생각되지 않을 정도로 비굴함마저 느껴지는 것은 상대적으로 강한 젊은 세대와의 타협이 내 눈에 거슬렸기 때문일 것이다. 다른 어느 때보다 젊은 사람들 중심으로 모든 것이 진행된다고 해도 그들에게 비굴할 것까지는 없을 것이라는 생각이 들었다.

지난여름의 엄청난 홍수는 언제 끝날지 모르는 경제 대란 속에서 또 다른 공포로 다가왔다. 서울에 340밀리 이상의 비가 하루에 쏟아졌다는 그 날 수업을 끝내고 경부고속도로를 이용해 서울로 올라오고 있었다. 수원에서는 햇빛이 좋은 날씨였는데 서울 지역에서는 그렇게 엄청난 비가 내렸다. 한남대교를 건너 강북으로 가야 했기 때문에 지대가 높은 남산 순환도로를 이용하려고 마음먹고 있을 때 라디오에서 하얏트호텔 앞이 도로가 주저앉아 통행이 금지되었다는 안내방송이 나왔다.

남산 주변의 길은 벌써 산에서 흘러내리는 물로 그 넓은 도로의 일 차선까지 넘치고 있었다. 모든 차들은 비상등을 켜고 우회하느라고 정신이 없었다. 한국전쟁 때 피난을 가려던 서울 시민들이 한강 다리가 끊어졌다는 소식을 들었을 때 어땠을까 하는 생각을 했다. 간신히 3호 터널 안에 들어섰을 때의 안도감이라니. 마치 방공호에 피해 있는 기분이었다. 터널 안에 갇혀 있으면서 하늘이 무섭다는 생각을 많이 했다. 이 시대에도 하늘이 하는 일은 어쩔 수 없었고, 보통 사람들에게는 옛날처럼 치산치수를 잘하는 지도자가 우선 필요했다.

홍수 뒤 파헤쳐진 아스팔트의 얇은 두께와 험하게 드러난 하수도관을 엉성하게 받치고 있는 돌덩이들을 보며 이것이 우리의 실체인가 하는 생각에 부끄러웠다. 하기는 프랑스 범죄영화를 보며 우리가 먼저 감탄했던 것은 영화의 완성도나 배우의 연기가 아니라 범죄자들이 도망칠 수 있는 하수도 시설이었으니, 우리가 사회 기반시설이 취약한 부분에 대해서 기가 죽는 것은 어쩔 수 없다. 이는 도시 근대화가 서구보다 늦게 시작된 것이 원인일 수도 있을 것이고, 한국전쟁으로 폐허가 된 국토의 복구 작업이 늦어져서이기도 할 것이다. 갑자기 쏟아진 폭우로 우리나라의 실체는 지난겨울 어느 때부터 갑자기 시작된 경제 대란과 함께 여지없이 백일하에 드러났다.

이렇게 허약한 기반 위에 우리 모두를 맡긴 채 지금까지 살아온 것이다. 건국 50년이라는데 나는 부실공사를 한 토목 기술자가 아니었고, 정치, 경제적으로 부정을 행한 적이 한 번도 없었으니, 나는 책임이 없고 그 자리에 있었던 다른 사람들의 책임이라고 말할 수 있나? 이 나라에서 숨 쉬며 살았던 우리 모두의 책임이라고 보통사람들은 자책하며 기가 죽어 있는데, 왜 모든 결정을 내렸던 사람들은 자신들의 책임이 아니라고 하는지 모르겠다.

한국의 현실은 한국사람 모두의 책임이듯이 한국의 미래 또한 우리 모두의 몫이다. 시내의 모든 도로가 강으로 변했을 때 자동차가 얼마나 거추장스러웠는지. 걸어서 가라면 쉽게 갈 수 있을 텐데 길옆 어디에도 차를 세워놓고 갈 만큼 배수가 잘 되는 곳이 없는 상황에서 그래도 내가 믿을 수 있는 것은 내 몸이었다. 그리고 땅이었다.

해수면의 상승으로 땅도 자꾸 바다 속으로 잠기고 있다지만 오랫동안 믿어왔고 앞으로도 우리가 의지할 것은 땅일 수밖에 없다. 그래서 봄부터 지은 농사가 다 물에 잠기고 떠내려가는 것을 바라보며 망연자실하는 농부들의 모습이 오래도록 잊혀 지지 않는지 모르겠다. 하기는 마당에 심은 고추 모 하나가 비바람에 쓰러져도 오래도록 속이 상하는 것을 보면, 농사라는 것이 자식을 기르는 것과 같다는 말이 실감난다. 이는 우리가 땅에서 나와서 땅으로 돌아가기 때문이기도 할 것이다.

나이 들어가며 많은 사람들이 자연스럽게 땅과 친해지는 것은 누구의 강요에 의한 것이 아니다. 이 나라 사람들이 모두 땅을 파고 농사를 지으면서 살 수는 없겠지만 적어도 땅의 순리대로 사는 법은 배워야 할 것 같다. 건국 50년이라는데 또 다른 50년은 이 모든 것이 거름이 될 수밖에 없을 것이기 때문이다. 우리가 저질렀던 그 많은 시행착오들이 좋은 거름의 역할을 못한다면 우리의 고난은 너무나 무의미한 것이 아닐까?

'나이 들어 현명하게 사는 법'은 젊은 사람들을 피하는 것만이 능사는 아니라는 생각이다. 우리가 저질렀던 어리석은 실수를 다음 세대들은 반복하지 않도록 어떤 형태로든지 전달할 필요가 있다. 그것이 역사를 올바로 만들어 가는 사람의 자세가 아닐까. (2005)

아! 세종대왕

조금 전까지 논문 한 편을 쓰기 위해 채만식의『탁류』를 읽으며 작가의 유장한 문체와 독특한 남도 식 표현에 빠져 해야 할 본분을 잊어버린 채 감탄하고 있었다. 하기는 작품의 평가 이전에 이해와 감상이라는 과정이 우선하는 것은 물론이니 나무랄 일은 아니다.

얼마 전에는 겉장이 몇 장이나 뜯어진『춘원 서간문』을 들여다보면서 그 책을 옆에 놓고 편지 한 장을 어렵게 써 내려갔을 우리 어머니, 작은어머니를 생각하며 가슴이 훈훈해왔다.『춘원 서간문』은 편지 쓰는 법을 사례별로 예시해 가며 묶은 책으로 일반 대중들에게 좋은 전범이 되는 책이다. '결혼해서 먼 곳으로 떠난 시누님께', '승진하신 친정 오라버님께', 심지어는 '마음이 변한 남편에게'까지 사례별로 나누어서 묶은 책이다. 제대로 자신의 마음을 전달하는데 익숙하지 않았던 그 시절 우리 어머니들은 좋은 편지의 예문을 옆에 놓고 이름이나 계절만 바꿔 넣으면서 편지 한 장을 완성했을 것이다.

이런 시절이 바로 몇 십 년 전이었는데 이제 사랑하는 사이에도 연애 편지 한 장 주고받는 사람이 없는 것 같다. 생각하는 대로 느끼는 대로 곧 음성으로 전달할 수 있는 통신수단이 너무나 많으니까 편지 같은 문자행위는 필요 없을지도 모르겠다. 조금 긴 문장이 거추장스러워 간략하게 줄인 문자의 홍수 속에서 젊은 세대가 아니면 약자의 본래 의미를 알아내기 어려운 경우도 많으니, 지난 백년도 안 되는 시간 동안 우리 사회의 언어와 문자의 변화는 다른 어떤 분야보다 앞서 나가고 있다고 할 것이다.

기성세대는 아무래도 활자매체의 세대이기도 하겠지만, 영상을 매개로 하는 영화나 텔레비전 등을 좋아하는 젊은 세대들과는 많은 차이가 있다. 예술적 가치가 있는 영화나 일상사를 시시콜콜히 까발리는 텔레비전 드라마에서 느끼지 못하는 깊이와 그윽함, 또는 해석의 다양함을 독서에서 느끼는 것은 말할 것도 없다. 이는 활자매체의 세대가 화면 하나 가득 조금도 숨기지 않고 노출시켜 버리는 영상예술의 직설적 화법에 익숙해질 수 없기 때문일지도 모른다. 한 줄 한 줄 읽어 내려가며 발견되는 문학적 재미는 소설을 비롯한 시간 예술에서 느낄 수 있는 은밀함이기도 할 것이다. 그럼에도 요즈음은 소설을 가르쳐야 하는 시간에도 학생들의 주의를 환기시키는 방법은 영상매체를 빌려올 수밖에 없다는 것은 씁쓸하다.

요즈음 학생들은 영화나 텔레비전과 함께 자라온 세대라서 그런지 책을 읽는 것이 어려운 모양이다. 하기는 대학에서도 도서 자료를 통해 습득해야 하는 많은 정보를 사진이나 영상과 같은 보조 자료를 통해 확충하고 있음은 부정할 수 없다. 이런 때일수록 문학 연구에서 현지답사가 지니는 중요성은 점점 더 강조되는 바이기도 하다.

근대문학 초창기부터 1960-70년대까지 우리 소설을 읽었던 독자의 숫자는 인구 대비 이 시대에 소설을 읽는 숫자보다 많았을 것으로 보인다. 그 시대에는 특별히 대중들이 향유할 만한 문화적 매체도 없었지만 새롭게 공급되는 소설에 대한 반응은 폭발적이었던 것으로 보인다. 20세기 초에는 호롱불 아래 몇 사람이 모여 앉아 바느질을 하거나 새끼를 꼬는 사람들을 향해 소설 낭독을 하면서 가능했던 것으로 보인다.

점점 소설에 대한 수요가 증가하면서 낙양의 지가를 올렸던 신문 연재소설이나 단행본이 수두룩했으나, 그 이후에는 인기 있었던 영화나 텔레비전 드라마가 그 자리를 차지했다. 물론 영화나 텔레비전 드라마가 인기를 누리는 동안 신문에 연재된 통속소설에 대한 관심이 병행된 시기도 있었지만, 통속소설들은 대부분 영화로 만들어지며 한 시대의 대중 문화적 특성을 나타냈다.

요즈음은 학생이나 사회인이나 가릴 것 없이 책을 읽지 않는다고 한다. 우선 이 바쁜 정보사회에서 남에게 뒤지지 않으려면 그렇게 시간이 많이 걸리는 독서 행위에 시간을 투자할 수 없기 때문이기도 할 것이고, 그러다 보니 사람들이 자꾸 조급해지면서 시간이 걸리는 일에는 매달리지 않는 악순환이 되풀이 되는 것 같다.

우리 아이들이 어렸을 때는 시간이 없으니까 일기를 시로 쓰겠다고 해서 부모들을 놀라게 하더니, 요즈음 대학생들은 소설 작품을 읽는데 시간이 많이 걸리니까 시 분석으로 논문을 쓰겠다고 해서 선생을 경악시킨다. 그러다 보니 매주일 엄청난 양의 작품을 읽고 분석을 해야 하는 국문과의 수업에서는 작품을 읽었는지 안 읽었는지를 7-8분 정도의 시간을 할애해 소설에 대해 요약해 낼 수 있는 퀴즈를 통해 독서 여부를 확인하는 작업을 안 할 수가 없다. 이 엄청난 사회의 변혁 속에서 소설의 운명이 어떻게 될 것인가를 불안한 마음으로 확인하는 것인지도 모른다.

우리글이 이렇게 자리 잡기까지는 말할 것도 없이 수많은 분들의 헌신적인 노력 없이는 불가능했다. 실학자들의 의식이 그렇게 진보적이었음에도 어찌 꼭 한문으로만 그들의 생각을 남길 수밖에 없었을까? 식민지 시대에도 나라 잃은 슬픔을 읊은 우국시의 태반이 한시라는 사실은 아무리 생각해도 답답하다. 우리와 가장 가까운 시대를 호흡하면서 나라의 장래를 생각하며 활동했던 분들의 한계가 분명할수록 오백년도 훨씬 전에 우리글의 필요성을 인식했던 그 분의 놀라운 혜안은 오래도록 기려져야 할 것이다. 세종대왕의 재위 기간 동안 행해졌던 과학적인 발명품, 국토의 보존 등 모든 업적을 차치하고라도 한글의 필요성을 인식하고 학자들에게 분위기를 조성했다는 것만으로도 세계사에서 평가받는 성군일 것이다. 재위 기간 동안 세종대왕이 이룬 업적은 한 인간이 얼마나 위대한 일을 해낼 수 있는가 하는 좋은 사례이다. 어떻게 백성을 위해 문자를 만들어야겠다는 생각을 했을까?

누구든지 실체를 가장 잘 이해하기 위해서는 공부를 해야겠지만, 공부보다 더 중요한 것은 가르치는 것이라고 본다. 다른 사람을 가르치기 위해 준비하고 애쓰는 과정에서 가장 정확한 이해에 도달하는 것이 아닌가 싶다. 대학을 졸업한 후 상당한 기간 동안 외국인에게 한국어를 가르친 체험을 통해 이를 확인할 수 있었다. 외국인들이 우리말을 배우는

데는 절대적인 시간이 필요하지만, 우리글을 읽고 쓰는 법은 다섯 시간 정도면 충분히 습득할 수 있다. 하루에 한 시간씩 닷새 정도 걸리면 한글을 읽고 쓸 수 있다.

외국인들에게 한국어를 가르친 경험이 있는 선생님들은 외국인들에게 우리글을 논리적으로 설명할 수 있다는 것을 얼마나 다행으로 생각하는지 모른다. 특히 논리적이고 합리적인 것이 아니면 받아들이기 어려운 서구인들이 우리말과 글에 대해 느끼는 놀라움은 대단하다. 우리말과 글을 조금만 배워본 외국인들은 그 아름다움에 감탄하는데 정작 우리는 얼마나 우리가 대단한 것을 가지고 있는지 잘 모르는 것 같아서 답답하다. (2005)

파편화를 거부하며

촛불 시위 이전 우리 사회가 가진 문제점 중에 무력감이라는 단어가 많이 돌아다녔다. 무력감은 능력과 결과를 최고의 가치로 신봉하는 경제 중심 자본주의사회의 극단적인 양상이 우리 사회를 지배하는 데에서 나타난 결과였다. 세계 어느 나라에서도 유례를 찾아볼 수 없을 만큼 빠른 속도로 심화된 빈부 격차는 이 나라에서 살아가는 구성원 모두가 감내해야 할 몫이었다. 고착화되어가는 사회 부조리에 대다수 국민들 특별히 젊은이들이 분노하는 것은 당연했다. 시대적인 변화라고만 볼 수 없는 기득권을 가진 사람들이 형성한 거대한 권력은 폭력으로 밖에는 설명할 수 없었다. 일반인들이 쉽게 납득할 수 없는 권력구조는 10여 년의 세월 동안 몹시 견고해졌다.

이 나라에서 20세기를 살아온 사람들은 어떤 형태로든 불합리의 극단에 도달했다고 판단되는 시간이 되면 모두 행동으로 옮기는 것을 익히 보아왔다. 갑오농민항쟁이나 삼일운동까지 올라가지 않아도 4·19혁명의 장엄한 투쟁과정은 중학교에 갓 입학한 어린 학생들의 눈에도 분노,

환희, 희망 등의 만감이 교차하게 만들었다. 대학에 다니며 일상으로 받아들였던 교문 앞에 서있던 무장 군인, 최루가스 속에서 얻어낸 귀한 소득을 그렇게 쉽게 묵살하고 안하무인으로 행동했던 정치하는 사람들은 대단히 무신경했음에 틀림없다. 신천지를 향한 놀라운 투쟁 방식과 지구력은 이 나라 국민임을 자랑스럽게 생각하게 만들었다.

몇 달에 걸친 지속적인 투쟁 끝에 얻어낸 그 결과에 온 나라는 축제 분위기였다. 36년의 식민지 상황에서 벗어났을 때 국민 모두 태극기 들고 거리로 나와 기뻐한 만큼 온 국민은 축하의 물결이었다. 태극기가 또 다른 의미로 한쪽에서는 출렁거렸지만 다양함의 표출이라는 의미에서 공존할 수 있음을 보여주었다. 시대의 변화도 한 몫을 했지만 우리는 명실 공히 집단의 응집된 힘으로 왜곡된 권력을 향해 응징하고 새로운 세계를 만들어낼 수 있는 가능성을 확인했다.

오랫동안 왜소한 개개인으로 쪼개진 미세한 파편들로 이 나라의 여기저기를 쓸쓸하게 굴러다니는 듯했던 젊은이들이 모처럼 힘을 합해서 소리치고, 주장했던 바가 이루어졌다는 점에서도 촛불의 의미는 위대하다. 어느 집단에서도 응집력이라고는 찾아볼 수 없었던 외로운 개인들이 서로 부딪치지 않으려고 안간힘을 쓰면서 떠돌았던 시간에서 돌아와 힘을 모아 거대한 벽을 무너뜨렸다는 것에서 큰 의미가 있을 것이다. 경쟁에서 소외되었던 개별적인 존재들은 어느 집단에도 소속되지 못하고 밀려난 뒤 각자 물기도 없이 버석거렸다. 이러다가 그들이 가루가 되어 버릴지도 모른다는 생각이 들 정도로 사태는 심각했었다.

IMF라는 경제 대란 후에 모든 직장들이 구조조정을 하는 과정에서 대학도 예외는 아니었다. 대학 전체의 구조에서 인문학이 위기를 겪는 것은 말할 것도 없고 교수와 학생 사이의 단절, 노교수와 젊은 교수들 사이의 단절 등, 분할되는 양상이 심각했다. 교수라는 집단이 연구실에 파묻혀 자신의 일에 몰두하다 보면 타인과의 소통이 원활할 수는 없지만, 현대 우리 사회에서 대학이 차지하는 위상과 역할을 생각한다면, 상아탑에 갇혀서 자신의 전공 분야의 연구에만 매진한다는 것을 올곧은 행위라고만 볼 수 는 없을 것이다. 이런 현상은 사회 어느 조직에서도 유사할 것이다. 이는 세계관이 다르고 살아가는 방향이 다르기 때문에 그런 것만은 아닌 것으로 보인다. 오히려 감각적으로 서로 좀 다르고 타인의 일에 개입하기 싫어하는 현대인의 속성에서 연유하는 것으로 보이기도 한다.

현대인의 그러한 속성들은 인간관계가 경제적인 힘에 따라서 소속하는 집단이 달라지는 것으로 쉽게 고착화되는 듯했다. 경제적인 분할 기준은 가장 명확하게 자신이 어느 집단에 소속하는가를 쉽게 알려주는 것으로 보이기 때문이다. 이러한 일방적이고 획일적인 분할에서 단절감과 소속감을 느낄 수 없는 개인들이 얼음처럼 자갈처럼 굴러다니는 현대사회의 모습에 거부감을 느끼지 않는 사람들은 없었을 것이다. 광장에 모인 사람들의 염원에는 그러한 저항도 한몫 했을 것으로 보인다.

축제처럼 이어졌던 촛불 행사는 실로 오래간만에 이 사회에 소속된 사람들이 하나라는 확신을 주었다. 성공한 경험이 많지 않았던 보통 사람들에게 그들이 이루어낸 결과는 모처럼 커다란 성취감을 안겨 주었다. 집단행동에서 추구했던 진정한 가치가 발현되어 얻은 결과는 대한민국이라는 집단 전체에는 정치적, 사회적, 역사적 변화를 가져왔겠지만, 참여했던 한 사람 한 사람에게는 개인사에 커다란 의미를 지닐 것이다. 살다가 이런 일도 있을 수 있다는 긍정적인 신호임에 분명하다.

이 사회 구성원이 하나가 될 수 있다는 연대의식이 국민이라는 이름으로 표출되었다. 다수의 의견이 반영되는 민주주의라는 가치를 실현하는 것이 정치임을 역설하고 있다. SNS든 여론조사든 방송이든 모든 행위는 국민 다수의 의견을 실현하기 위한 과정임을 내세우고 있다. 정치는 진보든 보수든 국민이 원하는 방향으로 가고 있는 것으로 보인다. 모든 개인이 연대하여 국민, 국가라는 집단으로 향하려는 것이다.

바라건대 세대, 집단, 성별, 권력 간의 의견 차이로 분리되다 결국은 파편화의 길로 가지 말고, 공동 가치를 향해서 의견이 수렴되어 아름다운 세계, 살 만한 가치가 있는 세계를 실현할 수 있었으면 한다. 사회가 빈부격차만큼, 나이, 성별, 관심분야 등 수많은 기준으로 분할되는 현상은 다양성이라는 면에서 긍정적으로 작용할 수 있을 때 의미가 있지, 선을 긋고, 각을 세우는 것으로는 사회를 분열시킬 뿐이다.

온 국민이 참여하며 이루어낸 역사적 전환을 대립과 타도의 대상으로 보기보다는 다양성을 인정하며 관계를 승화시킬 수 있는 계기로 삼았으면 한다. 일사불란한 획일적인 요구는 이 시대에 적합하지 않다. 이는 과거에 문제점으로 드러났던 또 다른 극복의 대상이 될 수밖에 없을 것이기 때문이다. (2017)

시답잖은 소망

가족 중에 아직 저 세상으로 갈 때가 되지 않았다고 생각해 왔던 사람의 죽음을 접했을 때 망연자실함은 그 순간의 슬픔만이 아니라 살아가는 내내 가슴에 쇳덩이를 안고 살아가는 것과 비견될 것이다. 환갑잔치에 하객으로 간 어떤 옛 어른은 '부친 돌아가시고, 모친 돌아가시고…' 등으로 시작하여 그 가족의 나이 서열에 따라 돌아가실 것을 축수하는 글을 올렸다고도 한다. 하객들이 어르신의 생신을 축수하는 자리에 웬 죽음을 그리 나열하는가 하고 언짢아했음은 말할 것도 없었을 것이다. 그러나 하객의 설명은 살면서 참척을 당하지 않고 살다가 죽음을 맞이하는 것이 인생의 제일 큰 복임을 말하려는 것이었다. 생각하면 당연한 것으로 보이지만, 나이가 들면서 그 당연한 순서를 지켜내기가 얼마나 어려운 것인가를 수 없이 경험하게 된다.

몇 년 전인가 어느 봄날 서울 근교의 산에 갔다가 산에서 40대 중반의 여자가 피살을 당했다며 사진을 실은 전단지가 여기저기에 붙어 있는 것을 보았다. 목격자를 찾겠다는 경찰서 측의 의도였지만 결혼을 했다면 어린 자식이 있을 거라는 개인적인 생각에 아이가 입을 심리적 충격이 더 걱정스러웠다. 몇 주 후에도 범인은 찾지 못했는지 더 큰 종이에 확대된 전단지가 계속 붙어 있었다. 몇 사람을 건너서 우리도 알고 지냈던 사람이라는 사실을 알고 난 뒤 그 충격은 더 컸다. 사회가 복잡해지면서 지극히 평범한 삶을 유지하기가 얼마나 어려운 일인가를 확인하는 시간이었다.

날마다 어제 같은 오늘, 오늘 같은 내일에 밋밋하고 시답지 않은 삶이라고 투정했지만 그 시답지 않음을 지켜내기가 이리 어렵다니. 누구나 다 사는 게 그럴 것 같다. 썩 재미있을 것도, 특별히 의미 있을 것도 없는 세상을 열심히 살아낸다는 것은 도인의 경지에 가지 않으면 어렵겠구나 하는 생각을 하게 된다.

가끔 나이가 든, 살 만큼 사셨다고 생각하는 분들에게서 '이 세상에 나왔던 흔적을 남기고 싶지 않다'는 말씀들을 듣는 경우가 있다. 처음 그런 말을 들을 때는 약간 섬뜩하기도 하고 쓸쓸하기도 하고, 무엇이 저 분을 저토록 비감하게 만들었을까 하는 궁금증까지 들기도 했으나, 나이 들어 보니 나도 그럴 것 같고 충분히 공감되는 부분이 있음을 확인하게 된다.

가끔 골목길을 지나다가 보면 주택가 대문 앞에 며칠 전까지 살아 계시던 분의 물건들이 어지럽게 쌓여 있는 것을 보게 된다. 헌 옷, 신발들은 말할 것도 없고, 옛날 앨범까지 쓰레기로 버려지는 것을 보면 씁쓸하다. 우리가 남기고 가는 것이 바로 저런 것이구나 하는 생각을 하게 된다. 은행 통장의 숫자는 자식들이 모두 나누어 가질 텐데 하는 생각을 하면 그것만이 남길 만한 가치가 있는 것이 아닐까 하는 생각도 든다.

가까운 일본은 돌아가신 분의 유품을 우리처럼 쉽게 버리는 것 같지는 않았다. 물론 전통적인 사고를 아직도 지니고 있는 나이든 세대에서 볼 수 있는 것이었지만, 고인이 쓰던 물건에 그 분의 영혼이 남아서 맴도는 것으로 생각하는 듯도 했다. 우리가 너무 미국식의 사고에 익숙해서일까?

일본 친구들이 부모님이 돌아가신 지 몇 년이 되었는데도 사용하시던 물건들을 끌어안고 있다는 얘기를 들었다. 기모노가 비싸서 그렇기도 하겠지만 부모님이 입으시던 오래된 기모노를 손질해서 입는 것을 당연하게 생각하는 것을 자주 보았다. 우리는 한복을 몇 번 입거나, 몇 년 지나면 입기 곤란한 것으로 치부한다. 우리 부모 세대에서는 세탁을 해서 동정을 갈아가며 새롭게 입으시던 것을 보아왔는데, 요즘에는 그렇게 입기가 만만치 않다. 옛것을 중시하고, 검소하게 생활하는 것을 되살렸으면 하는 생각도 해본다.

모친이 돌아가신 뒤 부엌에서 내가 가져 온 것은 몇 년 동안 쓰시던 무쇠로 만든 작은 냄비와 항아리 몇 개였다. 유약을 바르지 않고 구운 옛날식 항아리는 어머니가 그랬듯이 볕 좋은 곳에 두고 소금 항아리로 쓰기도 하고, 한가해지면 간장을 한번 담가 봐야지 하는 꿈이 있다. 물론 믿을 만한 곳에서 옛날식으로 만든 메주를 구할 수 있을 때 그럴 수 있을 것이지만. 무쇠로 만든 작은 냄비는 약한 불에 밥을 눌려서 누른

밥을 먹으면 좋다. 어머니가 남긴 그릇을 사용하며 이상한 버릇이 생겼다. 그릇을 닦으며 어머니를 대하듯 혼잣말을 하고는 한다. 대부분은 이 나이가 되어 알게 된 어머니에 대한 사모곡이라고 할까? 그보다는 자신의 고달픈 상황을 되뇌며, 어머니는 그때 얼마나 힘들었을까를 생각하는 경우가 대부분이다. 내 평생은 충분히 쓸 수 있을 것 같은 무쇠 솥을 엄마네 부엌에서 가져온 것은 참 다행이다. 그 동안은 어머니와 같이 있는 것이니.

이 나이에는 참으로 시답지 않은 것이 삶을 행복하게 하는구나 하는 생각을 하게 된다. 요즘처럼 미세먼지나 매연으로 집 밖을 나가는 것이 별로 즐겁지 않을 때 창문을 통해 들어오는 맑은 햇빛이 얼마나 좋은지 모른다. 그 시간은 무상으로 큰 선물을 받은 듯 행복해지며 몸을 이리저리 돌려가며 거풍을 하듯이 햇볕을 쪼인다.

도시를 떠나 시골로 회귀하여 살아보려는 젊은이들이 많아지는 것은 도시가 생계를 유지할 수 있는 삶의 현장임에 분명하지만 더 이상은 살아내기 어렵다는 절규이다. 공기나 햇볕처럼 무상으로 주어졌던 것들의 질이 너무 떨어져 더 이상은 견딜 수 없기 때문이기도 하다. 시골로 회귀해 보려는 것은 질 좋은 자연을 무상으로 공급받을 수 있는 곳으로 가보려는 작은 욕망의 표현이기도 하다. 깊은 산 속에 들어가 혼자 살아가는 사람들의 생활을 보여주는 텔레비전 프로그램이 계속되는 것을 보면 여러 가지 이유로 반문명적인 생활을 하고 싶어 하는 사람들이 많은 모양이다. 문명적인 생활의 시작이라 할 수 있는 전기가 공급되지 않는 곳에서 생활을 해보는 것으로 현재 우리 생활에 대한 재점검을 해볼 수도 있을 듯하다. 그러면서도 얼마나 많은 사람이 자연을 훼손시키며 생활하고 있는지 걱정스럽기도 하다. 제발 이제 취재 대상이 없어서 그 텔레비전 프로그램이 끝나기를 기대해본다.

한국전쟁이 끝나고 수많은 사람들이 서울로 도시로 몰려온 결과 한국의 도시는 특히 서울은 너무 비대해져서 숨쉬기도 힘들 정도가 되었다. 이제 역으로 노동 현장에서 은퇴한 분들은 귀농하여 땅과 친해지면서 본인들의 생활을 해결할 수 있다면 보람 있는 일임에 분명할 것이다. 물론 말처럼 쉽지는 않을 것이지만, 5,60년 전 이불 보따리 하나씩 들고 어린 자식들을 데리고 서울로 올라온 것에 비할 바는 아닐 것이다.

직장 다니는 젊은이들이 전세금이 비싸서 경기도까지 가서 집을 빌려야하는 사정을 생각하면, 직장인들에게 집을 빌려주고 은퇴한 분들은 그 돈으로 낙향을 하면 경제적으로도 손해가 나는 셈법은 아닐 것으로 보인다. 경제에 대해 전혀 모르는 은퇴자의 헛된 꿈이라고 말할지도 모르겠으나, 2년 동안 작은 농사를 지어본 경험으로 이런 제안을 할 자격이 충분하지 않은가? 3년째 농사를 지으려는 내가 소망하는 것은 좋은 햇볕과 적당한 비가 내려주기를 바라는 작은 소망, 시답지 않은 바램이다. (2018)

우리 세대에게 영화는 무엇인가

수많은 영화를 보고 간단 간단히 메모를 해놓은 메모장들을 들쳐보니 그때는 꽤 많은 시간을 투자해서 보았던 영화들이 지금도 특별한 감동으로 전해 오는 것은 그렇게 많은 것 같지는 않다. 우리가 보았던 많은 영화들은 당시의 세태를 보여주는 것으로 역할을 한 것들이 많은 듯하다. 초등학교 고학년 때부터 우리의 정신을 뺏던 영화들, 부모님 몰래 선생님 눈을 속이며 행해졌던 극장 출입의 결과는 수많은 화면으로 책의 낱장처럼 빠른 속도로 넘겨진다. 기억에 남는 영화의 의미들은 밤을 새워 한 장 한 장 읽었던 소설책들의 감동과 합해져서 머릿속에서 또는 가슴속에서 쌓여 내가 살아가게 하는 근간이 되었을 것이다.

어렸을 때는 감독의 예술성이나 작품성을 생각하기보다는 달콤한 스토리 전개, 배우들의 움직임과 그들의 의상, 화장, 머리 스타일 등에 집중했던 듯하다. 영화의 표면적인 장치들은 궁핍했던 시절에 화려함의 극치를 보여주었으며, 이는 우리를 현실에서 도피할 수 있게 해주었던 것으로 보인다. 우리는 현실과는 전혀 다른 사람들의 화려한 세계를 보며 남루한 현실을 외면할 수 있었다. 사극 영화에서 여자 배우의 매니큐어 칠한 긴 손톱이나 전선이 늘어진 전봇대가 화면 한구석에 보이는 것도 아랑곳하지 않았다.

60년대에 우리가 보았던 많은 한국 영화들은 리얼리즘을 추구하는 진지한 영화들도 많았지만 현실과는 유리된 경우가 많았다. 배우도, 감독도 현실에서 유리된 인물들을 통해 동화의 나라를 꿈꾸는 경우가 많았던 것으로 기억한다. 은막의 세계는 비현실적인 세계로 인식했고, 그럼에도 그 나름으로 만족했다. 영화는 관객들을 활자 매체를 통해 전달되는 사색의 세계에서 탈출하여 시각적인 현란함과 현실도피로 유도했다. 영화의 시각적인 세계는 새로운 매체로 등장한 텔레비전의 드라마나 화보 중심의 〈LIFE〉 같은 잡지들과 함께 새로운 세계를 보여주었다.

그즈음 각 신문사에서 찍어내기 시작한 주간지의 선정적인 사진들도 청소년들을 유혹했다. 사춘기로 넘어가는 시기에 갖게 되는 어른들의 세계에 대한 호기심을 영화나 잡지의 화보들이 충족시켜 주었던 것으로 보인다. 신문에 4컷 짜리 시사만화는 있었지만 영화를 보조할 만한 스토리가 있는 만화는 많지 않았다. 만화를 대여해 주거나 앉아서 볼 수 있는 만화가게에 몇 번 갔던 것 같기도 하고 공부시간에 만화책을 책상 밑에 놓고 읽다 선생님께 걸린 적도 한두 번 있지만 만화는 영화와 비교할 수 없었다.

우리는 영화를 통해 어른들의 세계를 기웃거리며, 분위기 있고 우수에 젖은 서구 배우들의 모습에서 또 다른 동화의 세계를 꿈꾸기도 했다.

특별히 프랑스나 이태리 등 유럽에서 수입된 문학작품이나 철학적인 이념들을 영화화한 작품들을 통해 전후 실존주의, 허무주의를 습득하기도 했다.

전후에 우리와 유사한 체험을 한 유럽의 영화에 심취했던 시간이 길었으나 그 이후로 현재까지 미국 영화의 일방적인 우위는 오래 지속되었다. 외국은 미국으로, 외국 사람은 모두 미국 사람으로 불렀던 시간이 길었다. 그 이후로 홍콩, 대만, 중국과 일본 영화에서 위로받고 공감했던 시간도 길었다. 시대의 흐름에 따라 우리에게 전해진 외국영화의 변화 과정은 바로 세계 역사의 전환 과정이고 흐름이었다.

「구두닦이」(1946) · 「자전거 도둑」(1952) · 「두 여인」(1961) 같은 영화로 소개된 비토리오 데시카 감독의 리얼리즘영화는 우리나라에서 「십대의 반항」(1959) 같은 작품에 많은 영향을 끼친 것으로 보인다. 성인이 된 다음에 같은 감독의 작품으로 전쟁의 비극을 그린 「해바라기」(1970)가 있었지만 해바라기가 가득 핀 들녘만 기억에 남을 뿐 별 감동은 없었던 듯하다. 20세기가 끝날 무렵 우리의 관심은 전쟁의 아픔에서 도피하고 싶어서였는지도 몰랐다.

사춘기 즈음하여 몽고메리 클리프트와 제니퍼 존스가 출연한 「종착역」(1953)의 가슴 절이는 장면들이 오래도록 잊혀 지지 않는다. 「종착역」은 제한된 시간과 미혼의 젊은 이태리 남성, 미국에 가정이 있는 중산층 여성의 일탈이 기차역이라는 로맨틱한 공간과 어울리며 몇 번을 다시 보게 만들었다. 문학이나 영화에서 한정된 시간 안에 처한 인물들에게 열차는 낭만적인 소품이었다. 후에는 이별의 공간이 비행기와 공항으로 바뀌었지만 그 시대에는 기차의 이미지가 오랫동안 확고한 위치를 차지했다. 사랑하는 사람들의 이별에 대한 애절함을 표현하기에는 기차만한 것이 없었을 것이다. 버버리코트 깃을 세우고 기차역에서 여자에게 작별을 고하던 전혀 모르는 남자의 모습이 지워지지 않는 것도 기차역이기 때문이었을 것이다.

드라이저의 소설 「아메리카의 비극」을 영화화 한 「젊은이의 양지」(1952)도 사춘기 여학생들의 심금을 울렸다. 가난에서 탈출하려는 시골 청년의 모습은 우리 시대의 상황과 유사해서였을 것이다. 영화에서 가난을 상징하는 것으로 그려지는 종교는 연말 구세군의 모금 종소리와 중첩되며 절실하게 다가왔다. 「젊은이의 양지」에서 미모와 경제력을 구비한 도시 여성과 사랑했던 순박한 고향 처녀에 대한 연민 사이에서 고뇌하는 남성의 모습은 그 후 한국영화나 드라마에서 수없이 반복되었다. 출세에 대한 욕망으로 불타는 남성들의 이야기는 산업사회로 이동하는 과정에서 나타날 수 있는 흔한 주제였다. 섬세하고 우수에 찬 모습으로 기억되는 동양적인 마스크의 몽고메리 크리프트는 46살이라는 나이로 일찍 죽어서 더 잊혀 지지 않는가?

한국 전쟁 당시를 배경으로 한 「모정」(1955, 국내 개봉 1972)에서 종군 기자 윌리엄 홀든과 같이 출연한 제니퍼 존스의 모습도 잊혀 지지 않는다. 홍콩을 배경으로 한 영화에서 중국계 혼혈 의사로 나온 여주인공과 종군 기자인 남주인공의 사랑은 기자의 죽음으로 비극적으로 끝난다. 이루어질 수 없는 비극적 종말에 대한 아련한 그리움은 어린 나이에 꿈꾸는 아름다운 사랑의 모습으로 보였던 듯하다. 그 후로도 바람 부는 언덕 위에 서있는 큰 나무를 볼 때면 「모정」의 환하게 웃으며 뛰어가는 남녀 배우와 앤디 윌리암스의 소프트 아이스크림 같은 노래가 떠오른다. 「종착역」이나 「모정」에서 그리움의 대상이었던 제니퍼 존스가 아흔 살이 넘어서까지 살다 몇 년 전에 죽었다는 기사를 보았지만 더 이상 알고 싶지 않았다. 역시 배우는 영화에 나온 그 나이와 그 모습으로 정지되었으면 하는 바람인 듯하다.

「바람과 함께 사라지다」(1939)의 화려한 화면은 전쟁 상황에 대한 역사적 이해보다는 흑인 하녀에게 코르셋으로 허리를 바짝 조이게 하고 가슴이 드러나는 상의에 화려한 파티 드레스를 입은 비비안 리를 쳐다보기에 바빴다. 미국 여행 중 박물관에서 본 남북전쟁 당시의 여성 의상이 결코 화려하지 않은 것을 보고 실소를 금하지 못했던 기억이 난다. 영화는 환상이었을 뿐이다. 중고등학교 학생 수준에서 영화는 그랬다.

대학에 들어가서 본 「사운드 오브 뮤직」(1965)에서도 귀여운 아이들의 움직임과 노래, 남녀의 사랑에 관심이 집중되었다. 나치에 대한 저항, 상류사회의 연애, 인간에 대한 순수한 사랑 등 미국 영화의 정석에 우리는 익숙해졌다. 지금도 텔레비전 채널을 돌리다 「바람과 함께 사라지다」나 「사운드 오브 뮤직」 같은 영화를 만나게 되면 한참을 머무르다 가게 된다. 「바람과 함께 사라지다」나 「사운드 오브 뮤직」에서 똑같이 커튼을 뜯어 옷을 만들어 입는 장면이 나왔었다. 궁핍함을 표현하는 장치였을까? 우리 식으로 하면 홑이불을 뜯어서 옷을 만들어 입는 정도일까?

그 시대의 배우로는 「카사블랑카」(1942)의 험프리 보가트와 잉그리드 버그만도 잊을 수가 없다. 2차 세계 대전의 긴박한 상황에서 모로코의

카사블랑카에 과학자 남편과 함께 미국으로 탈출을 하려는 여자 일리자와 두 사람을 도와주어야 하는 일리자의 과거 연인인 카페 주인 릭의 이야기라는 것은 우리는 대부분이 다 알았다. 영화를 본 사람이든 안본 사람이든 그러한 절박한 상황에서 멋있게 행동하는 카페 주인의 설정은 통속적으로 보이지만 감동적이었다. 긴박한 상황과 사랑하지만 떠나보내야 하는 카페 주인역의 험프리 보카트의 눈길은 스틸 컷만으로도 충분히 영화를 보고 싶은 욕망을 불러 일으켰다. 긴박한 상황에서 우수에 찬 릭의 모습을 보며 관객들은 맺지 못한 사랑에 애달파했다.

헤어졌지만 아직도 순정을 가진 남녀를 중심으로 한 감상적인 이야기였지만 그 나이에는 그것이 지고지순한 사랑으로 느껴지던 때였다. 안개 낀 밤에 과거 애인이었던 험프리 보가트가 마련해 준 비행기를 타러 남편과 함께 활주로를 걸어가는 잉그리드 버그만과 남편 폴의 모습이 기억에 남는다. 레지스탕스였던 남편의 모습은 다만 잉그리드 버그만과 어울리는 수려한 외모의 남자로만 의미가 있었다. 20세기 초반을 배경으로 하는 영화에서 모자를 쓴 남녀 주인공들이 자주 등장했는데 당시 유행이었던 것으로 보인다. 우리나라 신문학 초창기 문인들도 더블버튼의 양복에 약간 삐뚜름하게 모자를 쓰고 찍은 사진들이 많다. 모자가 잘 어울렸던 채만식의 사진이 생각난다.

레지스땅스 신분으로 쫓기는 남녀가 자유의 땅 미국으로 가기 위해 비행기표를 구해야 하는 절박한 상황은 여배우의 눈빛으로 충분히 전달되었다. 수많은 사람들로 북적이는 혼돈의 땅 모로코 카사블랑카는 다만 그 어감으로 낭만적인 공간의 대명사로 오래도록 남았다. 현재는 가죽 염색과 이슬람사원 등이 유명한 관광지로 알려져 있는 그 곳에서 이름만 빌려오고 영화는 한 컷도 찍지 못했다는 것은 나중에 알았지만 상관없었다.

흑백 화면으로 드러나는 생생한 분위기, 배우들이 표정으로 보여주는 내면의 섬세한 느낌이 전달되는 것은 그 공간이 지니는 영화상의 의미 때문이었다. 감상적인 스토리 전개와 카페의 분위기, 전쟁이라는 특수 상황에서 충분히 오래도록 간직해둘 만한 영화였다. 당시에는 레마르크의 소설 「개선문」 「사랑할 때와 죽을 때」 같은 소설과 영화 등에서 전후 젊은이들의 감성적인 사랑과 죽음에 많이 빠져 있었다. 목숨을 걸고 전개되는 사랑에 어떤 청춘이 외면할 수 있겠는가?

잉그리드 버그만은 게리 쿠퍼와 「누구를 위하여 종은 울리나」(1943)에서 짧은 머리의 매력적인 모습으로도 기억에 남는다. 헤밍웨이의 소설을 영화화한 작품으로 스페인 내전에서 게릴라전에 참여한 남주인공, 전쟁의 와중에 윤간당한 여주인공이 진정한 사랑에 눈뜨는 휴머니즘 등, 인물을 통해 인간 내면의 문제를 표현한 영화였다. 그녀가 출연한 「가스등」은 분위기 있는 제목부터 사춘기 소녀들의 관심을 끌기에 충분했고, 전형적인 심리 스릴러의 재미가 있었다.

아랑 드롱의 「태양은 가득히」(1960), 오드리 햅번의 「어두워질 때까지」(1967)에서도 세련된 범죄영화의 면면을 볼 수 있었다. 영화는 감독이 차지하는 비율이 중요하겠지만, 어린 시절 우리를 매료시켰던 것은 예쁜 여배우와 잘생긴 남자 배우였다. 그럼에도 너무 완벽하게 잘생겨서 현실감이 없었던 아랑 드롱에 비해 몇 편의 영화에서 그와 함께 공연한 뭉툭

하게 생긴 장 가뱅은 두고두고 잊히지 않는다.

「암흑가의 두 사람」(1973), 「지하실의 멜로디」(1963), 「시실리안」(1969) 등에서 같이 나온 두 사람은 프랑스를 대표하는 배우였다. 범죄 영화의 범인으로 나올 때에도 범인을 잡는 형사로 나올 때에도 장 가뱅의 매력은 대단했다. 그 중에서도 장 가뱅이 시몬느 시뇨레와 함께 나이 들어 찍은「고양이」(1971)라는 영화는 프랑스 영화에서 맛볼 수 있는 특별한 분위기를 보여주었다.

애정이 식어버린 노부부의 삶이 고양이를 사이에 두고 치열하게 전개된다. 평생을 인쇄소에서 일했던 남편을 통해 부부의 권태스러운 삶을 보여준다. 한 집에서 살지만 따로 생활하고 7년 동안이나 말없이 메모쪽지를 상대방을 향해 날리는 것으로 겨우 소통을 이어간다. 프랑스 영화만이 표현할 수 있는 문학적 장치들이 오래 남는다. 권태의 상징인 고양이 한 마리가 부부 사이에서 유일하게 살아있는 존재로서 움직인다. 남편이 유일하게 사랑하는 고양이를 아내는 버리고, 고양이는 다시 돌아오지만 아내는 죽고, 남편도 죽는다.

원작 소설을 감독의 연출과 배우들의 연기로 새롭게 만들어냈다. 죠르지 심농의 소설을 영화화한「고양이」는 문학작품을 보듯 음미하며 몇 번인가를 더 보았는데도 볼 때마다 좋았다. 시몬느 시뇨레는 늙고 뚱뚱한 모습 그대로 나왔으며, 현실에서 바람둥이였던 남편 이브 몽땅은 죽은 뒤에 그녀 옆에 묻혔다.

그 시절의 대부분 영화는 소설처럼 인물들의 이야기였다. 제임스 딘도 오래도록 기억에 남는 배우였다. 젊은 나이에 죽었기 때문에 매력적인 모습으로 끝나버려서 더 그럴 것이다. 젊은 날 보았던 젊은이의 영화였던 「이유 없는 반항」(1955), 「에덴의 동쪽」(1955) 같은 영화에서 느꼈던 감동은 좀 더 특별했다. 동시대의 느낌을 유사한 감성으로 그린 영화라서 그랬을까? 그 때는 1년 이상 지나서 영화가 수입되는 것이 보통이었고 우리의 감성은 조금 천천히 움직여서 오히려 진도가 맞았다고 할까?

2차 세계 대전 후 교통사고로 죽은 두 명의 천재에 알베르 카뮈와 제임스 딘을 꼽는다는 말에 부럽기까지 했으니 철이 없었던 시절이기도 했다. 배우가 당대의 문학가와 같은 반열에서 비교된다는 것이 부러웠다. 워렌 비티와 나탈리 우드가 같이 나온 「초원의 빛」(1961)도 우리가 좋아했던 영화였다. 그 영화에서 나왔던 워즈워드의 싯귀는 노트의 여기저기에 옮겨 적으며 외우기도 했지만 우리와는 거리가 있는 영화였다. 예쁜 여배우의 영롱한 눈방울이 잊히지 않는다.

1942년에 만들어진 「마음의 행로」는 기억상실증에 걸린 남자와 여자의 사랑을 표현한 통속적인 영화였지만 감동을 주었다. 흑백의 영국 시골 풍경이 그림처럼 예뻤고, 헌신적인 여성상을 연기한 그리어 가슨의 모습이 오래도록 기억에 남았다. 전쟁과 교통사고로 기억상실에 걸린 남성 인물이 사랑하는 여자의 헌신적인 노력으로 회복되어 행복한 결말에 이른다는 고전적인 설정은 당시 한국 영화에서도 자주 반복되었다. 일력을 빠른 속도로 넘기는 것으로 시간의 흐름을 보여주는 고전적인 화면이 기억에 남는다.

마릴린 먼로가 죽은 지 몇 십 년이 되었음에도 끊임없이 그녀의 사생활이 언론에 이어지지만 우리는 특별히 그녀에게는 관심이 없었다. 섹스

심벌로 상징되는 그녀의 외모를 감상하기에는 너무 어렸고, 그런 감성이 발달하지 않았을 것이다. 마릴린 먼로와 5년 동안이나 살았다는 세계적인 극작가 아서 밀러에 대한 궁금증만 증폭되었을 뿐이었다. 그녀와 세계 젊은 여성들에게 가장 매력 있는 대통령으로 보였던 케네디 대통령과의 스캔들을 들었을 때는 남성들이 마릴린 먼로에게서 느끼는 매력이 무엇인지 궁금했다. 「뜨거운 것이 좋아」(1959)라고 번역된 영화가 재미있었지만 그것은 백치미로 표현되는 마릴린 먼로 때문이 아니라 여성으로 분장을 한 토니 커티스와 잭 레몬 두 남성배우의 코믹한 연기 때문이었던 것으로 기억된다.

엘리자베스 테일러의 절대 미모는 우리나라 김 지미와 함께 여배우 미의 기준으로 보였다. 우리나라에서 엘리자베스 테일러가가 나오는 영화는 대부분 흥행되었듯이, 그녀의 이름이 등장하면 역사극이거나 현대물에 관계없이 극장을 찾았던 기억이 난다. 남루한 현실에서 탈출하는 방편으로 영화를 보고 싶었다면, 인형처럼 예쁜 여성배우와 소프트한 남성배우의 외모만으로도 충분히 우리의 관심을 끌기에 족했다. 최 무룡, 김 진규 같은 여성 취향의 배우들을 통해 대리 만족을 느끼고, 반항적인 시절을 영화를 통해 잘 넘길 수 있었던 듯하다.

아역 배우였던 안성기는 「십대의 반항」(1959)에서 전후 사회문제로 부각된 도시의 부랑아 역할을 했던 것이 인상적이었다. 1950년 대 후반 전쟁으로 부모를 잃은 아이들을 통해 사회 현실을 표현한 전후소설과 병행하여 영화에서도 그런 흐름이 있었고, 「십대의 반항」은 그 시대의 대표적인 작품으로 어두운 사회상이 잘 그려진 영화였다. 아이들이 출연하는 영화가 많았던 것은 전쟁 후 고아들이 많이 생기며 고아들이 사회 문제가 되었기 때문이기도 했을 것이다.

「구름은 흘러도」(1959)라는 작품은 재일교포 어린 학생의 수기를 유현목 감독이 만들었다. 일본 탄광에 끌려가 고생하는 우리 동포의 이야기를 중학교 일학년 때인가 학생 단체입장으로 보았다. 같은 나이 또래의 여학생이 쓴 일기라는 것에 특별한 감정이었던 기억이 난다.

돈이 없어 소변 냄새가 진동을 하는 동네 3류 극장에서 영화가 끝날 때까지 서서 보는 불편을 감수해야 했지만, 한번 들어가면 영화를 두 편씩 보여주는 동네의 동시상영관은 유일한 문화공간이었다. 어떤 영화를 상영해도 실망하지 않고 즐길 수 있었던 것은 영화인들이 비슷비슷한 수준의 영화를 끝없이 양산했고, 그 시절 우리가 향유할 만한 대중적인 문화라는 게 특별히 없었기 때문일 것이다.

영화 이외의 어떤 것도 우리가 쉽게 접근할 수 있는 게 없었다. 국내 작가나 외국 작가를 구별하지 않고 문학작품의 전집 출판이 이어졌으나 절대시간이 소요되는 독서와 언제라도 쉽게 접근이 가능한 영화 관람은 별개의 것이었다. 그 와중에도 기성세대는 젊은이들을 향해 독서를 등한시하고 영화나 팝음악 같은 것에 빠지는 우리 세대가 즉물적이고 단세포적이라고 비난했다.

하기는 당시 한국 유명 배우들은 통산 4-500편씩 영화를 찍어댔다니 수많은 영화가 양산되는 것은 당연했다. 한 배우가 동시에 십여 편의 영화를 찍어대는 엄청난 대량 생산의 시대였다. 덕분에 길을 가다 은색 알루미늄 반사판이 비치고 플래슈가 펑! 펑! 터지는 소리가 들리는 촬영 현장을 심심찮게 볼 수 있었고, 우리는 가던 길을 멈추고 넋을 잃고 카메라 앞에서 움직이는 배우들을 바라보았다. 어떤 남학생은 우리가 영화 촬영 현장에서 기웃거리는 동안 대형 건설 현장에서 커다란 포크레인이 움직이는 것을 입을 벌리고 바라보다 감독관한테 뺨을 얻어맞고 쫓겨났다고도 한다. 당시 영화 촬영이나 건설 현장은 길거리에서 우리의 관심을 끄는 풍경들이었다.

각종 일간지에 연재되는 연재소설을 포함하여 단행본으로도 대중소설이 많이 출판되었으나 영화 쪽으로 끌린 관심은 식을 줄을 몰랐다. 영화의 화려함에 편승하여 선정적인 여성의 몸매를 강조하는 화보들을 몇 장씩 끼워 넣은 주간지들도 길거리에 깔려 있었지만 우리의 관심은 영화였다. 동네 극장은 냄새나고 불결할 뿐만 아니라 분위기도 좋지 않은 불량스러운 공간이었지만 아랑곳하지 않았다. 고급스러운 장소에 대한 경험이 없어서였을까?

일류극장에 갈 돈도 없었지만 중고등 학생을 무섭게 알아보고 색출하는 경찰이 무서워 시내에 있는 일류 극장 근처에는 얼씬도 하지 않았다. 3류 4류 동네 극장은 더럽지만 우리가 편안하게 드나들 수 있는 공간이었다. 영화가 중간에 끊어지기라도 하면 젊은 남자들은 휘파람을 불어대며 입장료를 물어내라고 했지만 웃기는 얘기였다. 한참 기다리면 대부분 영화는 다시 이어졌다. 하기는 그러다가 필름이 뒤부터 돌아가는 경우도 있었는데 왜 그랬는지는 지금도 알 수가 없다. 2편을 같이 보여주는 동시상영관에서 보여 주었던 다른 한 편은 언제 찍었는지도 모르는 아주 오래되고 흥행도 되지 않았던 것이 대부분이었지만 그러려니 하고 받아들였다.

영화에 빠졌던 일차적인 이유는 독서에 요구되는 집중력과 독서를 하기 위해 소요되는 절대시간을 견디는 것보다는 짧은 시간에 보고 느낄 수 있는 압축된 세계가 달콤했을 것이다. 무엇보다 화면 가득 메운 인물들과 풍경의 화려함이 인내와 깊은 사고를 요구하는 독서보다 쉽게 다가갈 수 있었기 때문일 것이다. 70년 대 초반까지 우리가 볼 수 있었던 대부분의 영화는 흑백이었지만, 영화라는 새로운 매체는 우리의 감성을 자극하기에는 충분했다.

소월의 일생을 다룬 영화 「불러도 대답 없는 이름이여」(1962)는 진달래가 나오는 부분을 천연색으로 찍었고 다른 부분은 흑백으로 찍었다. 우리는 비용 문제일 거라고 생각했다. 천연색이 아니어도 영화를 통해 새롭게 접하는 현란한 세계에 우리는 깊이 빠져들었다. 영화는 우리 문화 전체를 바꾸는데 앞장섰다.

우리가 드나들었던 동네 극장에서는 창극단이 가끔 와서 「낙랑공주와 호동왕자」, 「에밀레종」 등의 국극도 보여주었다. 원색의 조명발과 출연자들의 짙은 화장이 어우러져 무대 위의 인물들은 무척 화려하게 느껴졌다. 소위 고무신부대라고 일컬어졌던 아주머니들이 아니어도 학생 신분인 우리도 국극 공연을 충분히 좋아했다. 그때는 학교에서도 일 년에 한 번씩 연극 공연을 했었다. 영어연극도 했는데 서양 드레스와 모자 등을 쓰고 연기를 하던 선배나 친구들이 대단하게 보였다.

학생들의 연극에 대한 열정은 중고등 학생 때만이 아니라 대학생이 되어서도 진행되었다. 가끔은 여학생들이 지방 공연을 다니는 창극단을 따라다니기도 하고 나중에는 대중가수로까지 활동하는 경우도 있었으니 공연문화에 대한 청소년들의 관심은 요즈음과 별로 다르지 않았던 듯하다. 하기는 20세기 초 한국 농촌에서 살아오셨던 나의 부친도 촌극으로 농촌계몽을 하셨다니 공연문화가 새롭게 등장한 것은 아니다. 우리 사회 저변에서 캄캄한 객석과 분리된 화려한 무대 위의 세계는 현실과 유리된 공간이었으니. 비록 짧은 시간이었지만 어떤 형태로든 현실을 외면할 수 있는 것은 좋았다.

매번 영화가 끝난 뒤 나오는 극장 밖은 햇빛이 쏟아지거나 눈비가 내리는 냉엄한 현실이었지만, 우리는 기회가 있을 때마다 극장 안에서 보내는 그 시간을 탐닉했다. 영화가 끝나고 밖으로 나와 밝은 햇빛에 노출되었을 때의 민망함은 비행을 저지르다 들킨 것 같기도 하고 무위도식하는 사람으로 보일 듯도 해서 당당하지 못했다. 그 때도 실업자 문제는 심각한 사회 문제여서 대낮에 극장에서 나오는 젊은 사람들은 실업자로 보이기 십상이었다. 학생들에게 허용된 영화 관람은 한 학기에 한두 편 중간시험이나 학기말 시험이 끝나는 날 학생입장이 가능한 영화가 아니라면 용납되지 않았다. 학교에서 단체로 보았던 빈소년합창단이 등장하는 「들장미」(1957) 같은 영화도 예뻤지만, 그냥 서양 머슴애들의 모습이 신기해서 좋아했을 뿐이었다.

내가 좋아했던 영화는 화면에 세로로 줄이 비가 오는 것처럼 그려지는 낡은 필름이라도 어른들이 보는 영화가 좋았다. 뭐 그렇다고 성인 관람 영화가 엄청나게 부도덕하거나 성적 표현이 자극적이거나 그러지도 않았다. 검열이 심하기도 했을 것이고, 우리의 일상생활이 그렇게 노골적으로 성적 표현을 하는 시대도 아니었다. 다만 어른들의 세계를 제약 없이 드나들 수 있다는 데에서 느끼는 위반의 묘미였나?

「외나무다리」(1962)에서 최무룡이 '외나무다리'라는 노래를 멋지게 부르는 장면이 지금도 기억난다. 「비극은 없다」(1959)에서 최무룡, 김진규 등의 모습이나, 「자유부인」(1956)의 이민 같은 배우가 양복을 멋있게 입었던 모습 등이 기억에 남지만, 신성일, 엄앵란으로 넘어갈 때는 우리의 관심은 한국 영화에서 점점 멀어져 갔다.

텔레비전에서 보여주는 옛날 한국영화들을 통해서는 당시의 세태와 건물, 도로 상황 등을 보는 것에 집중하게 된다. 배우들의 의복도 눈요깃거리이지만, 인물들이 활동하는 공간인 집, 사무실, 학교 거리 등을 보는 것에 관심이 집중되는 것은 그 시절을 살아왔기 때문일 것이다. 70년대부터는 골목길에 집집마다 대문 앞에 놓은 커다란 시멘트 청소통도 당시의 주거 양식을 기억나게 하는 것 중의 하나이다. 전쟁 후 도시의 중심가는 똑같은 양식으로 지어진 개량주택, 문화주택들이 한국 사회의 중산층을 표방했다. 전쟁으로 완전히 소진된 도시 공간에 제대로 된 주택이 들어서는 과정이었다. 변화의 와중에도 60년대 초에 나온 「마부」(1961)에서는 마차가 포장되지 않은 서울 변두리 도로를 택시, 승용차와 함께 짐을 실어 나르는 것을 볼 수 있다. 마차, 택시, 승용차가 공존하는 시기였다.

6,70년대는 한옥, 문화주택과 무허가 판잣집들이 공존했던 시기였다. 전쟁으로 인하여 흙과 나무 등으로 지은 한국의 주택은 곧 잿더미가 될 수밖에 없었고, 전후 폐허가 된 상황에서 전쟁에서 돌아온 모든 사람들

이 급하게 기거해야 할 곳을 만들기는 쉽지 않았을 것이다. 부족한 물자로 단시간에 지은 주택은 그 시대의 한국사회를 설명하는 근거였다. 주부들의 중요한 노동은 연탄 갈기였고, 연탄재는 눈이 온 후 미끄러운 눈길 위에 부서져 깔리는 것으로 마지막 소임을 다했다.

신문 사회면에는 연탄가스 중독으로 사망한 사람들에 대한 기사가 몇 건 씩 한 귀퉁이를 차지했다. 그럼에도 사회가 활기에 찬 것으로 느껴지는 것은 나라의 정책을 홍보하기 위해 만든 「팔도강산」(1967)과 유사한 영화들이 대량 생산되어 분위기를 유도했던 것에도 이유가 있다. 1편에서 3편까지 만들어진 「팔도강산」은 전국에 있는 자식들을 찾아다니는 노부부의 이야기를 통해 경부고속도로를 포함한 지방 도시의 균형 잡힌 발전을 홍보했다. 한국전쟁 이후 쿠데타에 의해 정권을 잡은 군사 정권이 국가홍보용으로 만든 국책영화였으나 화려한 배우들의 움직임과 스토리 전개가 좋았던지 영화는 관객 동원에 대성공이었다.

영화 제작과정에서도 당대 인기 배우들을 이용한 관객 유도에 역점을 두었음은 분명했다. 공보부를 통해 정부의 엄청난 돈이 투입된 홍보용의 영화는 그 후에도 예술성과는 관계없이 매번 흥행을 거두었다. 「팔도강산」에서 다양한 공간과 인물들을 통해 보여주는 세태는 부모와 자식 사이의 효를 연결시켜 국가 발전과 휴머니즘을 엄청난 자본력으로 강제하는 영화였지만 관객들은 그 화려함에 매몰되어 감동했다.

영화가 우리 생활에 깊이 들어온 시간은 길지 않지만 영향은 지대했던 것으로 보인다. 활자보다 영상이 강하게 영향을 끼치고 많은 사람들을 끌어들일 수 있었던 것은 영화의 대중적인 부분이었을 것이다. 6,70년대에 다른 예술 장르에 비해 많은 양의 영화가 수입될 수 있었던 것은 어떤 이유에서였든 그 시절을 살았던 세대에게는 좋은 추억이고 삶을 윤기 나게 하는 것이었다.

짧은 시간에 우리 사회가 변화한 것들을 보면 유난히 기존의 것들을 쉽게 파기하고 새로운 것만을 추구하는 민족인가 하는 자괴감이 들기도 하지만 그것보다는 전쟁으로 인한 철저한 파괴가 더 큰 원인일 것이다. 전후 폐허 속에서 적당히 얼기설기 세워놓은 판잣집들을 부셔야 그나마 형태를 갖춘 집들을 지을 수 있었을 것이고, 농촌을 버리고 도시- 특히 서울로 몰려든 엄청난 사람들을 수용하기 위해서는 기형적인 고층 아파트를 지어댈 수밖에 없었을 것이다.

현대적인 기기의 힘을 빌려 발달해 온 영화가 그랬듯이 한국 사회도 영화에 표현된 것만큼, 또는 그보다 앞서거니 뒤서거니 하며 여기까지 왔다고 본다. 지금까지 참으로 많은 사람들이 영화에 참여했을 것이며 대중들은 쉽게 이를 향유하며, 영향을 받았을 것이다.

돌아가신 어머니의 표현을 빌리면 나의 부친은 개미가 기어가는 것이라도 영화라면 자다가 일어나서라도 보러 가셨을 거라며 불평하시던 것을 보면 무던히 영화를 탐하셨던 모양이다. 무성영화부터 시작하여 동네 공터에서 하얀 천을 걸고 보여준 전쟁 상황에 대한 자료화면 등 우리 앞의 세대에서 보았던 영상이라는 게 극히 빈약했을 것임에도 영화에 대한 절대적인 지지는 대단했던 것으로 보인다. 그만큼 활자매체를 통한 극히 제한적인 정보 제공에 만족해야 했던 세대에게 영상은 엄청난 혁신이었을 것이다.

우리 동년배의 꽤 많은 친구들은 학교에서 금하는 영화를 보러 극장에 변장을 하고 갔다가 걸려서 정학을 맞았다든가 하는 무용담을 말하는 경우가 자주 있다. 체벌을 감내하면서까지 금지된 영화를 보려는 욕망은 무엇으로 설명할 수 있을지. 어떤 친구는 광화문을 중심으로 종로, 청계천, 을지로, 퇴계로로 이어지는 서울 시내 거리를 그린 뒤 그 지도 위에 모든 극장의 위치를 표시해 넣기도 했다. 중학교 2학년 때인지 어떤 미국 영화에서 나온 인디안 추장의 모습에 반해서 두 손을 모으고 눈을 깜박거리던 그 친구는 지금 어떻게 변했는지 궁금하다.

내 건강의 원군

살아온 세월이 오래되다 보니 몸이 여기저기 조금씩 불편했지만 그것을 당연한 것으로 알며 살아왔다. 오래 앉아 있으면 허리가 아프다든지, 다리가 불편하여 계단을 하나씩 내려오기 시작한다든지, 등산이 겁이 나기 시작하며 우울해지고 기분이 언짢았다. 병원도 별로 좋아하지 않고, 게으른 성격에 이대로 늙어가나 하며 체념하고 있을 때 신뢰할 만한 친구의 전도로 몸 펴기 운동이라는 것을 하게 되었다. 전통적인 우리 생활에 기초를 둔 몸 펴기 운동이라는 것은 크고 작은 봉과 같은 대수롭지도 않은 도구들을 사용하여 상체, 하체, 허리 등을 펼치는 동작이었다. 결국은 책상에 앉아서 작업을 하거나 컴퓨터와 씨름하며 오랜 세월 구부리고 앉아서 생활해 왔던 몸을 반대 자세로 펼치고, 온몸을 돌리는 과정을 반복하는 것이다.

과학적인 근거는 잘 모르겠으나 생활을 하는 과정에서 굽고, 굳어 있던 근육들을 펼쳐 주고 유연하게 해주는 듯해서 신뢰가 갔다. 몸 펴기 운동의 상당히 많은 동작이 어린이집에서 아이들이 배우는 것과 유사하기도 해서 놀라기도 한다. 어린이집에 다니는 손녀는 모든 동작이 유연한데, 4살 위인 손주는 같은 동작을 해내기 어렵다. 벌써 근육이 많이 굳었기 때문으로 보인다. 내가 이 운동에 공감하는 것은 모든 동작이 순리대로 자연의 이치대로 하는 것처럼 보여서 그럴 것이다.

초 · 중 · 고등학교를 다니는 동안 체육 시간에 일주일에 두어 시간 움직이는 것으로 몸을 위해 기울였던 노력은 졸업과 동시에 끝이 났다. 몸을 위한 어떤 노력과도 관계없는 생활을 50년 넘게 해온 결과는 참혹했다. 높은 구두가 유행이라고 임신을 한 몸으로도 높은 구두를 신고 버스를 타러 뛰어다니곤 한 결과는 발가락과 발바닥이 뒤틀려 무지 외반증의 원인이 되었다. 겨울이 다 지난 2월 어느 봄날 살얼음 위에서 넘어져 발목에 문제가 생겼다. 이 모든 것들이 나이 들며 발생하는 일들이었다. 발목이 조금 불편한 것이 내 삶의 질을 이렇게 형편없이 떨어뜨리다니. 이런 건강으로 백세시대가 뭔 축복일까? 그럼에도 이런 몸으로 살아가야 하는 것이 현실이다.

지금까지 살아왔던 자세를 고친다는 것은 쉬운 일이 아니었다. 내가 얼마나 가슴을 웅크리고 살아왔는지는 가슴을 힘껏 펼쳐보았을 때 느끼는 어마어마한 통증에서 알 수 있다. 머리, 목, 허리 등 관절로 연결된 모든 부분이 그리도 굳어 있었다니. 젊었을 때는 전혀 의식하지 않고 살 수 있었던 신체의 모든 부분이 왜 그리 아플까? 보통 사람은 한 갑자 정도를 살 수 있는 신체적 한계를 무리하여 현대적 의술 등으로 억지로 연장시키는 것이 아닌가 하는 생각을 하게 된다. 지금까지 별 생각 없이 구부리고 있었던 몸을 펴는 것으로 통증을 완화시키려는 방법은 자연의 순리에 따라 통증을 치유해 보려는 것으로 이해되어 쉽게 순응하게 되는 것이 고마울 뿐이다.

뭐 그렇다고 이 운동이 통증을 깨끗하게 낫게 해주는 것은 아니다. 일 주일에 한번 하는 운동으로 여기저기 굳은 몸을 부드럽게 해주는 정도이다. 매일은 못해도 일주일에 두세 번이라도 해본다면 훨씬 효과가 있을 것이라는 생각을 해보지만 실천은 역시 불가능하다. 사람에게 아무리 건강이 중요해도 건강만을 위해서 생활할 수는 없다. 그렇다면 건강이 우리 삶에서 일부분인가? 건강에 작은 적신호가 온 뒤 운동도 하고 예방을 위해 이런저런 노력도 해보지만 그 때 뿐이다.

텔레비전을 켜면 쏟아지는 건강에 대한 정보와 어느 모임에서든지 화제가 건강으로 이어지는 것은 멀미가 날 정도이다. 육체와 정신의 혼합이 어떻든지 간에 육신의 건강만을 생각하며 살 수 있는 상황은 아닌 것으로 보인다. 이제 나이 들어 경제행위를 하지는 않는다고 해도 일상생활에서 도움을 청하는 가족 구성원들을 돌보아야 하는 의무가 있다. 가족의 도움을 받는 것보다는 내가 가족을 도울 수 있는 입장이라는 것이 다행이라는 생각을 하지만, 이를 지속시키기 위해서는 노력이 필요하다는 것을 안다.

한 갑자를 조금 지나 정년이 될 때까지 별 탈 없이 살 수 있었던 몸이 이제는 다만 일상생활을 위해서도 몸과 타협하며 지내야 한다. 아무리 자신에게 부과된 일이 특별히 없다고 하더라도 육체의 건강만을 생각하며 살 수는 없지 않은가? 평생을 살아오며 습관처럼 해왔던 일을 정년을 했다고 그만둘 수는 없을 것이다. 누가 강요하지는 않아도 본인이 의미 있다고 생각하는 그 일을 건강 때문에 하지 못할 때 느끼는 자괴감은 삶을 서글프게 한다. 의미 있다고 생각하는 일을 하지 못하고 시간이 흘러갈 때 느끼는 지루함은 역시 견디기 어렵다.

건강이라는 것이 나이가 들어도 자기가 원하는 양식의 생활을 할 수 있을 정도는 되어야 건강하다고 할 것이다. 일을 하고 싶은 욕망, 창조적인 일을 하고 싶은 욕망이 있으나 건강 때문에 체력이 떨어져서 할 수 없다면 살아 있다는 의미에 의문을 갖게 되고 곧 우울증이 따라오는 것은 어쩔 수 없다. 소위 말하는 삶의 질을 생각하지 않을 수 없다.

몇 발자국 앞에서 출발하려는 버스를 뛰어가서 탈 수 없을 때 느끼는 낭패감은 무엇과도 비교할 수 없다. 평생 돈이 있어본 일이 별로 없었어도 돈이 많은 사람을 부러워 해본 일이 없었는데, 발목이 아파서 걷기가 좀 불편해지자 연세가 드신 분들을 보면 그 나이까지 건강하게 살아오신 것이 부럽다. 그나마 내가 할 수 있는 최선의 노력은 몸을 펴고 아픈 부위를 간단한 도구들을 사용하여 강하게 두드려서 통증을 완화시킬 수 있으니 다행이다. 옛 어른들의 모습이 생각되어 서글퍼지나 부정할 수 없는 현실을 인정하게 되는 것은 고마운 일이다. 차츰 자연의 순리에 순응해 가는 것일 테니.(2006)

부음란

언제부턴가 신문을 보면서 부음란을 훑어보는 버릇이 생겼다. 부음란에서는 자식이 대학의 명예교수가 될 때까지 사셨던 분을 보고 놀라기도 하지만, 자식이 없어서인지 누구누구의 동생이나 또 다른 인척관계로 표시되는 경우에는 잠시 눈길이 머물게 된다. 아는 분들의 부음 소식에는 놀라움과 애도의 감정이 우선하지만 전혀 알지 못하는 분들의 경우에는 고인과 연계되는 자식들에 대해 관심이 가게 된다. 아는 분이 돌아가셨을 때 느끼는 애도의 마음이 우선이었으나 순서 없이 세상을 뜨시는 분들을 보면서, 한 인간이 이 세상에 나와 가장 가깝게 인연을 맺고 가는 사람들에 대한 관심이 가는 것은 당연한지 모르겠다.

한 사람이 이렇게 죽어가는구나 하는 생각에서 점점 본인과 기껏해야 자손들에 대한 간단한 정보로 설명되는 것이 한 사람의 인생인가 하는 생각도 하게 된다. 신문 부음란에 소개되는 인적 사항은 명함에 새길 만한 직업이나 직위 등이지만, 조금이라도 인연이 닿는 경우에는 자식들이 어떤 삶을 선택했는가에 대한 관심을 가지게 되기도 한다. 모르는 분의 부음란은 고인은 물론이고 자식들에 이르기까지 전혀 관련이 없는 인물들에 대한 표피적인 정보일 뿐이지만, 그분들이 이루었을 한 가정의 모습을 짐작해 본다. 신문의 부음란은 신문을 읽는 일반 독자들을 향해 돌아가신 이분을 아시면 문상을 가시라든지 아니면 어떤 형태로든 조의를 표할 기회를 주는 것으로 이해된다.

돌아가신 분 자식들의 다양하고 화려한 직업을 이어 가다 보면 자식들에 대해서는 말할 것도 없고 돌아가신 분의 능력에 감탄하게 된다. 어쩌면 그렇게 세속적인 기준에서 성공했다고 이야기되는 직업들을 모두 갖게 할 수 있었을까? 보통 사람들이라면 부모도 자식도 그 직업을 가질 수 있도록 얼마나 노력을 했을까는 충분히 짐작이 된다. 물론 탁월한 두뇌와 대단한 노력으로 본인이 원하여 이루어낸 업적인 경우도 많이 있을 것이다. 그렇지만 많은 경우는 부모와 자식이 혼신의 노력을 다하여 소기의 목적을 달성했을 것이다.

자식의 교육이 부모 삶의 최대 과제이었을 수도 있다. 자식들이 사회에서 인정하는 최상의 직업을 갖도록 부모들이 벌이는 온갖 왜곡된 노력들은 한국 사회 각 분야의 문제를 유발하기도 한다. 강남으로 편중된 사교육의 기회는 강남 북 부동산 가격의 심한 편차를 유발하고, 청문회에 올라오는 관료 후보자들이 변명하느라 옹색하게 만드는 요인들로 보인다.

대학에 입학하기 전 1966년이었던 것으로 기억하는데, 전국적으로 인구조사를 하는 일에 동원되었던 적이 있다. A4 종이의 2배 이상이 되는 넓은 크기의 조사서에 한 인물에 대한 외적인 조건을 번호로 표시하는 것이었다. 20세 이상의 성인만을 대상으로 했던 것은 인구문제에 대한 정책 수립을 위한 것으로 짐작된다. 출산율 조사를 목표로 하는 인구센서스라고 했으며, 제일 처음 질문은 남자는 1번 여자는 2번으로 표시했고, 이어서 나이, 출생지 등을 기록하는 것이었다. 출생지도 코드화되어 있어서 서울은 1번, 경기도는 2번, 등으로 표시했던 기억이 난다.

조사원이 가가호호 방문하여 질문지 한 장에 한 사람에 대한 인적 사항을 모두 표시해 오면, 우리는 운현궁 건너편에 있는 통계국 사무실에서 컴퓨터에 숫자를 천공하는 작업을 했다. 질문지를 보며 숫자화 된 인적사항을 카드에 하나씩 찍는 작업이다. 가정용 전화기만한 자판에는 숫자만이 있었으며, 한 사람씩 엽서보다 조금 큰 카드에 인적사항을 숫자로 옮겨 찍었다. 조사원들이 조사해 온 큰 종이의 내용은 작은 카드에 빠짐없이 옮겨졌다. 조사된 카드들은 대형 컴퓨터에서 분류되어 원하는 통계를 뽑아냈다.

사회에서 한 사람을 증명하는 것은 무엇인가? 인구조사 질문지에 숫자로 찍히는 인적 사항인가? 주민등록증에 기록된 몇 개의 숫자와 글자인가? 숫자로 표시된 인생을 다 살고 이 세상을 떠날 때 신문 부음란에 따라오는 자식들과 그들이 차지한 사회적 지위로 결론지어지는 것인가? 사회적 인간으로서 잘 살아보려는 많은 사람들의 욕망이 그렇게 무리한 행위를 빈번하게 하는 것으로 보인다. 부음란에 올라온 자랑스러운 자식들의 이력을 만들기 위해 고인은 얼마나 애썼을까?

후손을 낳아 대를 이어 자신의 존재를 확인시키는 것이 사람이 이 세상에 태어나 마땅히 해야 하는 일이라고 믿었던 조상들의 생각은 요즈음은 어느 정도 희석된 것으로 보인다. 경제적인 이유를 포함한 여러 가지 이유로 젊은 세대가 결혼, 출산 등을 거부하는 강도가 아주 높기 때문이다. 과거에는 방법을 몰라서 출산을 계속할 수밖에 없었다면 이제는 모든 것을 선택할 수 있어서 출산율이 떨어진다. 결혼도 안 할 수 있고, 출산도 안 할 수 있다.

이제 부음란에 이름을 올리는 세대가 전후 궁핍한 상황에서 벗어나는 방법으로 자식들을 출세시키는 것에 몰입했다면, 결혼과 출산을 선택한 요즘 젊은이들의 생활 방식은 놀라울 뿐이다. 일찌감치 소위 말하는 좋은 대학에 들어갈 수 있는 지역에 정착하여 공부는 물론이고 특별한 교류관계 등을 형성하여 성인이 될 때까지 특별한 집단을 형성한다는 것이다. 경제적 풍요로움과 사회적 지위를 확보하고 평생 자식들을 출세시키기 위해 온갖 노력을 다하고 인생을 마감하면 만족스러울까? 이 세상을 마감하는 시기가 가까워오는데 결국은 외형적인 수치로만 자신을 평가하는 삶으로 끝을 낸다면 좀 서글프다.(2018)

대학신문의 문학상

20세기가 조금 있으면 끝난다는 이 시대에 우리에게 문학은 어떤 의미를 가지는가? 텔레비전의 그 많은 채널들은 시시콜콜 일상사를 지치지도 않고 반복하고, 영화의 대형 화면은 첨단과학과 합세하여 그 위용을 드러내고 있는 틈바구니에서, 문학은 너무나 초라해 보일지도 모른다. 인류가 시작된 후로 누천년을 걸쳐 진행되어 온 문학행위가 존폐의 위기에 처해 있는 듯이 느껴지는 이때, 경기도에 있는 작은 대학교 학보사에서는 작은 문학상을 만들어 보려고 많은 학생들과 교수들이 가슴 설렌다. 문학은 모든 예술행위의 원류라고 그들은 믿기 때문이다.

쓸모 있는 것들만 살아남아야 된다는 이 시대의 무서운 생존 논리 속에서도 문학은 어떤 형태로든 인류와 생존을 같이 할 것이라고 믿기 때문이다. 끊임없이 변화하는 세상에서 문학은 변함없이 작은 원형으로 남아서 지속적으로 전달되는 우리 존재의 씨앗이기 때문이다. 문학은 우리가 살아 있는 인간임을 증명하는 마지막 수단이다. 내가 아닌 타자와의 교신을 원하며 끊임없이 모르스 부호를 보내는 사람들. 물질적인 가치만이 최고라고 생각하는 이 시대에 삶의 진실을 이야기해 보려는 그들의 정신은 숭고하다. 어떤 장식으로도 위장되지 않은, 그래서 모든 사람들이 피해 가는 이 길에 우직하게 매달리는 그들은 마지막으로 남는 유일한 진짜 '사람'일지도 모른다.

일 년 전부터 이 문학상을 만들어 보기 위해 내가 근무하는 대학 학보사 편집진들은 많은 정성을 기울였다. 문학 전공자들만도 아닌 그들이 문학상 제정의 필요성을 함께 인식하고 일을 추진해 온 것은 어떠한 치하를 받아도 부족하다. 없었던 것을 만든다는 것은 그것이 무엇이 되었든 매우 힘든 일이 아닐 수 없다.

학보사 기자들은 과중한 수업 부담 속에서도 최선을 다했다. 매주 발간되는 학보에 열심히 광고를 하면서, 응모작은 얼마나 될까 가슴 졸였고, 처음 시작하는 이 행사가 잘 진행될 수 있을지에 대해서도 많은 걱정을 하였다. 이는 모든 일의 주체인 학생들의 관심과 참여를 짐작할 수 없었기 때문이다. 학생들의 관심과 참여 못지않게 어려웠던 문제는 비용 문제였다. 당선된 학생들에게 주어야 하는 소정의 상금과 심사료, 운영 경비 등, 모든 일에는 돈 문제가 따랐다. 인간 내면의 문제, 삶의 본질적인 문제를 다루겠다는 문학을 얘기하는데 첫 번째로 돈을 얘기해야 하다니 하는 생각에 씁쓸했지만, 그러나 무엇보다 돈은 중요했다.

이 시대에 돈의 힘은 위대했다. 학보사 주간으로서 나는 재정이 어려운 학교 당국에 문학상 제정이 왜 중요한지 설득해야 했다. 이는 재능 있는 학생들이 외부 문예지의 현상모집에 응모할 만한 수준 있는 작품을 투고해 줄 의욕이 생길 정도의 상금 액수를 확보하는 것이 중요했기 때문이다. 상금은 학생들을 향해 투고해서 당선이 되면 이 정도의 상금을 주겠다는 일종의 미끼였다. 학교 밖에서도 학생들을 대상으로 다양한 매체를 통해 문학 작품을 공모하고 있기 때문이다. 그런 행사들을 하는 대부분의 매체들은 매체의 특성상 세태를 반영하듯 대중적인 취향의 글쓰기를 우선시하는 것은 어쩔 수 없다.

작은 대학의 학보사에서 순수한 의도로 시작된 문학상 제정의 과정은 심히 지난했다. 문학을 통해 돈의 가치가 최고가 아니라는 것을 이야기하기 위해 문학상을 제정해 보려고 했지만 가장 문제가 되는 것은 돈이었다. 학교 당국은 문학을 전공하는 학생들에게 창작이 중요함을 알고 있지만, 빠듯한 학교 전체 예산에서 문학상에 소요되는 경비를 할당하는 것이 얼마나 힘든 일인지를 설득하려고 애썼다.

대학 학보사의 문학상을 만드는 작업에 교수들이 열성적이었던 것은 대부분 그 분들이 대학에 다닐 때 학교 당국이나 학보사에서 주최하는 문학상 공모에 참가하고 당선되었던 경험이 중요하게 작용하였기 때문으로 보였다. 본인들이 느꼈던 체험의 소중함을 학생들에게도 느끼게 해주고 싶어서였을 것이다. 하기는 매학기 부모님한테서 등록금을 받는 것이 죄송해서 상금이 등록금에 보탬이 될까 해서 응모했었던 내 경우도 그러했지만, 다른 친구들의 경우도 마찬가지였다. 학생들의 수준에서 쉽게 만져보기 힘들었던 액수의 상금에 대한 욕망이 있었음을 부정할 수는 없었다. 우리 시대에도 문학상에서 중요했던 것은 상금이었으니 요즈음 학생들에게는 더욱 그럴 것이다. 결국은 상금이 동기를 부여했던 것이다.

상금의 액수만큼, 시상식에 참여해주신 교수님들의 숫자만큼 내 작품의 가치가 대단한 줄 알았던 치기어린 시절도 있었다. 순수해서가 아니라 순진해서 좋았던 그 시절이었다.

"자네 같은 학생이 대학원에 왔으면 좋겠군."

대학원장의 한 마디에 대학원 입학을 결정해버렸으니 정말 순진했다. 대학원 공부를 결정했으면서도 그 다음에 어떻게 되어야 한다는 생각도 못했다. 연구자의 길을 선택하면서도 어떻게 될 것이라는 미래에 대한 확신도 없었다. 그저 수동적인 학생 노릇에서 엄청난 광산의 광맥을 찾아 길을 나선다고나 할까? 그렇게 총장님을 비롯한 보직 교수들이 참석한 자리에서 실시된 작은 시상식에서 제안 받은 대학원 진학이 나의 연구자로서의 시작이었다.

인문학도가 대학에서 문학상을 받는다는 것은 문학의 세계에 진입하는 시작이기도 하다. 그 재능이 어느 정도가 되었든 자신들에게 있는 작은 재능을 계발해가며 살아가는 것이 인생이 아닌가 하는 생각을 하게 된다. 하기는 대학에서 국문학과를 선택하게 된 계기도 초등학교 시절 담임 선생님께서 일기를 잘 썼다고 반 친구들 앞에서 읽어 주신 것이 계기가 된 듯도 하다.

그 후로도 가끔 중고등 학교 국어선생님에게서 내가 쓴 글에 대해 좋은 코멘트를 받은 경험은 있었지만 내가 문학을 선택하게 된 결정적인 계기는 초등학교 담임 선생님이었다. 초등학교 선생님들은 웬만하면 학생들에게 칭찬에 인색하지 않았으면 하는 마음이다. 글쓰기만이 아니라 어느 분야에서든지 자신의 능력을 발휘하는 작은 행위들이 계기가 되어 자신의 진로를 결정하는 데 도움을 줄 수 있다면 얼마나 다행일까 하는 생각을 해본다. 결국 사람은 아주 특별한 경우가 아니라면 약간의 재능을 드러내는 분야가 조금씩 다를 뿐이며 약간의 소양이 있는 분야를 선택하여 정진하면 노력 여하에 따라 결과가 달라질 것이라는 믿음이 있다. 전혀 소양이 없는 분야를 선택했다면 몰라도 웬만하면 노력하면서 자기 인생을 완성해가는 것이 아닐까 하는 생각을 하게 된다. (2008)

옛 편지

우리는 어렸을 때부터 편지로 마음을 전했던 세대이다. 모든 사람들이 내용을 다 볼 수 있는 손바닥만 한 엽서부터 시작해서 외국에 있는 친지들에게 소식을 전할 때 사용했던 항공 봉투까지 다양했다. 한 장에 340원인가 했던 적 · 청 · 백의 테두리가 쳐진 항공 봉투에 다 쓰지 못했던 이야기는 비어 있는 구석에 몇 마디씩 채워 넣곤 했다. E-Mail이 나오기 전까지 멀리 있는 친지들과 이루어지는 우리의 통신 수단은 편지였다. 많은 문학작품에서도 드러나듯이 우리의 서정성은 멀리 있는 대상을 향한 일방적인 마음의 표현으로 이루어지는 편지 양식에서 비롯된다. 어떤 형식의 편지이든 우리 세대는 편지에 익숙하다.

편지가 대상을 향한 일방적인 표현이라면 전화는 상호 교류를 중심으로 이루어진다. 상대방의 얼굴을 볼 수는 없지만 상대방의 목소리와 어조 등으로 많은 부분을 해석할 수 있다. 통신수단이 전화로 바뀌기 전에는 실로 오랫동안 편지를 써왔지만 별 불편 없이 오히려 편지의 느림을 즐기며 사랑했다. 사랑의 감정을 가지기 시작한 대상에게 편지를 쓰다 보면 감정이 정리되며 깊어지는 체험도 할 수 있었던 기억도 있었다. 무엇보다 편지는 목소리로 전달하는 전화의 언어처럼 한번 발화된 내용이 결코 수정될 수 없는 세계가 아니라는 것은 아주 중요했다. 음성언어가 지닌 시간과 공간의 제약성은 사람 사이의 소통을 직접적이고, 간략하게 만들기도 하는 듯하다. 편지는 전화나 이 시대에 통용되는 전자 메일에 비하면 훨씬 정서적인 면이 강조되는 것이기는 하다.

이 시대에 전자 메일이란 범죄 수사에 증거 확보를 위해 필요한 통신수단으로 보일 정도이다. 과거의 편지나 전화가 인간관계를 연결시키는 매체로서 했던 기능을 전자 메일에서 찾아보기는 심히 어려워 보인다. 범죄 수사에 증거 확보의 기능이 아니어도 개인과 개인의 마음을 전달하는 방편으로 전자 메일을 사용하는 경우는 거의 없는 것으로 보인다. 직장에서의 공식적인 문건이나 단체 메일의 편리함에 고마워하지만 그 이상은 아닌 것으로 보인다. 편지란 일 대일의 직접적인 관계에서 오는 내밀함을 우선으로 하지만 이제 어느 누구와의 편지라 해도 고풍스러운 흘러간 시대의 유품으로 보일 뿐이다.

우리 부모님 세대는『춘원 서간문』같은 책을 통해 정형화된 내용의 글들을 주고받았다. 오랫동안 결혼식 주례사가 그랬듯이 편지의 내용이라는 것도 상당히 진부하고 상투적인 표현을 벗어나지는 못했다. 편지, 전화, 전자 메일 등은 모두 용건을 전달하는 방편이었고, 시대에 맞춰가며 그 시대에 적합한 양식으로 행해졌다는 점에서 동일하지만 편지는 내용만이 아니라 글씨라는 중요한 요소가 첨가된다. 고운 편지지에 좋은 필체로 쓰여 진 편지는 내용보다 좋은 미술품을 감상하는 기분이 되기도 한다. 상대방을 보지 못하고 목소리로만 연결되는 전화에서 목소리도 용건과는 관계없이 감정을 전달하는 데에는 상당한 폭이 있음을 알 수 있다. 이에 비해 전자 메일은 완전히 개인의 감정은 끼어들 여지가 없다. 획일화된 활자에 정확한 내용 전달만이 전자 메일이 추구하는 세계이며, 최악의 경우에는 그 내용이 공개될 수도 있음을 알아야 할 것이다.

핸드폰을 통해 서로 소통하는 카톡이라는 것은 개인 대 개인으로 또는 개인 대 집단으로 수없는 연결 노선을 설정하고 끝없는 얘기를 이어간다. 나이가 든 장년층에서도 소소한 이야기들을 끝없이 올리며 든든한 유대관계를 다짐한다. 특별한 사연이 있어서 카톡을 하는 경우도 있지만, 대부분은 소소한 일상의 전달이 주류를 이루는 것으로 보인다. 트위터나 페이스북 같은 사회관계망 서비스라는 것으로 발전하지 않아도 편지에서 전화, 전자 메일까지 유지되었던 사연, 용건 전달이라는 핵심은 많이 사라졌다. 편지와 전화의 혼합 형태쯤으로 보이는 카톡은 일대 일로 진행되거나 집단으로 진행되거나 관계없이 끼어들 수 있는 상황에서 자신의 이야기를 하면 된다. 동시에 서로를 향해서 발화를 하는 경우도 있지만 꼭 의도하는 것은 아닌 경우가 많다.

가장 고전적인 형태의 종이에 쓰는 편지가 거의 사라졌듯이, 우편으로 배달되는 우편물이라는 것은 관공서나 은행 등에서 공식적으로 전달해야 하는 서류 등이 대부분이다. 젊은 세대는 공공 우편물도 이제는 전자 메일로 처리하는 경우가 대부분이다. 조금 후에 우리 세대가 지나고 나면 우편 업무는 대폭 줄어들고 근대화의 상징처럼 보였던 우체국은 없어질지도 모른다. 그런 이유 때문에 우체국은 오래 전부터 방향 전환을 하는 방편으로 택배나 지방 특산물을 중심으로 상품매매와 배달에 전력을 기울이는지 모르겠다. 금융업무도 우체국이 하는 일 중의 하나이기도 하다.

지나간 시간 동안 여기저기 쌓아 두었던 물건들을 정리해야 하는 때가 되었다. 부엌 살림살이, 옷 나부랭이들도 버리기가 쉽지 않지만 특별히 뭔가가 쓰여 있는 종이는 꼼꼼히 들여다보게 된다. 해외에 있는 친지들이 보낸 편지를 들여다본다. 벌써 30년 40년은 훌쩍 넘은 편지들은 내가 오래 살았음을 알려준다. 30년도 더 전에 외국에서 얼마동안 일을 하러 나가 있었을 때 아버지가 보내주신 편지가 있었다. 지금의 내 나이와 비슷한 때이셨는데, "인생의 황혼에서…" 운운 하시며 멀리 가 있는 딸자식에 대한 그리움을 적으셨다. 그러면서도 사위가 외국에 나가 있을 때보다 딸인 내가 나가 있을 때는 느낌이 다르다며, 혼자 먼 곳에 있는 딸자식에 대한 걱정을 하셨다. 저 세상으로 가신 아버지를 편지 한 장이 끌어냈다. 나는 아직 내 나이가 인생의 황혼이라는 생각은 안했는데 준비를 해야 하는 때인가? 아버지는 잘 계시는지. 그러고 보니 추석이네.(2010)

나를 위장시켜 주었던 옷들

사진이 흔하던 시절이 아니라 그랬을까? 어렸을 때 사진이 별로 없다. 그나마 다섯 살 추석 때 세 살 아래인 동생과 똑같은 색동저고리에 긴 치마를 입고 나란히 찍은 사진이 제일 오래 된 것이다. 사방 5센티나 될까 한 작은 사진에서 동생은 사진을 찍기 위해 억지로 의자에 앉힌 것을 몹시 불만스러워 하는 표정이 역력했다. 어린 동생의 어깨를 감싸고 제법 의젓하게 서서 찍은 언니는 분명 나였지만 내가 색동 치마저고리를 입었던 기억은 흐릿하다. 오히려 옆집 아주머니가 고운 비단으로 만든 색동저고리를 입고 있던 모습이 선명하게 기억에 남는다. 색동저고리는 아이들이 입는 옷이라고 생각해서였을까?

초등학교에서 고등학교를 졸업할 때까지 우리 세대가 입었던 옷은 교복이었다. 하복은 하얀색 블라우스에 감색의 스커트를 입었고, 동복은 같은 색의 양복 윗도리에 빳빳하게 풀을 먹인 하얀 칼라를 바꿔가며 입었다. 어떤 학교에서는 같은 옷감으로 만든 밴드로 허리를 졸라매는 옷을 입기도 하고, 어떤 학교에서는 잘록하게 허리선을 살린 상의를 입기도 했지만, 같은 색의 제복임에는 분명했다. 똑같은 제복 안에서도 다른 친구들에 비해 기장을 짧게 하거나 허리선을 강조하는 방법 등으로 모양을 내던 친구들은 있었다.

내가 다니던 학교는 심한 규제 속에서도 더블 버튼의 상의 목선 부분은 자유를 주었다. 흰 칼라 안쪽의 좁은 부분에 다양한 색상으로 드러낼 수 있는 자유가 개성의 표현이었던 것으로 기억된다. 외모에 신경을 쓰던 친구들은 칼라 부분을 상당히 깊이 파서 가슴 부분이 볼륨이 있게 보이도록 하였다. 초등학교 때부터 고등학교를 졸업할 때까지 제복을 입고 다녔으니 우리의 사고가 경직된 것이 아닌가 하는 생각도 하게 된다. 그래도 교복 입을 때가 좋았다. 교복이 좋은 것이 아니라 그 시간이 좋은 것이다.

대학에 다닐 때는 동대문 시장에서 옷감을 사다 동네 양장점에 가지고 가면 칫수를 재서 맞춤복을 해줬다. 시장을 몇 바퀴인가 돌아서 산 옷감으로 맞춘 옷은 정확하게 칫수를 재서 만든 것이라 꽤 잘 입을 수 있었다. 맞춤복과 기성복이라는 말이 오래도록 사용되었다. 시장에서 산 옷감으로 동네 양장점에서 해주는 옷을 입다 결혼을 할 때가 되면 명동으로 진출하여 고가의 옷을 한두 벌 해 입거나 신랑 측으로부터 받아 입는 경우가 많았다.

미니스커트 열풍이 불었던 때도 우리 세대였다. 영국의 튀기(Twiggy Fashion)라는 모델은 짧은 스커트에 길게 붙인 눈썹과 짧은 숏 컷트의 머리로 잡지의 화보를 누볐는데, 우리가 보기에도 인형처럼 예뻤다. 우리나라에서도 여대생들은 과감하게 미니스커트를 입었고 경찰들까지 줄자를 들고 다니며 규제를 가했지만 가장 모욕적인 말은 그 통통한 다리에 구부러진 무릎을 하고 미니스커트를 입는 용기는 어디서 나는 거냐는 외국 유학파 교수들의 비아냥거림이었다. 서양 여자들만큼 쭉쭉 뻗은 다리를 가진 여자들만이 미니스커트를 입을 수 있다는 그 분들의 사고가 마땅치 않았지만 그런 일에 저항하기에는 용기가 없었을 것이다.

미니스커트 시대에 판탈롱바지라는 것이 있었다. 바지통이 웬만한 여자의 허리보다도 훨씬 넓은 판탈롱바지는 기장은 구두를 덮을 만큼 길었다. 기장이 발끝까지 닿는 맥시는 한동안 유행을 했는데, 어른들에게 온 서울 시내를 길고 넓은 바지로 청소하고 다닌다는 말을 들었다. 자신 없는 신체를 노출시키기 보다는 감추기에 급급했던 나는 판탈롱바지를 애용했다.

대학생이 된 후 아르바이트를 해서 받은 돈으로 엄마에게는 한복 한 벌을, 아버지에게는 모자 하나를 사드렸던 기억이 있다. 하얀 바탕에 초록색 꽃무늬가 잔잔하게 깔린 지지미라는 옷감으로 만든 한복을 엄마는 아주 좋아하셨다. 아버지도 신사복 정장에 쓰는 중절모자를 '진짜 영제'라며 몹시 좋아하셨다. 아무래도 중절모자는 우리나라의 패션이 아니어서도 그랬겠지만 국산은 살 수가 없었다.

하기는 70년대의 외제 열풍은 대단해서 비누, 치즈 나부랭이부터 시작해서 그릇이며 다리미, 밥솥 등이 시장 지하상가에서 몰래몰래 거래되었다. 그런 외제 물건들 사이에 아버지의 중절모자도 있었다. 고맙게도 엄마는 그 치마 저고리를 나들이를 할 때마다 잘 입어주셨고, 아버지도 가을이 시작할 때부터 늦은 봄까지 그 모자를 애용하셨다. 난방용으로 또는 이른 나이부터 나오기 시작한 백발을 감추기 위해서 그러셨을 지도 모른다.

참으로 긴 지나간 시간에 내가 입었던 옷들은 가능한 한 내 신체적 결점을 감추어 보려는 의도였다. 유행을 따라가고 여자들이 가질 수 있는 허영심을 충족시키려는 의도와는 거리가 있었다. 가난과 절약이 우리를 늘 따라다녔고, 의복은 실용적인 욕구를 충족시키는 것에서 만족해야 한다는 것이 우리 세대의 철학이었다. 내 주변에 있던 친구들도 동료들도 모두 그러했기 때문에 크게 불만스러워하지 않고 지냈다. 학교를 다니며 입었던 제복이 우리를 일정 정도 규격화시켰듯이 내핍과 검소함으로 무장된 우리의 의상은 소박하기 그지없었다.

소박함으로 익숙한 의복 습관은 아주 가끔 예복이라는 것을 입어야 할 때에 제대로 균형을 찾지 못하는 것 같았다. 대수롭지 않은 시상식 같은 장소에서 새로 맞춰 입고 간 의상이 너무 화려한 듯해서 시상식 내내 부끄러웠던 기억이 난다. 학교를 졸업하고 직장을 다니며 외국 대사관에서 주최하는 파티라며 한복을 입고 오는 것이 좋겠다는 상사의 말을 그대로 따랐다가 민망했던 기억도 지워지지 않는다. 소매부리며 치마단 여기저기에 매화꽃이 수북하게 깔린 분홍색 한복은 나를 쥐구멍이라도 있으면 숨고 싶게 만들었다. 단정한 정장 차림의 남자들 사이에 분홍색 한복이라니. 물론 한복을 입은 다른 여자도 두어 명 더 있었지만 그렇다고 민망함이 감해지는 건 아니었다.

40 여 년 전 신랑이 결코 서른 살을 넘길 수 없다고 해서 우리는 섣달

그믐에 결혼식을 올렸다. 결혼식장은 명동에 있었고, 신부화장과 머리를 다듬어주는 미장원도 명동에 있었지만, 길을 건너 200미터는 족히 되는 곳에 있었다. 눈발도 조금씩 흩날리고 바람 부는 겨울날 신부는 웨딩드레스를 움켜잡고 뒤에서 한 친구는 베일을 붙잡고 맹렬하게 뛰었던 날이 기억에 생생하다. 무엇보다 가부키 배우처럼 두껍게 바른 얼굴의 화장이 부서질까봐 불안해했다. 한 번도 그렇게 해본 적이 없는 화장이었으니 당연했을 것이다. 그래도 키 작은 신랑을 위해 드레스 속에서 무릎을 구부리는 여유는 있었다. (2008)

계단

조카 부부가 29평 땅에 5층짜리 집을 지었다는 말을 들었다. 그 작은 땅에 집을 지을 수 있나 하는 의구심도 잠시, 그 집에 엘리베이터를 설치했다는 말을 듣고는 요즈음 건축 기술이 대단하다는 생각을 했다. 물건을 들고 이층을 오르내릴 때마다 남편을 불러대는 나로서는 부럽기 그지없었다.

돌아가신 어머니는 연세가 드시며 계단을 오르내리는 것을 힘들어하셨다. 그럴 때마다 엘리베이터를 발견하면 몹시 반가워하셨지만 에스컬레이터는 올라서기를 두려워하셨다. 계속 돌아가는 에스컬레이터에서 어느 순간에 발을 기계 위에 올려놓아야 하는가를 언제나 무서워하셨다. 어느 때는 애기처럼 자식들이 안고 올라타기도 했다. 그럴 때는 물론 손을 뿌리치며 노하셨는데 그것은 수치심 때문으로 보였다. 돌도 안 된 손주가 12층 아파트 계단을 쏜살같이 기어 올라가 붙잡지 못할까봐 불안에 떨기도 했지만, 연세가 드시며 어머니는 계단 오르기를 힘들어 하셨고, 이제는 내가 그 나이가 되었다.

우리 집 이층으로 올라가는 계단은 15개, 탁구를 치러 주민 센터 지하로 내려가는 계단은 여덟 개 씩 두 번, 합해서 16개, 3층에 있는 몸 펴기 운동원도 8개씩 네 번이다. 내가 시내에 가기 위해 이용해야 하는 경복궁역도 에스컬레이터를 만나기 전까지는 삼십 개 이상의 계단을 내려가야 한다. 내가 계단 개수를 세면서 불안에 떨 줄 언제 알았을까? 올라갈 때는 천천히 가면 되는데 내려갈 때는 쿵쿵 발에 압력을 가하기 때문에 통증이 온다. 얼마 전까지만 해도 그 정도의 계단은 쏜살같이 내려갈 수 있었는데, 이제는 벽에 붙여 놓은 난간을 잡고 천천히 내려가야 한다. 참 서글프다는 생각을 잠시 하지만 그리 오래 가지는 않는다. 별 것을 다 받아들이는 나이가 되었는데 오래 사용해서 조금 불편한 다리를 못 받아들일 것은 없다. 타협하며 천천히 살아가면 된다고 생각한다.

문제는 수치심이다. 스테인레스 난간에 의지하여 계단을 내려갈 때 느끼는 수치심은 타인이 나를 볼 것을 두려워해서이다. 나 자신과는 타협하며 모든 것을 받아들일 수 있는데 내가 타인에게 어떻게 보일까 하는 것에 대해서는 아직 자신이 없다. 의복에 대해서는 아무 선입견도 없는 내가 약간 불완전해진 신체에 대해서 심하게 신경을 쓰는 것은 신체가 바로 나 자신이라고 생각하기 때문일 것이다. 완전 백발로 변해 버린 머리카락도 아무렇지도 않게 휘날리며 다니면서 발목의 통증으로 다리를 조금 절름거리는 것이 왜 이리 힘이 든단 말인가? 익숙해지면 괜찮아질까?

우리가 어렸을 때는 전쟁이 끝난 지 얼마 되지 않아서였겠지만 신체가 불편한 사람들이 꽤 많았다. 절단된 다리를 드러내며 지팡이를 휘두르던상이군인들은 공포의 대상이었지만, 언제나 한쪽 팔을 바지 호주머니에 넣고 물건을 집어주던 문방구 아저씨는 매력적으로 보이기까지 했다. 마르고 파리하게 보였던 문방구아저씨의 팔이 하나가 없었다는 사실은 아주 오랜 후에 어른이 되어서야 알았다.

'파리한 지성인'이라는 말이 유행어처럼 돌아다니던 때에 그 문방구 아저씨가 생각났었다. 그 아저씨가 팔이 없어서 언제나 팔 하나를 바지 호주머니에 넣고 다녔다는 사실을 오빠가 알려줘서 내 아련한 꿈은 날아가 버렸지만–. 어렸을 때는 어딘가 조금 부족한 부분이 있는 사람들에 대한 연민 같은 것이 있었다. 내가 다리가 좀 불편해서 불편하게 걷는 것을 다른 사람들도 연민을 가지고 따듯하게 봐줄까? 그러고 보니 누가 나를 연민을 가지고 볼까 겁이 난다.

이젠 지하철 노약자석에 앉는 것도 당연한 것으로 안다. 좌석에 앉은 뒤에는 본인을 제외한 나머지 다섯 분의 행색을 훑어보며 곧 내 옷매무새를 돌아보게 된다. 모두 정성스럽게 차리고 나오셨지만 어딘지 추레해 보인다. 긴장하지 않고 마음 놓고 큰 소리로 이야기라도 하시는 경우에는 보기에 민망하다. 그러다보면 노인 석을 따로 만들어놓은 것이 노인들을 격리시키는 것이 아닌가 하는 심술이 생기기도 한다. 요즈음은 웬만하면 지하철 일반석에 나이든 분들이 앉는 경우는 드물어 보인다. 그러면서 자연스럽게 상대적으로 젊은 분들과 노인들이 격리되는 것으로 느껴져서 쓸쓸해진다.

일반 버스는 좌석이 얼마 되지도 않는데 노약자석, 임산부석, 장애인석 등 일반인이 앉을 수 있는 자리가 많지 않다. 출퇴근 시간이 아니어도 버스에 사람이 많을 때는 눈치가 보인다. 모두 소위 말하는 교통 약자를 배려하는 정책이지만 신경이 쓰인다.

대형 주차장에 쉽게 주차할 수 있는 자리는 대부분 장애인 표시가 있는 곳이다. '나도 장애인인데' 하며 장난기가 발동하지만, 아직은… 하면서 그 자리를 떠난다. 사실 70세가 넘은 사람은 어느 정도는 장애인에 가깝지 않은가 하는 생각을 하게 된다. 그래도 여성을 위한 특별 주차 공간도 있고, 장애인을 위한 주차 공간도 있는데, 왜 노인을 위한 특별 주차 공간은 없나 하는 생각을 해본다. 노인은 한계가 없어서일까? 노인들 교통사고가 자주 발생한다고 걱정스러워하는 뉴스를 몇 번 본 듯도 하다. 노인들에게 몇 살부터는 적성검사를 새로 하여 운전을 할 수 있는지 없는지를 판단한다고도 하지 않는가? 무서운 것은 우리 같은 노인들이 순발력이 떨어지고 인지 감각이 둔해져서 사고를 낼지도 모르는 것에 대해서는 생각하지 않는다는 것이다. 자신은 조심스럽게 운전을 잘할 것이라고 믿으며, 자신이 운전을 좀 더 편하게 할 수 있도록 주차 공간을 만들어주지 않는 것이나 불평하고 있다. 우리는 자신에 대해 얼마나 객관적으로 잘 알고 있나? 믿기 어렵다. (2018)

농사

조상 대대로 내려왔으나 1970년대 초부터 그린벨트에 묶여 아무짝에도 쓸모없는 땅에 채소를 조금씩 심어 먹는 것을 농사라고 할 수 있을지 모르겠다. 이 집에 시집온 지 벌써 40년이 훌쩍 넘었지만 그 땅에 가본 것도 2년 전이 처음이었다. 내가 그 동네에 처음 가보았을 때는 오래 전부터 자리 잡았던 집성촌답게 남편과 똑같은 성씨를 가진 분들이 흩어져서 씨앗들을 뿌리며 밭농사를 짓고 있었다. 오랜 세월 개발제한구역으로 묶여 집을 지을 수 없는 땅은 초입부터 주말농장으로 반듯반듯하게 구획 지어져 다양한 종류의 채소를 재배하고 있었다. 봄에는 상추, 고추, 토마토, 가지, 오이, 호박 등을 줄줄이 심었고, 가을에는 무, 배추, 파, 갓 등 김장에 필요한 작물들을 재배했다.

작은 면적으로 나누어진 땅에 오밀조밀 어쩌면 그렇게 다양한 작물들을 예쁘게 키우는지 감탄스러울 뿐이었다. 종자가 좋은 것인지, 정성이 충분한 것인지 모르지만 농사를 잘 짓는 것만은 분명했다. 모든 작물이

싹이 나기 시작하면서부터 파릇파릇한 잎들은 신통하고 예쁘고, 수확할 때가 가까워진 늦가을의 배추나 무는 탐스럽기 그지없다. 쪽 고르게 뻗은 배춧잎은 미끈하기가 어느 미인 못지않다. 탄탄한 무 밑동을 드러내며 달려 있는 무성한 잎은 얼마나 청청한지. 수확을 앞둔 무 잎의 짙은 녹색은 햇빛을 듬뿍 받아 영양이 충분히 스며 있음을 알겠다. 김장을 얼마 안 남긴 요즈음의 무, 배추는 오랜 세월 잘 자란 수종 좋은 나무의 자태 못지않고, 봄날 흐드러지게 핀 모란이나 작약 못지않다. 보는 것만으로도 흐뭇하다. 예쁘다.

나이가 들어 농사의 귀함을 알게 된 것인가? 그저 인간의 본성이 그런 것으로 보인다. 뭐든지 의도적으로 노력해서 되는 일은 그리 많지 않다. 땅에서 나오는 생물들이 귀하게 느껴지는 때가 된 모양이다. 봄에 얼어붙은 땅을 밀치고 올라오는 새싹들도 귀하고, 아스팔트 틈새로 뿌리내리고 살아남는 잡초도 대견하다. 아무리 이른 봄 돋아나는 새싹들이 대견해도 들판이나 산등성이에 돋아나는 잡초들은 쉽게 발로 밟고 지나친다. 밭에 심은 작물들은 행여 스러지고 넘어질까 애지중지하면서도 작물 사이로 돋아나는 잡초들을 호미질로 뽑아버릴 때는 그 질긴 생명력에 진저리를 친다. 끊임없이 자라서 우리가 심은 작물을 뒤덮을 듯해서 불안하다. 토양의 양분이 잡초에게 다 가버려 내 작물에 입힐 손실을 두려워함이다. 내 소득이 줄어들 것을 우려하기 때문이다.

농사짓기 시작한 지 3년째인데 오며가며 옆집 밭을 유심히 들여다보며 우리 밭과 비교를 하고 있다. 찬바람이 불기 시작한 지가 언제인데 아직도 매끈한 가지가 주렁주렁 달린 집도 있다. 우리는 열매 맺기 시작한 처음에 3∽40개를 땄을 뿐 곧 벌레가 먹기 시작해 재미를 못 보았다. 날씨가 너무 더워서 그런 모양이라고 포기했었는데 옆집 가지를 보고는 샘이 났다. 그래도 고구마가 우릴 실망시킨 것에 비하면 가지는 약과였다. 작년에 처음 고구마를 심었을 때도 고구마 줄기만 부지런히 따서 나물만 해먹었다. 줄기를 똑똑 따면서도 이렇게 많이 줄기를 따면 뿌리가 제대로 굵어지지 못할까 두려웠다.

작년에도 고구마를 제대로 수확하지는 못했지만 웬만큼은 거두어서 내년을 기약하며 고구마를 들고 손주들과 사진을 찍고 희희낙락했다. 올해는 고구마 모종을 심고 잎이 무성해져 줄기를 솎아줘야겠다고 밭에 갔더니 고라니란 놈이 잎의 상당 부분을 다 뜯어 먹었다. 난감했지만 뿌리를 건드린 것이 아니니 괜찮겠지 하며 기다렸으나 땅 속에는 아무것도 없었다. 고라니 때문만은 아닌 듯 이웃 밭에서도 아무도 제대로 된 수확을 하지 못했다.

밭에서 나온 배추, 무 등으로 김장을 두 번이나 한 뒤 농부가 다 된 듯 의기양양했었는데 농사가 만만치 않음을 절실히 깨달았다. 이 세상에 쉬운 게 없다는 것을 다시 깨달았다. 김장까지는 20일쯤 기다려야 하는데 그동안 날씨가 갑자기 추워지지는 않을지 걱정스럽다. 그래도 올해 농사에서 나온 소출을 꼽아보며 내년엔 뭘 심어볼까 궁리한다.

예년보다 크기가 컸던 토마토는 따는 대로 올리브오일을 넣고 뭉근하게 끓여서 냉동고에 보관해서 계속 먹을 수 있었다. 먹고 남은 고추는 이불 꿰매는 돗바늘로 구멍을 숭숭 내서 장아찌를 만들어 먹고 있고, 붉은 고추는 말려서 가루를 내놓은 것이 6근이나 된다. 모종 파는 상점에서 떨이로 사온 비트 모종 두 상자는 얼마나 크게 자랐는지. 같은 골목에 사는 사람들에게 2∽3개 씩 주면 신기해했다.

산등성이 작은 땅에 농사라고 지으면서 생활양식이 변했다. 내 부모들이 젊은 나이에 논, 밭을 팽개치고 도시로 나오셔서 상업으로 이어 오셨던 생활을 거의 1세기만에 퇴직한 내가 기웃거리고 있는 것이다. 조부모 세대에서 하셨던 생계를 위한 농업에 비하면 우리가 하는 농사는 아이들 소꿉장난에 지나지 않는다. 그래도 감히 땅에서 얻는 소중한 것들에 언제나 감사한다. 달마다 월급을 받을 때 감사했던 마음은 별로 없었던 듯하다. 땅은 우주의 근원이기 때문일 것이다.

올가을에도 배추와 무를 뽑으러 밭에 가면 주변 산에서는 낙엽이 흩날리고 부드러운 흙 속에 묻혀 있던 배추, 무가 뽑히면 입에서는 절로 '고맙습니다.' 라는 소리가 나올 것이다. 작은 수확이라도 있으면 언제나 그랬으니-. 밀레의 '만종'에 기도하는 두 남녀의 모습은 모든 농부의 마음이다. 고마운 일이다. 칠십 평생에 절실하게 느껴 보지 못했던 고마움을 땅에서 느끼다니. 내가 젊어서부터 농사를 지었으면 그 고마움은 좀 달랐을 듯하다. 소출이 적으면 노력했던 것에 대한 억울함이 더 크지 않았을까? (2018)

죽음

결혼한 뒤 네 분의 부모님이 돌아가셨으니 상주 노릇을 충분히 했다고 생각했다. 그러면 죽음에 대해서 웬만큼은 안다고 할 수 있나? 하기는 죽음이 뭔지도 모르면서 고등학교 국어시간에 자살에 대해 수필을 썼다가 선생님에게 호되게 야단을 맞았던 기억이 난다. 내가 쓴 수필의 내용은 전혀 기억도 나지 않고 선생님의 비아냥거리던 모습만 기억에 남아 있다. 생각해 보면 학생이 쓴 글에 야단을 치는 선생님은 지금도 이해가 안 된다.

어버이날 부모님께 편지를 쓰라고 해서 쓴 편지를 할아버지가 보시고 많이 칭찬해 주셨던 기억도 난다. 역시 그 편지에도 뭐라고 썼는지는 기억이 없다. 칭찬과 할아버지로만 연결될 뿐이다. 본질은 어디로 가고 주변만이 오래도록 내 기억 속에 있다. 녹색 꽃무늬 원피스를 입고 학생들의 책상 사이를 오갔던 여선생님의 모습, 담뱃대를 만지작거리며 웃음이 가득하시던 할아버지의 모습 등. 할아버지 산소 앞에서 절을 올릴 때 그 웃음을 생각했다. 선생님이 곧 임신을 하신 걸 보면 신혼이었나?

1900년이라는 극적인 시간에 태어나신 시아버님은 86세에 돌아가셨다. 1985년이라는 연대가 더 정확할 것이다. 맏자식인 우리 집에서 돌아가신 아버님을 어머님은 무릎에 안으시고 눈을 감겨드리셨다. 상당히 감동적으로 보였던 기억이 난다. 어머님의 역할이 돌아가신 아버님의 눈을 감겨드리는 일이었다면, 내 역할은 상주로서 손님들에게 밥상과 술상을 차려드리는 일이었다. 그때도 병원에서 상을 치르는 일이 있었는지 기억이 잘 나지 않지만 우리는 당연히 집에서 상을 치르고 모든 절차는 어머님의 뜻에 따라 이루어졌다.

장지로 가기 전까지 아침마다 제삿상을 차렸고, 돌아가신 뒤에는 49일 동안 아침마다 식사를 올리고 제사를 지냈다. 100일 탈상은 해야 되는데 내가 직장에 다닌다는 핑계로 49일로 면해 주셨다. 내 기억에 남는 아버님의 장례는 엄청나게 눈이 오는 날 산꼭대기 장지에서 상복을 입고 떨었던 기억과 집으로 돌아오는 길에 눈 위에 비치던 석양의 붉은 햇빛이었다. 삼일 동안 부엌에서 생선찌개와 돼지고기찌개를 번갈아 올려서 수없이 손님상을 차렸던 기억이 어찌 잊힐까? 착하기만 하셨던 시아버님의 장례 기억이 고작 노동으로만 남다니….

2000년과 그 일 년 후에 어머님과 친정아버지가 돌아가셨다. 어머님도 집에서 운명하셨고, 곧 병원 영안실에서 온 젊은이들이 어머님을 들것에 옮긴 뒤 7층 아파트 계단을 순식간에 내려갔다. 앰뷸런스에 실릴 때까지 어머님은 사람이 아니었다. 망자를 대하는 병원 사람들의 신속함과 비정함에 놀랐으며, 곧 연락을 받고 오신 시 외숙모님이 아파트 복도에서 옛날식으로 곡을 하셔서 당황했던 기억이 난다. 현대적인 주거 양식에서 고전적인 망자에 대한 슬픔의 표현은 이질적이었다.

비슷한 시기에 돌아가신 친정아버지는 치매로 오랜 시간 가족들이 힘들었기 때문에 돌아가셨을 때도 경황이 없었다. 어머님과 같은 병원에서 장례를 모시게 되어서 별 생각이 없었는데, 의사들이 자기 병원에서 돌아가신 것이 아니어서 사망진단서를 떼어 줄 수 없다고 해서 난감했던 기억이 난다. 의사 아들을 생각했으나 곧 불가능함을 알았고, 사촌오빠를 생각해냈으나 골프를 치고 있으니 운동이 끝난 뒤에 와서 사망 진단서를 쓰겠다고 해서 우리를 펄펄 뛰게 만들었다. 큰아버지가 돌아가셨는데 골프라니. 결국 아버지를 몇 번 치료해 주신 적이 있는 개인병원 의사선생님이 사망진단서는 써주셔서 잘 끝났다.

마지막으로 엄마가 96세의 나이로 돌아가셨다. 겨울도 어렵게 잘 지내시고 이제 봄으로 가는 길목에서 엄마는 쇠진하셔서 견디기를 힘들어 하셨다. 자식들이 엄마를 요양병원으로 모셔야겠다고 판단해서 오빠가 엄마를 업고 계단 밑으로 내려가려고 했을 때 아들의 등을 완강하게 미셨던 모습이 잊히지 않는다. 너무 죄송스러웠지만 자식들이 보살펴 드리기에는 한계에 도달했음을 알았다.

집에 계시고 싶어 하셨는데 우리는 그렇게 못해 드렸다. 엄마는 요양병원에 가신 지 보름 만에 돌아가셨다. 아들 지게에 지워져 산 속에 버려진 부모의 고려장을 애써 생각하지 않으려고 애썼다. 우린 엄마의 임종도 못했다. 새벽 4시에 병원에서 전화를 해주어서 알게 되었으니. 자식이 일곱이나 되는데 혼자 떠나시게 했으니 그 죄스러움을 다 뭐라고 할까?

부탁한다는 게 그런 것일 것이다. 요양병원에 부탁했으니 잘 알아서 돌봐주시겠지 하는 마음이 있었을 것이다. 오늘밤에는 별일이 없으시겠지 하는 마음에 밤 10시쯤 병원을 떠났다는 오빠. 수를 다하셔서 조용히 가셨을 거라는 말도 별로 위로가 안 되었다. 새록새록 가신 지 벌써 10년이 넘어가는데 엄마 생각을 하면 눈물이 주르르 흐르고, 엄마한테 혼잣말을 하는 버릇이 생겼다. "엄마 조금만 기다려. 곧 갈게." 이런 말이 아니어도 이 세상에도 안 계시는 엄마한테 말을 한다. 대꾸도 안 해주시는 엄마한테. 옆에 있는 남편은 이제 그러려니 한다. 하기는 우리 엄마도 그렇게 혼잣말을 하셨다.

며칠 전에는 동네 골목에 앰뷸런스가 두 대나 요란스럽게 소리를 내며 왔다. 좁은 골목이기도 하고 서로 웬만큼은 알고 지내서 어느 댁에서 응급실을 가셔야 하나 하고 궁금해서 나가 보았다가 차 한 대에는 '과학수사대'라는 사인이 있어서 깜짝 놀랐다. 사고? 강도 침입? 앰뷸런스에서 나오는 제복을 입은 사람에게 동네 아주머니가 웬일이냐고 물었더니 그 댁의 할머니가 돌아가셨다고 했다. 이어서 제복을 입은 분들이 곧 병원으로 모시고 가면 될 것을 신고를 해서 왔다고 담배를 피워 물며 얼굴을 찌푸렸다. 귀찮은 표정이 역력했다. 주무시다가 갑자기 돌아가신 할머니에 당황한 자제분이 신고를 했다고 한다. 이승에서 저승으로 가는 길이 쉽지는 않다. (2018)

문화 강좌

옛날의 동사무소가 동 주민 센터로 바뀐 지는 꽤 오래 된 듯하다. 모든 행정업무가 전산화된 뒤 동 주민 센터에서 주민등록증이나 인감증명 등을 떼러 가는 일은 별로 없는 듯하다. 주민 편의 및 복리 증진을 도모하고, 주민 자치 기능을 강화하여 지역공동체 형성에 기여하도록 하는 행정 안전 업무의 최하위 조직으로 보인다. 요즈음은 쓰레기 처리 문제나, 도로 파손, 청소 등 주민들의 민원을 해결해 주는 업무 등을 주로 해주는 듯하다.

보통 3층 정도의 주민 센터 건물에는 작은 도서실이 하나 있고, 헬스 기구들이 놓여 있는 운동을 위한 방 등이 있고, 넓은 홀이 한두 개 있어서 운동과, 붓글씨, 그림, 노래교실 등 다양한 수업이 진행된다. 동 주민 센터와 구청, 문화센터 등에서 행해지는 운동을 비롯한 다양한 강습 프로그램을 보면 한국 사람들, 특별히 연세가 드신 여성들은 어디선가 운동이나 취미생활을 하면서 시간을 보내는 것으로 보인다. 무용이나 헬스 같은 운동이 아니어도 나이 들어가며 굳어질까봐 두려워하는 신체를 움직일 수만 있다면 그 이상 더 좋은 일은 없을 것이다.

오래 전에 은퇴하신 일본 교장 선생님을 가르친 적이 있었는데, 쉬는 시간 15분 동안 우리가 어렸을 때 운동장에서 했던 그 지루한 보건체조를 처음부터 끝까지 날마다 하셔서 인상 깊었다. 그때는 일본 사람의 국민성을 생각하는 근거로 보여서 저런 꾸준함과 원칙을 지키는 자세가 일본을 지탱하는 힘인가 하여 놀라웠다. 이제 우리나라도 많은 곳에서 다양한 프로그램으로 많은 분들이 혜택을 누릴 수 있으니 참으로 좋은 일이다.

연로하신 분들 모두가 그 정도의 여유로운 생활을 할 수는 없겠지만, 노년이 되면 이런 것을 배워보겠다든가 하는 꿈을 가지고 어느 정도는 우리 라이프 사이클에서 예측을 하며 살아갈 수 있는 것으로 보인다. 고전 강독을 비롯하여 외국어를 배우는 친구들 얘기도 듣는다. 영문학을 전공했던 여동생은 스페인어에 도전해 복잡한 문법에 머리를 앓고 있지만, 스페인 드라마, 문학에 대해 얘기할 때는 생기가 있어 보인다.

새로운 세계에 도전할 때 느끼는 흥분감은 지적인 세계가 아니어도 가능하다. 요리를 배우는 남자도 있다지만, 주변에는 수를 놓는 친구들도 있다. 옷을 만드는 수업이 없는 것은 옷 만들기가 워낙 고도의 기술이 필요할 듯하고, 다른 물건에 비해 옷값이 별로 비싸지 않은 것도 이유가 될 것이다. 색색의 색실이 꿰인 작은 바늘로 만들어가는 세계는 경이롭다. 중학교 다닐 때 여러 가지 수놓는 법을 가르쳐주셨던 조용하신 선생님이 생각난다. 며칠 전에는 인사동에서 동호인들끼리 수예품을 전시회를 보았다. 미술 전시회 못지않았다. 이제 나는 침침해 오는 눈을 핑계로 침선의 세계는 기웃거리지도 않으려고 한다. 솜씨 없음에 자책하며 우울해질까 두려운 것이리라.

주민 센터를 비롯해서 여기저기서 행해지는 수많은 문화 강의들이 어떻게 운영되는지를 알게 된 후에 좀 답답해졌다. 강사들에게는 각 분야마다 소정의 자격증을 요구하고 엄격한 규정을 준수해야 하는 것으로 되어 있었다. 강사들이 하루에 두 시간씩 일주일에 세 번 강의를 하고 40만 원이 안 되는 보수를 받는 것을 알게 되었다. 물론 보험 혜택도 없다. 시간당 16,000원 정도를 받으면서 쉬는 시간도 없이 계속 뛰고, 목이 아프게 노래를 가르치고, 외국어 발음을 고쳐주며 일을 한다.

수강생들은 배우는 과목에 관계없이 한 달에 2~3 만원의 수강료를 낸다. 20명 남짓 되는 수강생들 중에는 꼭 국가유공자가 3~4명은 있어서 그 분들은 수강료를 내지 않는다. 국가유공자는 수강료를 내지 않는다는 이유로 자신이 유공자임을 의도적으로 회원들에게 알리지 않는다. 그럴 때는 국가유공자가 부끄러운 현실이 된다. 문화강좌를 운영하는 주민 센터나 구청 측에서는 수강생들로부터 받는 수강료로 강사들에게 강사료를 지불하고 전기료 등을 충당하는 것으로 설명한다. 강사료를 지불할 수 없을 만큼 수강생이 부족한 경우에는 곧 폐강되고 만다. 결국 구청이나 주민 센터는 장소를 제공해 주는 것으로 그들의 소임을 다하는 것으로 보인다.

이 모든 것은 오랜 동안 프로그램을 진행해오면서 우리 사회 다른 분야의 임금과 형평성을 생각하며 결정되었을 것이다. 최저임금을 얼마로 하느냐로 일 년 내내 나라 전체가 시끄러웠던 것을 생각하면 문화센터의 강사들이 받는 보수가 최저임금보다 조금 나은 액수임은 분명하나, 하루에 몇 군데를 뛰어다녀도 기초생활을 해나가기에도 한참 부족한 액수임은 말할 것도 없다. 가족이 있는 4~50대의 성인이 그 정도의 금전으로 생활을 하라는 것은 무리이다.

그들은 어떤 종목에서든지 누구에겐가 가르칠 수 있는 기능을 구비한 분들이다. 물론 최고의 기능 보유자는 아니라고 해도 자신의 생업으로 삼을 만큼 노력해온 분들이다. 그런 분들이 생계를 걱정할 만큼 적은 돈을 받고 일해야 한다면 이를 개선하도록 노력을 해야 할 것이다. 국민 전체의 복지에 관계되는 부분은 아니기 때문에 정부 차원의 개선을 요구하기에는 문제가 있겠지만, 강사와 수강생 사이에 타협점을 찾을 수 있도록 관리하는 곳에서 적당한 기준을 찾을 필요가 있을 것이다. 수강생이 조금 과한 액수를 지불하더라도 강사가 생계를 걱정하지 않을 정도는 받을 수 있으면 하는 마음이다.

이는 수요와 공급이라는 경제의 기본 논리를 생각하지 않아도 일자리가 모자라는 우리 현실이 빚어낸 결과일 것이다. 관공서에서 시간제로 일한 경력이 다른 곳에서 일자리를 찾는데 도움이 되어 매달리는 분들의 경제적 고통을 외면한 채 자신들의 문화 행위만을 영위하겠다는 생각은 얼마나 이기적인가? (2018)

놋수저

지난 달 강릉에 가서 방짜 놋수저를 두 벌 샀다. 친구들이 아직도 그런 것을 사고 싶으냐며 핀잔을 주었지만 사고 싶었다. 어렸을 때 사용했던 향수 같은 것이었을까? 사실 작고 예쁜 놋주발은 생각이 나지만 놋수저는 기억이 별로 없다. 기껏해야 어머니가 닳아진 놋숟가락으로 가마솥의 누룽지를 긁으시던 모습이 조금 생각날까? 누룽지가 귀한 간식거리였지만 숟가락엔 별 관심이 없었다.

놋수저 이후에는 기능성을 강조하는 스텐레스가 그 시대의 경제 발달에 걸맞게 오랫동안 우리 식탁을 지배했다. 그 시대에도 은수저를 혼수품으로 가지고 시집을 갔지만 연탄가스 때문에 색이 변질되어 자주 닦아야 하는 번거로움 때문에 애용하지는 못했다. 나무로 된 수저도 한동안 사용했다. 가벼워서 느낌이 좋았다. 그러다가는 숟가락의 무게를 생각하는 나이가 되다니 하며 화들짝 놀랬다.

놋그릇에 친숙해진 것은 우리 집안에서 제사지낼 때 사용하는 제기가 놋그릇으로 되어서 그럴지도 모른다. 촛대, 술잔과 같은 제기 뿐이 아니라 신선로며 아기자기한 기명 그릇 등 어머님은 부엌살림에 꽤나 호사를 부리셨던 듯하다. 제기와 함께 맏며느리라고 어머님이 특별히 주신 그릇은 뚜껑이 없는 도자기로 된 합 한 쌍이다. 짙은 남색으로 모란이 화려하게 그려진 합은 20인분 정도의 밥이 들어갈 수 있을 정도로 크지만 밥을 담는 용도로는 쓰이지 않았음이 분명해 보인다. 밥을 담기에는 너무 화려해 보이고 놋그릇도 아닌 자기에 진음식을 담는 것은 어려웠을 것이다.

이 그릇에 애착이 가는 것은 큰 그릇이 쌍으로 이루어진 것도 신통하지만 얼마나 큰지 굽는 과정에서 한 쪽이 주저앉아서 씰그러져 있기 때문이다. 하나는 제대로 균형이 맞춰져 있는데 다른 하나는 심하게 주저앉은 것을 보면서 도공이 덤으로 준 것이 아닐까 하는 실없는 생각을 했다. 합은 어머님도 윗대 시할머니에게서 받았다고 하셨다. 당신에게도 소중했던 물건을 갑자기 전쟁이 발발하자 급한 김에 땅을 파고 묻어놓고 피난을 갔다가 돌아와 보니 뚜껑이 깨져있었다고 하셨다. 합의 둘레는 안쪽으로 뚜껑이 잘 놓이게 얌전히 홈이 파였지만 뚜껑은 없어졌다. 6•25가 끝난 지도 70년이 가까워오니 그 그릇을 만든 것은 100년이 더 되었을 것으로 보인다.

내가 놋수저처럼 갖고 싶고 해보고 싶은 것이 한 가지 있다. 여름에는 모시 적삼에 수치마저고리를 입어보고 싶고, 겨울에는 누비저고리에 유똥치마를 입어보고 싶다. 젊었을 때부터 나이가 들어 그렇게 한번 입어보면 상당히 품위가 있을 것으로 생각했던 듯하다. 내가 생각했던 그 한복의 조합이라는 것은 한복을 일상으로 입으셨던 어머니나 숙모님들이 외출할 때의 곱고 단아한 모습에서 남아 있는 것으로 보인다. 자그마한 체구의 옛 여인들에게 어울렸던 그 옷들이 나에게는 거리가 멀 수도 있다. 그것보다 지금 내가 긴 치마에 저고리를 감당할 수 있을까? 발목 관절이 시원치 않아 불편한 나에게 한복치마 자락은 발에 밟히기 십상이다. 지금도 수시로 부엌을 드나들며 식사준비에 설거지를 해야 하는 처지에 치마저고리는 언감생심 꿈도 꿀 수 없는 일이다. 그래도 입고 싶다. 일분에 몇 발짝을 떼는 한이 있어도.

100년도 더 전에 만들어졌을 예쁜 신선로를 장식처럼 작은 장위에 올려놓아 본다. 이제는 뭔가 쓸모 있는 것에 대한 관심이 없다. 쓸모 있는 것들은 지금까지 사용했던 것들로 충분하다. 지금까지 입었던 옷들은 앞으로도 계속해서 입을 것이다. 벌써 오래 전에 은퇴를 했으니 가끔 사람들을 만나는 일이 아니라면 동네에서 운동을 하러 나가는 것이 고작인데 뭔 옷이 그리 필요할까? 이렇게 상품 구매를 하지 않다가는 이 나라 경제가 어떻게 될까 하는 걱정까지 될 정도이다.

그렇다고 아무리 노력해도 내가 국가 경제를 위해서 소비할 수 있는 것은 극히 제한적이어서 아무리 노력을 해도 별 도움이 되지 않는다. 식당에 가서 밥을 몇 번 사먹는 것이 기껏 내가 할 수 있는 노력일까? 식당 종업원들을 보면 식당 사장님이 얼마나 대단한 일을 하는지 짐작이 된다. 어떻게든 그 종업원들을 다 먹여 살리려고 무한히 노력하지 않는가?

필요한 것이 별로 없다는 것은 현실생활에서 더 이상 갖추겠다는 생각이 없다는 것이다. 그렇다고 종교적인 마음으로 그렇게 되는 것도 아니다. 우리 나이가 되면 조금씩 차이가 나기는 하지만 대개 비슷할 것이다. 자식들이 혼인한 뒤 작은 집으로 이사를 간 친구들도 몇 명 있고, 모임에 나올 때 입는 의상들도 오랫동안 보았던 옷들이다. 오래된 옷이지만 모두 단정하고, 편안해 보인다.

우리 모두 절제하려고 노력하지 않아도 넘치지 않는다. 세월이 우리를 그렇게 만들었다. 질풍노도의 시대가 지나고 뭐든지 다 받아들이는 그런 시간이 된 것이다. 살아온 날이 일천했던 그때는 불안하고 욕망에 들끓었는데, 이제 그러지 않아도 되니 얼마나 다행인지. 지금도 불안은 하다. 자식들이 살아갈 시대에 대한 불안감은 애써 외면하려 하지만 어쩔 수 없이 불안하다. 그래도 어쩔 수 없다. 세상의 변화까지 내가 어찌할 것인가? 예측할 수 없는 미래에 대한 불안까지 끼고 살 수 없다는 것도 경험으로 잘 안다.

이제 얼마 동안은 양가 부모님들이 남겨 주신 것들을 궤짝에서 꺼내서 잘 닦고 윤기를 내서 문갑 위에, 탁자 위에 올려놓고 음미하고 완상하며 나에게까지 물려주신 분들과 교감할 수 있기를 바란다. 아! 며느리가 외조모에게서 받았다는 예쁜 대접들까지 같이 올려놓으면 어떤 기분이 들까? 100년도 훨씬 전부터 만들어져서 사람의 인연을 따라 여기까지 흘러서 같은 자리에 놓였다니. 누비저고리에 유똥 치마를 입고 그 앞에 서볼 수 있기를 바라지만 안 그래도 괜찮다. 내 마음이 그렇게 있으니. (2018)

국화 위에 내리는 눈

11월에 내리는 첫눈이다. 잎이 다 떨어진 은행나무 가지에 첫눈이 쌓였다. 까치 한 마리가 제일 높은 가지에 앉았다. 첫눈이 10센티 가까이 내렸다고 모두 놀라워했다. 마당 구석구석에 색색이 핀 국화꽃이 아까웠다. 그 화려했던 봄 꽃, 여름 꽃이 다 져버린 후에 야생화처럼 피어나는 국화는 특별히 돌봐주지 않아도 제풀에 끝없이 피고는 진다. 야생화의 속성을 다분히 지녔다. 볕이 좋은 쪽에 있는 놈들이 먼저 피기 시작하면 한참 있다가 응달에 있는 것들이 피어나기 시작한다. 서리 내리는 추운 계절에 피어서 그렇겠지만 국화꽃의 미덕은 깨끗하다는 것이다.

늦봄부터 여름이 시작될 때 피는 꽃들은 며칠을 견디지 못하고 햇빛에 마르고 곧 시들어 버린다. 요즘처럼 한여름 더위가 기승을 부릴 때는 아무리 물을 주어도 소용이 없다. 동남아의 뜨거운 지방에서는 꽃을 파는 꽃집이 검은 천막을 쳐서 햇빛을 차단시켜 놓고 영업을 하고 있었다. 섭씨 40도가 넘는 열기에서 꽃을 피워 판매해야 하는 지방에서 식물을 보호하는 방법이었다. 강한 햇빛과 집중적인 폭우가 반복되는 밀림 속에서 나무들이 빠른 속도로 자랄 수 있겠지만, 섬세한 꽃들은 조건을 잘 맞춰주지 않으면 견디지 못한다.

이 나라에 피고 졌던 그 많은 식물들 중에서 사군자 속에 당당하게 자리 잡고 있는 국화의 미덕은 많을 것이지만, 겨울로 가는 길목에서 나무의 푸른 잎이 누렇게 되어 다 떨어진 사이사이에 깨끗하게 피어난다는 것이다. 말 그대로 '낙목한천에 네 홀로 피었나니'라는 글귀가 절로 떠오른다. 어찌 그리 추운 날씨에 고고히 피어날까? 갑자기 독한 추위가 찾아오지 않는다면 거의 한 달은 마당 여기저기에서 피어나 아직 겨울이 오지 않았음을 알려준다. 이 시대에 '오상고절(傲霜孤節)'이 의미하는 충신의 의미와는 거리가 있지만, 서릿발이 내리는 추위에도 각색의 꽃을 피워내는 국화 옆에서 봄부터 피어나 겨울이 다가와 우리 곁을 떠나는 것들을 생각한다.

아파트보다 마당이 있는 집에서 사는 색다름은 땅을 밟고 사는 것이리라. 봄이 되면 아직 썩지 못한 낙엽들 사이에서 튤립, 크로커스를 비롯한 구근식물들이 제일 먼저 싹을 틔운다. 수북하게 쌓인 낙엽들은 한두 번씩 밟고 지나다니는 발자국에 바스라지다가 흙이 된다. 마당에 있는 몇 그루의 나무와 꽃나무들이 자연의 이치를 설명해준다. 사람도 이렇게 왔다가 가는 것임을 알려준다.

내 주변에 있는 사람들 중에서 주택에서 사는 사람은 내가 거의 유일하다. 대부분은 아파트나 빌라 등 공동주택에서 사는 사람들이다. 이렇게 빠른 속도로 주거양식이 바뀌는 나라가 또 있는지 궁금할 정도이다.

대단위 아파트의 층수가 초기에는 5층에서, 12층으로, 18층에서 이제는 30층이 넘어가는 상태까지 온 것 같다. 새로 짓는 아파트들의 층수가 이렇게 높아지는 것은 도시로 인구가 밀집해서 주택의 절대적인 수요가 부족하기 때문이기도 하고, 건축비 등 여러 가지 경제적인 이유가 우선하겠지만, 궁극적으로는 녹지를 좀 더 확보해보려는 이유가 클 것이다.

대부분의 아파트는 인도와 차로 등을 만들고 남는 빈약한 부분에 큰 나무와 낮은 관목 등을 심어 정원을 조성한다. 큰 나무는 보통 5층 정도를 자라기 때문에 30층이 넘는 아파트에서 녹지의 혜택을 받을 수 있는 경우는 5층 정도이다. 그것도 나무가 무성해지면 주민들은 집안으로 들어오는 햇빛을 차단시킨다며 나무를 잘라 주기를 원한다.

강북 대단지의 어떤 아파트는 해마다 조경수 사이로 취나물이 탐스럽게 자라지만 아무도 손대지 않는다. 먹을 수 있는 나물인 것을 모를 수도 있고, 공동의 공간에 자란 것이기 때문에 개인이 손을 대지 않는지도 모른다. 감나무도 크고 잘 자랐지만 아무도 따서 먹지 않는다. 공동의 자산이기 때문일 것인지, 시장에 가면 쉽게 살 수 있기 때문인지는 잘 모르겠다. 공동주택의 생활 질서는 개인주택과 많이 다른 것으로 보인다.

북한산 주변을 중심으로 만들어 놓은 둘레 길에 가보면 언제나 많은 사람들이 걷고 있다. 새싹이 돋고 꽃이 피는 봄부터 시작하여 짙푸른 녹색이 우거진 여름은 말할 것도 없고, 단풍이 물드는 가을까지 언제나 산이 주는 기쁨은 말할 것도 없다. 이제 나뭇잎들은 거의 다 떨어졌지만 좀작살나무, 팥배나무 등 작은 열매들이 다닥다닥 매달린 나무들을 보는 즐거움이 여간 아니다. 잎이 다 떨어진 나무에 달린 색깔 고운 열매들이 여간 예쁘지 않다.

나무며, 꽃이며, 풀 등 땅에서 자연스럽게 자라는 것들을 보려면 이제는 산까지 올라와야 할 모양이다. 산등성이에서 어느 쪽을 내려다보아도 시내 쪽으로는 아파트들이 밀집해 있다. 조선조부터 주변 산수를 보고 서울을 수도로 정한 덕분에 조금만 걸으면 산에 오를 수 있음을 고마워했지만 이제는 산 밑 모든 땅에 아파트를 정신없이 심어 놓았으니 나무를 심을 수 있는 여백을 찾아볼 수가 없다.

시내에서 꽃을 볼 수 있는 곳은 시내 도로 길을 가르는 중앙분리대 위에 위태롭게 놓인 화분에 심어진 꽃들이다. 관리자들은 지독한 매연 속에서 버텨낼 수 있는 꽃들을 골라서 심었을 것이다. 먼지를 뒤집어쓰고 피워대는 꽃들을 보며 우리 아이들이라면 그렇게 오랜 시간 그 자리에 세워놓을 수 있을까 생각하게 된다. 주민 센터 앞에 심어놓은 배추 모종은 먼지가 배춧잎 갈피마다 수북하게 쌓여 그 배추로 김장을 하겠다는 생각은 못할 듯 보였다. 우리가 만든 환경이다.

좁은 마당 국화 위에 수북하게 쌓였던 첫눈은 곧 녹았고 비온 뒤 깨끗해진 식물처럼 더 빛을 내고 있다. 땅의 힘이다. (2018)

손주네 집

아들네가 10년 동안 살던 아파트 단지를 떠나 이사를 가려고 한다. 10년 동안 같은 단지에서 4번 이사를 다녔으니 참 힘든 세월이었다. 10년 전 아들네 가족이 집을 구하는 조건은 아들과 며느리의 직장에서 그리 멀지 않은 곳이어야 하고 손주의 학교가 있는 곳이어야 했다. 아들네가 원하는 조건을 충족시키는 곳이 그 아파트 단지였다. 처음 이사 간 집은 아이가 생긴 뒤 좀 큰 공간이 필요해서, 두 번째 집은 주인이 집을 팔아서, 세 번째 집은 엘리베이터를 사이에 두고 마주보는 집에 혼자 사는 노인이 정신질환이 있어서 상대방을 불안하게 하는 행동을 자주 하기 때문이었다. 돌발적인 노인의 행동이 무엇보다 어린아이들에게 안전하지 않다는 것이 중요한 이유였다.

이제 더 이상 이런 식으로 이사를 다닐 수 없다는 생각에 향후 십년 이상을 살 수 있는 곳으로 집을 옮기기로 했다. 사실 한 단지 내에서 잦은 이사를 해야 하는 이유가 아니어도 몇 년 전부터 아들네는 이사를 갈 수 밖에 없다는 것을 말해 왔다. 아들부부가 직장과의 거리를 중요하게 생각하며 집을 구했던 때는 여유가 있던 시절이었다.

손주가 중학교에 가야 할 때가 되니 대학에 가기 위해서는 지금까지 살던 아파트 근처에 있는 중고등학교에 다녀서는 어렵다는 것이다. 전교에서 다섯 손가락 안에 들어갈 수 있는 성적을 받는다면 모르겠지만 이라는 단서가 붙기는 했다. 자식을 기르는 젊은 부부가 이사를 가야 하는 가장 중요한 이유는 아이들 학교이다. 소위 말하는 우수한 대학에 입학률이 좋은 고등학교에 갈 수 있어야 하고, 그러기 위해서는 아이를 가진 부모들이 모두 선호하는 곳이 강남인 모양이다.

지난여름 강남 아파트의 값이 정신없이 올라갔고 그 결과 부동산이 이 나라 경제, 사회의 모든 질서를 어지럽히는 근간이 되는 것으로 나타났다. 꼭 한 세대 전 우리가 아이를 기를 때도 강남의 모모 고등학교의 입학률이 높다는 얘기는 많이 있었지만 꼭 그쪽 학교를 다녀야 한다고는 생각하지 않았다. 솔직히 강남의 학부형들과 경쟁을 해야 되는 상황을 받아들이기도 겁이 났었다. 그저 잔소리를 좀 해가면서 고등학교 3년을 지내다 보면 어느 정도 원하는 대학에 가겠지 하는 생각을 했고, 그렇게 해주었다.

이제는 그 때와는 전혀 상황이 다르다는 것이다. 시험을 통해 입학이 가능한 특목고라는 것이 반 이상을 차지하기 때문에 나머지 학생들과 경쟁해서 대학을 가기 위해서는 입학률이 좋은 학교 근처에라도 가서 기다리고 있어야 한다는 것이다. 우리 아이들이 다 커서 별 관심 없이 지냈던 30여 년 동안에 이 나라 상급학교 진학제도는 괴물처럼 변해 있었다. 최고로 우수한 학생들이 아니면 그 그룹에 낀다는 것은 상상도 할 수 없는 일이 되고 말았다.

지난 10년간 남산 기슭에 있는 아파트에서 어린이집과 학교에 다니며 아이들은 참 행복했다. 오빠와 누이동생 남매가 3년 이상씩 다닌 어린이집에서는 공해 걱정 없이 봄이면 꽃을 심고, 가을이면 배추 무를 심어 김장까지 실습했다. 매봉산을 수시로 오르내리고, 주변에 있는 문화 센터 극장에서 공연 관람을 하며 행복하게 지냈는데, 부모들은 그런 아이들 뒤에서 언제 이사를 가야 하나 하는 말들을 나누고 있었다.

모든 부모들의 머릿속에는 아이들의 입시가 꽉 차 있었다. 우리 세대에서는 하지 않았어도 되는 걱정이었다. 아이 둘이 한 가족의 생활을 어디로 끌고 갈지 결정하는 것으로 보인다. 한참 자신이 속한 직장이나 조직에서 최선을 다해야 하는 나이에 자식의 학교 선택 문제로 주말마다 부동산을 기웃거려야 하는 것은 화가 나는 일이다.

이사를 결정한 후 나는 아파트 단지 내를 손주와 함께 돌아다니며 네가 몇 살 때 살았던 곳인가를 상기 시켜주고, 그 때의 기억을 되살려 주려고 노력했다. 큰 아이는 10년, 작은 아이는 7년을 살았던 곳이니 추억도 많을 것이라 생각했다. 할머니가 억지로 그 때의 상황을 꺼냈지만 아이는 별 관심을 보이지 않았다. 아이에게 추억이란 거리가 먼 얘기인 것으로 보였다. 추억에 진입하기 위해서는 여유로운 마음도 필요하고 그 시간과 흡사한 상황도 필요했다.

어린이집에 다닐 때 좋아했던 친구들을 얘기해 주며 그 시간을 끌어내 주려고 노력했지만 아이는 자신이 살았던 집들을 분별하기가 힘들었던 모양이다. 4번이나 이사를 했지만 똑같은 구조였던 집들이 차이가 없었던 모양이다. 어린이집과 학교를 다니던 길이 조금씩 달랐지만 현관을 밀고 들어가면 언제나 똑같은 집이었으니 변별력을 찾기가 어려웠던 모양이다. 하기는 나도 부엌 창문으로 보이던 풍경이 매번 어땠는지 구별이 되지 않는다. '알리바바와 40인의 도적'처럼 모두 똑같은 집이었다. 결국 손주에게 5천 세대가 넘는 아파트 단지의 모든 집은 똑같은 한 개의 집이었다. 동마다 18층이나 되는 아파트의 외형도 똑같아서 구별은 무리였다. 답답했다. 그래도 한 구석에 있는 쓰레기 분리 장 지붕 끝에서 고드름을 따던 기억을 얘기하며 좋아했다. 다행이었다. 10년이나 살던 아파트에서 추억할 것이 하나는 있었다니.

틀에 찍은 집에서 살았던 아이들이, 내 손주가 어떤 인물로 자랄지 난감하지만 인공지능이 실생활에서 사용되는 사례가 날로 늘어나고 있으니 그런 생활에 적응하며 잘 살아내겠지 하며 근거 없는 위로를 한다.

수첩

연말이라고 달력과 수첩이 배달되어 온다. 오십 년도 더 전에 졸업한 고등학교 동창들이 만들었을 수첩에는 모든 졸업생들이 교복을 입었던 옛날 사진과 나이가 든 최근 사진을 나란히 올려서 만들었다. 실로 반세기 만의 동창들의 변화된 모습이 놀랍기도 하고 신기하기도 했다. 어떻게 그런 생각을 했을까 해서 대견스럽기까지 했다. 여고생에서 노인으로 변모한 모습을 담은 수첩은 여자의 일생을 보여주는 듯도 했다. 두 장의 사진이 뛰어넘은 오십 년의 세월 동안 그들은 어떤 삶을 살았을까? 한 사람 한 사람 장엄한 삶의 파노라마가 상상된다. 단발머리 여학생들이 여기까지 오느라고 얼마나 힘들었을까? 참으로 삶은 만만치 않으니.

어떤 수첩은 사회에서 활동을 했던 부분에 역점을 두어서 만들기도 했다. 그런 수첩은 학교생활보다는 사회에서 어떤 일을 했는가가 중요하게 보였다. 학교를 졸업하고 지금까지 이루어 놓은 업적을 표현하려고 하는 듯했다. 수첩이 아니고 이력서, 경력증명서 같기도 했다. 몇 년 전까지 대학에서는 졸업생의 주소와 현 근무지 등을 두꺼운 책자로 만든 졸업생 명부를 만들어 배포했다. 동창들의 명부를 보고 찾아가 월부 책이나 물건들을 팔러 다닌 졸업생들도 있었다. 결혼 소개 업소에서는 동창 명부를 보고 결혼을 해서 아이가 학교엘 다니고 있는데도 연락이 오는 경우도 있었다.

많은 것들이 전자화되면서 수첩이며, 동창 명부 등이 사라진 듯하다. 20여 년 전부터는 앨범도 없애고, 모두 CD로 대신하는 듯했다. 우리 때는 수학여행이나 답사를 다녀 온 뒤 필름을 카메라에서 조심스럽게 꺼내 현상소에 맡긴 뒤 사진이 완성되기를 기다리는 맛도 괜찮았다. 그 때 필름을 팔거나 현상을 해주던 그 많은 가게들은 다 어떻게 되었는지.

은행에서는 인터넷뱅킹이 보편화되면서 은행에 가는 일이 거의 없을 정도로 줄어들었다. 통장에서 입출금이 자동으로 이루어지거나 체크카드로 물건을 살 때마다 핸드폰으로 연결이 되어 영수증을 대신한다. 우리가 가진 컴퓨터나 핸드폰, 자동차의 기능을 최소한으로 사용하는 것임에 분명하지만 우리 생활은 말할 수 없이 편해졌다. 전자통신이 우리 생활에 들어와서 일어난 변화다.

이런저런 이유로 종이로 된 수첩이나 앨범, 동창 명부들이 다 사라진 시대에 종이로 된 수첩을 받아서 새삼스러웠는지 모르겠다. 내가 졸업한 이화여자대학에서는 빨간 수첩을 해마다 만들어서 학생들에게 배부하고 필요한 동창들이 구입하도록 했다. 촛불시위의 발단이 되었던 학내 사태로 인해 학교 보직자들이 청문회에 나왔을 때도 빨간 수첩이 카메라에 잡혔다. 티브이 청문회에서 빨간 수첩을 본 동창들은 씁쓸한 웃음을 지었을 것이다. 자긍심의 표현으로 들고 다녔던 빨간 수첩은 수치심으로 얼룩졌다. 자신들의 의견이 관철될 때까지 투쟁했던 후배들이 자랑스러울 뿐이다.

학생 때부터 수첩을 별로 사용해 본 일이 없어서 새삼스럽게 수첩이 필요하지도 않다. 학교에 다닐 때는 노트나 책 한 귀퉁이에 전화번호 등을 기록하면 그만이었다. 그만큼 생활이 복잡하지 않았기 때문이기도 하고 정리 정돈을 잘하는 성격이 아니기 때문일 것이다. 수첩에 가득히 만날 사람들을 적어 놓은 사람들을 보면 대단하다는 생각을 했다. 어떻게 그렇게 많은 일을 하면서 살아갈 수 있을까 궁금했다. 기자나 사업가나 정치를 하는 사람이 아니라면 그렇게 수많은 사람을 만나가며 살 필요는 없을 것 같다. 지극히 제한된 사람을 만나고 살아도 별문제가 없는 것으로 생각하고 있으니 은둔형의 사람인가 하는 생각도 해본다.

올 들어 휴대폰의 데이터가 다 날아가서 난감한 적이 있었다. 수첩도 사용하지 않으니 휴대폰 메모 란에 이것저것을 기록해 놓았는데 그것이 다 날아갔으니 답답했다. 미래의 계획이 아니라 과거의 기록이니 간단한 메모들이다. 과거에는 노트나 책, 또는 달력 같은 곳의 아무 데나 써놓았을 것들이다. 연필과 종이를 찾기보다는 휴대폰을 열고 남겨 놓는 것이 쉬웠기 때문이다. 물론 마트에 가서 사와야 할 물건 목록 같은 허접한 것들도 있었지만, 새로 구입해야 하는 책이나 읽어야 하는 글이 실린 책이나 잡지 등, 자잘한 가정경제에 대한 기록 같은 것들도 없어져서 난감했다.

시간이 지나면서 생각해 보니 누가 주워서 보는 것이 아니고 완전히 날아가 버렸다는 게 느낌이 달랐다. 컴퓨터 작업을 하다가 날아가는 경험도 가끔 하면서 애를 태운 적이 있지만 그럴 때마다 백업 기능이라는 게 있어서 어렵게 복구해 냈지만 휴대폰이라는 건 속수무책이었다.

휴대폰에 저장해 놓은 전화번호도 다 날아가고 난감했지만 별문제 없이 넘어갔다. 내 생활에서 없어지면 안 되는 그런 것은 없다는 생각이 들 정도였다. 입맛을 다시며 아쉬워했던 읽고 싶었던 책에 대한 기록도 천천히 찾아가면 되고 못 찾으면 새로운 책들을 찾으면 된다는 생각이 들었다. 그러고 보니 꼭 기록해야 할 것들은 그리 많지 않았나?

나이 들어가며 우리가 꼭 간직해야 할 것은 문자나 숫자로 기록되는 것이 아니라 정신이라는 생각이 들었다. 휴대폰의 데이터가 날아간 뒤 기껏 내가 답답해했던 것은 겨울이 되면 배달해 먹던 사과농장의 전화번호였지만 그것도 한구석에 물건을 담아 두었던 박스를 찾아내서 쉽게 해결되었다. 다른 연락처들은 필요한 분들이 연락해왔다. (2018)

미아리고개

우리가 서울 생활을 시작했을 때는 전쟁이 끝나고 몇 년 되지 않은 초등학생 때였으니 셋방살이는 당연한 것이었는지 모른다. 전차 종점이 있었던 돈암동 끝자락에서 미아리고개로 넘어가는 지점에서 살았을 때였다. 미아리고개를 향한 비스듬한 비탈길에 있는 집이어서 우리는 아래쪽에 살았고, 샐로네는 위쪽에 살았다. 샐로네도 우리도 골목 쪽에 있는 한 대문을 통해 들어왔지만, 우리는 직접 방으로 연결되고, 샐로네는 몇 개의 돌계단을 통해서 방으로 올라가야 했다. 돈암동에서 미아리로 올라가는 큰 길 쪽에서는 샐로네로 통하는 쪽문이 있었다. 어느 쪽이든 울타리는 판자로 되어 있어서 여기저기에서 집 내부가 훤히 보였다.

샐로네는 아버지가 혜화동에 있는 성당에서 사무를 보고 월급을 받아서 산다고 했다. 아침마다 양복을 입고 나가시는 것으로 아주 중요한 일을 하시는 것이라고 우리는 생각했다. 우리 집에서는 양복을 입는 사람이 아무도 없었기 때문에 더 그랬을 것이다. 지금도 샐로 얼굴은 전혀 기억이 나지 않지만 설날인가 그 집에서 커다란 만두가 밥그릇에 딱 2개 들어 있는 만둣국을 보내주셨던 기억이 난다. 밥그릇 하나에 가득 찬 2개의 만두를 우리 대식구가 어떻게 나누어 먹었는지 기억이 나지도 않는다.

셋방을 살망정 많은 자식들에게 먹을 것은 푸짐하게 먹이려고 노력하셨던 엄마 덕택에 먹는 것에 굶주리지는 않았고, 그 새로운 음식을 신기해 했을 뿐이었다. 우리가 살았던 남쪽에서는 만두나 송편 같은 손이 가는 음식은 먹지 않았다, 샐로네는 평안도에서 내려왔다고 했다. 그래서 만두도 크게 만들고, 천주교도 일찍부터 믿었다고 했다.

샐로네 옆방에는 기생처럼 예쁜 아주머니가 해가 둥둥 떴을 때 일어나 화장을 곱게 하고 저녁때가 되면 나갔다. 비단 치마저고리에 하얀 털이 예쁘게 나온 배자를 입고 엉덩이를 살살 흔들면서 다녔다. 그 집에도 나하고 학년이 같았던 것으로 기억되는 몹시 수줍어하는 머슴애가 있었지만 잘 기억이 나지 않는다. 손톱까지 칠을 하고 예쁜 옷에 곱게 화장을 한 인형 같은 아주머니를 보기에 정신이 없어서 내 또래의 머슴애에게는 관심이 없었다. 가끔 남자 손님들이 놀다 간 후에 두껍게 살이 붙은 사과껍질이 나무로 된 사과상자의 연탄재 위에 던져져 있는 것을 아까워했다. 우리 엄마는 주식만 주었지 과일 같은 간식은 주지 않았다. 줄 수 없었다.

성당에 다니는 북쪽에서 내려온 셀로네와, 예쁘게 치장한 엄마가 밤에 나가는 집과, 남쪽에서 올라온 형제가 많은 우리 집이 한 울타리 안에서 같이 살았던 시간이 그렇게 길지는 않았다. 세 집은 모두 달마다 주인에게 돈을 내고 사는 셋집이었던 것처럼 보였으며, 가끔 나이 많고 윤택해 보이는 아주머니가 드나들며 어른들과 이야기를 나누고 돈을 받아서 주머니가 큰 앞치마에 집어넣곤 사라졌다. 어른들은 길 건너 넓은 땅에서 땔감으로 사용하는 나무를 묶어서 파는 남구장도 그 아주머니네 것이라고 했다. 그때 그 동네 사람들은 나무를 남구라고 했다. 내가 남쪽 시골에서 전학 왔을 때 우리 반 아이들이 내 말에 킬킬대고 웃었지만 나는 그 사람들 말이 우스웠다. 그래도 웃지는 않았다.

한 울타리 안에서 세 집이 같이 사는 동안 언제나 변소를 치우는 날은 계산을 하느라고 복잡했다. 냄새를 피우며 변소차가 와서 지게로 오물을 퍼 가면 지게 수에 따라 값을 계산해서 나누어야 했다. 식구 수에 따라 돈을 나누어야 했기 때문에 우리 집이 제일 많은 액수를 냈다. 그 집에 제일 오래 산 셀로네 엄마가 그런 일을 맡아 했는데, 모두 조용히 그 처분을 받아들였다.

셀로 엄마가 예쁜 아줌마에게서 돈을 받을 때는 엄지와 검지 두 손가락으로만 받았다. 마치 예쁜 아줌마의 돈에 변소의 오물이 묻은 것처럼 그랬다. 우리 부모님은 성당에서 사무를 보는 셀로 아빠를 신부님처럼 존경했고, 그 가족도 존경스러운 마음으로 대했다. 요일을 정해서 쓰레기차가 오는 날은 집집마다 연탄재 먼지가 휘날리는 쓰레기를 이고 골목으로 나갔다. 대부분 나무로 된 사과상자가 쓰레기통 역할을 했다.

그 동네에 사는 동안 우리는 북에서 내려온 사람들을 많이 보았다. 어떤 아주머니는 금강산 바로 밑에 살았는데 금강산을 한 번도 올라가보지 못했다고도 했다. 그때 금강산이라는 말은 너무 현실감이 없어서 진짜 있는 것인지도 몰랐다. 저 남쪽 시골에서 살았을 때도 서울이 현실감이 없는 공간이었던 것과 같았다. 내가 기억하는 공간은 언제나 내가 살았던 곳에서 조금 더 확대된 곳이었다.

미아리고개를 중심으로 이쪽저쪽 도로 옆에는 작은 가게나 판자로 만든 방들이 있었다. 그런 방 중에 북쪽에서 내려왔다는 어떤 아저씨는 김장 때가 되면 무생채를 너무 잘 썰어서 넋을 잃고 바라보곤 했다. 남쪽에서는 남자들이 부엌일을 하는 것을 흉하게 생각했는데 북쪽에서는 그렇지 않았던 모양이었다. 날씨가 추워지면서 시장 통에서 사용하던 커다란 기름통에 나뭇조각들을 넣고 불을 피워서 쪼이곤 했는데 나는 아저씨가 무생채 써는 모습을 구경하다 바지 무릎을 태워먹었다. 덕분에 겨우내 지리부도만한 헝겊으로 기운 바지를 입어야 했다.

중학교 일학년 때 4•19가 일어났고, 북으로 가자는 대학생들을 태운 트럭이 미아리고개를 넘어갔다. 입학식을 하고 며칠 안 되어서 담임 선생님은 학교에서 연락하기 전에는 학교에 오지 말라고 했다. 길에는 사람도 별로 다니지 않았고, 파출소가 불타는 것을 보았다. 파출소든 뭐든 불에 타는 것은 구경거리였다. 입을 벌리고 불구경을 하다가 어른들에게 쫓겨 집으로 돌아가야 했지만 불구경을 제대로 못한 것이 못내 아쉬웠다.

미아리고개를 향한 도로 밑에서 사는 사람들이 먹을 것이나 연연하고, 변소나 치우고, 쓰레기를 버리면서 하루하루를 이어갈 때 도로 위에서는 어마어마한 역사가 진행되고 있었다. 군인들이 정권을 잡은 뒤 나는 횡단보도 없는 미아리고개 밑에서 무단횡단을 하다가 순경에게 걸려 벌금을 내야 했다. 순경에게 걸렸다는 사실이 너무 수치스러워 어떻게 파출소에서 놓여날 수 있었는지는 생각이 나지 않는다. 500원인가 하는 액수를 내고 놓여날 수 있었던 것 같다. 전에는 아무 규제 없이 했던 많은 행위들을 하면 안 되었다.

미아리고개는 서울 외곽의 지극히 낙후한 지역이었지만, 광화문에서 종로를 거쳐 혜화동 돈암동으로 연결되는 중요한 통로였다. 미아리에 사는 사람들은 항상 돈암동, 혜화동으로 진입하려고 노력했다. 혜화동은 대학로가 시작되는 로터리 주변까지를 말했고, 돈암동은 전차 종점이 있는 삼선 교와 맞닿은 곳이었다. 혜화동은 사대문 안을 말했고, 돈암동은 문안을 조금 벗어나 서울이라고 허용되는 경계였다. 문안이라는 말을 쓰는 사람들은 조선조에서 설정한 사대문 안에 편입되고 싶어 하는 사람들이었다. 미아리고개에 사는 사람들은 돈암동에 있는 학교에 가기 위해 피나는 노력들을 했다. 부모들은 위장전입도 서슴지 않았고 학교에서는 사실 확인을 위해 담임 선생님의 가정방문도 잦았다.

미아리고개는 돈암동으로 편입되는 경계였다. 미아리고개를 넘어 정릉이니 종암동 등에 신설된 학교에는 한 학년이 1,500명 이상이었다. 저학년에서는 오전반 오후반으로 나뉘어 학교를 다녀야 했다. 미아리고개에서 돈암동으로 진입하려는 끝없는 노력을 하며 버텨낸 것이 셀로네랑 같이 살았던 그 집이었다.

셋집을 벗어나 고개 바로 너머로 이사를 갔을 때 막내 동생은 내가 다녔던 돈암동에 있는 학교에 배당받지 못하고 정릉에 있는 학교에 가야 했다. 막내 동생이 4학년이 되었을 때 혜화동에 사립초등학교가 생겨서 그 쪽으로 갈 수 있었다. 마치 미아리고개 너머에 있는 학교는 학교가 아니라는 듯이 훨훨 떠났다.

고등학생이 된 후 겨울에는 버스를 조금 타고 북쪽으로 가니, 논에 물을 가득 채우고 얼려서 스케이트장을 만들어서 돈을 받고 들어가게 해주었다. 칼바람이 몰아치는 벌판에서 스케이트의 칼날 위에 올라탈 때부터 무서웠던 기억이 난다. 미아리고개에서 북쪽으로 가는 길은 갈 수 없는 동토의 땅이었다. (2019)

여행 가이드

혼자 인터넷을 뒤져 호텔을 잡고 비행기 표를 예약할 수 있는 실력이 못되니 단체관광을 하게 된다. 단체관광을 하게 되면 꼭 가이드라는 분들이 쫓아다니게 된다. 관광객들은 현지에서 그 분들의 안내를 받아야 되고 짧은 시간에 많은 곳을 보고 싶어 하는 욕구를 충족시켜야 하니 무리한 강행군을 할 수밖에 없는 것으로 보인다. 전혀 알지 못하는 사람들과 같이 여행을 떠나서, 처음 보는 사람으로부터 관광지의 문화, 역사 등에 대한 해설을 듣고 여행이 끝날 즈음에는 각자의 사생활까지 서로 교감하며 지내다가 헤어진다.

이런 가이드가 동행하는 관광은 중국이나, 일본, 한국 같은 동양의 나라에서 주로 행해지는 것으로 보인다. 기본적으로 영어가 자유롭지 못하고, 적극적으로 낯선 상황을 개척해나가는 것에 익숙하지 못해서일 것이다. 내 경우에는 길눈이 어두워서 길치라는 말까지 들으니 가이드 의존도는 절대적일 수밖에 없다. 더구나 우리나라 관광회사처럼 평균적인 고객들의 입맛에 맞게 프로그램을 잘 짜는 경우에는 말할 것도 없다. 그저 평균적인 고객이 되도록 약간의 노력만 하면 되는 것이다.

중고등학교에서 수학여행을 다닌 경험으로 따라다니는 것은 할 만하다. 이국의 풍광을 느끼며 관광지 주변을 거닐기도 하고 유명 건물을 여러 각도에서 바라보는 것도 가능하다. 시간적인 제한만 없다면 흡족하게 볼 수 있고 느낄 수 있는 여행은 이동해야 하는 거리에 대한 압박으로 부지런히 차에 타고 내리기를 반복한다. 어떤 경우에는 하루 종일 차 안에서 밖의 풍경을 바라보다 졸기를 반복하는 경우도 있다.

그리스에서 터키로 가는 여행도 무척 길었다. 가면서 몇 번인가 유명 관광지들을 내려서 볼 기회는 있었지만 최종 목적지인 이스탄불까지는 멀었다. 그 지루한 길에 낭랑한 목소리로 터키의 역사와 현재 상황을 일목요연하게 설명해 주던 여자 가이드가 기억에 남는다. 현지 유학생이었다는 설명을 들었다. 연령대가 한참 공부할 때이고 그 가이드의 재능이 강의에 있었던 것 같았다.

하기는 가이드에게 자신이 관리해야 하는 관광객은 학생일 수밖에 없다. 그 자리에서 가이드보다 그 여행을 하는 지역에 대해 정보를 많이 가지고 있는 사람은 없을 것이다. 문제는 관광객들의 관심사나 성향이 다 같지는 않을 테니 참 어려운 선생의 역할일 것이다. 가이드는 어려운 직업임에 틀림없다. 동질성이라고는 그 지역에 여행을 해보고 싶다는 생각만을 가지고 만난 다수의 사람들에게 호기심을 만족시키고, 재미를 느끼게 해줘야 하는 압박감이 있을 것이다.

80년대 말이었던 것으로 기억한다. 남편이 미국 동부 대학에서 안식년을 마치고 우리 부부는 보름 정도 유럽 여행을 갔다. 현지에 있는 한국

여행사에서 여행객들을 모집하여 떠나는 것이었고, 그런 상품이 그렇듯이 미국 교포들이 상당수였고, 나머지는 우리 부부처럼 1년 정도 현지에 머물렀던 사람들이었다. 교포 중에는 한국에서 온 사람들과 자신들을 무의식 속에 차별화시키려는 분들도 있어서 그것도 재미있는 체험이었다. 한국을 떠난 지 오래되다 보면 떠날 때의 상황과 달라진 한국, 또는 한국 사람들에 이질감을 느낄 수도 있을 것이었다. 그럼에도 뭐라고 표현하기 힘든 거리감에 다가가기 힘들어하던 사람들도 곧 가까워지며 여행이 끝날 즈음에는 주소나 전화번호까지 교환하는 경우도 보았다.

그 여행에서 만난 가이드는 외모도 상당히 세련되고 경험도 많은 것으로 보였는데 웬일인지 처음부터 누구에 대한 분노가 있는 것으로 보였다. 처음에는 냉소적인 성격인가 하고 생각했으나 둘째 날부터는 노골적으로 무엇인가에 화를 내고 분노하는 것을 보고 문제가 있다고 느꼈다. 여행사를 운영하던 분이 회사가 망하는 바람에 가이드로 나선 것으로 보였다. 중요한 것은 자신이 가이드를 하는 관광객들에게 그 이야기를 하는 것이 자신의 문제해결에 조금도 도움이 되지 않는다는 것이었다. 답답한 일이었지만 그 분은 그것까지는 헤아릴 수 없을 만큼 무척 분노하고 있었던 것으로 보였다.

대부분이 나이든 여행객들이어서 단체관광은 그런 것인가 보다 하고 생각하기도 하고, 어떤 행위도 받아들일 수는 있었지만 좀 더 기분 좋게 다녔더라면 좋았을 걸 하는 생각은 두고두고 했다. 가이드는 결국 서비스업이기도하기 때문일 것이다. 그때는 인터넷이 활성화되지 않았기 때문이기도 하겠지만, 요즈음처럼 귀국한 뒤 여행사에서 홈페이지에 가이드에 대한 댓글을 달아주기를 원한다면 난감한 일이 되고 말았을 것이다. 그 가이드에 대해 칭찬하는 댓글을 달기는 어려웠을 것이기 때문이다.

지난여름 손주와 미국 서부를 여행할 기회가 있었는데, 그때 가이드를 해주신 분은 오래 전에 한국 방송에서 코미디언으로 활동하셨던 분이었다. 같이 여행한 어떤 분이 귀띔을 해주셔서 알게 되었는데, 역시 방송에서 일하던 분은 목소리가 좋다는 인상을 받았다. 발성을 하는 법이 다른지는 모르겠지만 듣기에 거부감이 없었다. 일반인들이 코미디언에게 기대하는 유머는 별로 느끼지 못했으나, 가이드로서 전달해야하는 정보를 휴대폰의 화면을 보면서 말하듯이 읽고 있었다. 역시 마이크를 다룰 줄 아는 것도 방송을 했던 사람이 할 수 있는 재능이었을 것이다. 정보 전달자로서, 서비스업으로서 가이드는 결코 쉬운 일은 아닐 것이다. (2019)

말 가르치기

참으로 자신이 무슨 일을 하는지도 모르고 시작하는 일도 있는 법이다. 대학원에 다닐 때 존경하던 선생님이 옆에 있는 학교에 가서 외국인에게 한국말을 가르치고 등록금을 벌라고 하셔서 누구에게 가르치는지도 모르고 무턱대고 갔다. 그때는 돈을 번다는 사실만이 중요했다. 외국인 선교사, 신부님, 외교관 등 한국에서 생활하기 위해 한국어가 필요한 사람들에게 우리말을 가르치는 일이었다.

1970년대부터 한국어를 배운 분들은 영어권이나 일본어를 사용하는 분들이 주류를 이루었다. 이후로 한국 경제의 성장과 함께 오래 전에 미국이나 일본에 가서 살던 교포 분들이 자식들을 한국에 보내 한국말을 가르치게 하는 경우도 많았다. 미국에서 대량으로 왔던 평화봉사단원들도 오랫동안 가르쳤던 기억이 있다.

신촌에 있는 대학의 한국어학당은 당시에는 강사들이 10여 명, 학생들은 5~60명 정도였던 것이 현재는 강사들이 150명이 넘고 학생들이 2천

명이 넘는다고 하니 규모를 상상하기 어렵다. 이제는 전국 각 대학에 한국어를 가르치는 법을 가르치는 한국어교육과가 성업 중이라고 한다.

나로서는 외국인들을 그렇게 많이 접한 것도 처음이었으니 특별한 시기였다. 문제는 내가 해야 하는 일의 감을 잡는데 시간이 한참 걸렸다는 것이다. 요즘에야 방송에서 나오는 외국인들의 말을 들어보면 몇 년 정도 한국에서 살았을 것 같다든지, 어디에서 한국말을 배웠을 것 같다는 등의 추측도 가능하지만, 처음에는 왜 이렇게 우스꽝스러운 일을 해야 하나 하는 생각에 답답했다.

한국어를 전혀 모르는 사람들에게 한국어로 대화를 하게 해야 하는 일은 끝없는 반복으로부터 시작한다. 어린아이들이 말을 배우기 시작할 때 같은 말을 반복하다 자기 것으로 습득하는 것과 비교할 수 있을 것이다. 물론 어른들에게 가르치는 것이니 언어의 유형을 찾아내서 동사와 명사를 바꿔서 집어넣어 연습시키는 등 여러 가지 방법을 사용한다.

지난 반세기 정도 세계의 교류가 빈번해지는 동안 한국어를 배우겠다는 사람들은 상상을 할 수 없을 정도로 늘어났다. 우리나라 사람들도 외국어를 배워야 할 필요성도 그만큼 높아졌다. 많은 젊은이들이 취업을 위해 외국어를 배워야한다고 하고, 심지어 은퇴하신 분들은 치매 예방으로도 좋다면서 외국어를 배운다고 하니 외국어 습득이 유행처럼 된 듯하다.

그런 와중에 인터넷이 세계 공용이 되면서 영어가 마치 세계 공용어처럼 변화하는 양상은 우리로서는 받아들이기 난감하다. 이는 세계인들이 모두 같이 생각해 봐야 할 문제일 것이다. 그러지 않아도 지구상에서 사라지는 언어가 계속 늘어나고 있는데 이렇듯 폭력적으로 영어가 온 세계를 지배한다면 개별 국가, 개별 언어가 가지는 특수성은 침몰되고 말 것이다.

유럽 여러 나라의 언어가 지닌 특수성에서 기인하겠지만 이태리, 프랑스 등 인접한 나라들은 서로 그 나라 말들을 몰라도 어느 정도는 소통이 가능하다고 한다. 동양 3국이 공통으로 사용하는 한자가 있음으로써 어느 정도는 이해 가능한 것으로 생각하는 정도가 아닌지 모르겠다.

일본 문단에서도 활약하고, 한국인 중에서 일본어를 제일 완벽하게 하셨다는 김소운선생은 한국인에게 일본어를 배우기가 제일 쉽다고 하지만 제일 배우기 어려운 말이 또한 일본말이라고 하셨다. 미묘한 표현의 차이를 제대로 알고 표현한다는 것이 어렵다는 것을 말씀하시는 것이다. 자신의 생각을 논리 있게 표현해보려고 할 때 수없이 부딪치는 충돌에서 우리는 언어의 복잡함에 직면한다. 복잡한 언어의 세계에 진입하는 것은 그 나라의 정신적인 세계까지 알게 되는 첫 걸음이다.

외국어로서의 한국어를 가르치는 작업은 한국어의 기본에서 시작하지만, 우리가 중학교에서 영어를 처음 배울 때 반복했던 방식으로 단어와 유형을 외우고 익혀서 자연스럽게 말할 수 있을 때까지 반복시키는 것이다. 말하기를 제일 중요하게 역점을 두고 그 다음에 듣기, 쓰기, 읽기 순으로 진행한다.

강사의 입장에서 한국어를 가르칠 때 놀라고 감탄하는 것은 한국어가 논리적이어서 학생들에게 설명하기 쉽다는 것이다. 한국어를 배워야 하는 학생들에게 문장의 구조를 이해시키면 얼마든지 변형, 확장시킬 수 있음에 놀라워한다. 외국인들에게 새롭게 동기를 부여할 수 있는 요소는 이성적이고 논리적인 것에 승복하는 현대인들의 의식구조와 연결될 것이다.

말레이시아 인도네시아 언어를 줄여서 '마인어'라고 한다. 말레이시아, 인도네시아, 싱가포르, 브루나이 등 동남아에서 상당한 인구가 공용어로 사용하는 언어인데, 말은 있지만 문자가 없어서 영어의 알파벳을 빌려서 사용한다. 처음에는 알파벳의 대문자를 사용하기 때문에 영어인가 하고 읽어보려고 노력했던 기억이 난다.

우리말이 중국말과 달라서 한글을 만들 생각을 하셨다는 선조들에게 고마울 뿐이다. 세종대왕과 학자들이 한글을 만들지 않으셨다면 한문을 배워 소통을 해야 했을 것이다. 문자 없는 불편함에 문화적인 굴욕감 등 생각하면 끝이 없다. 문자가 없는 것에 불편함을 인지하고, 이런 형태의 문자를 만들 수 있다니-. 한국어의 구조는 어떤가? 미국의 언어학자가 몇 개의 문장 속에서 구조의 완벽함을 발견하고는 오랜 동안 감탄하던 모습이 생각난다. (2019)

베트남

우리 세대에게 베트남은 어떤 존재인가? 이승만 대통령 시절부터 극장에 가면 대한뉴스에 자주 등장했던 가까운 나라였다. 고 딘 디엠이라는 젊은 대통령이 나오고, 곧 호치민이라는 월맹 지도자가 신문의 국제 면에 등장하더니 월남전이 발발하고 한국군의 파병이 시작되었다. 비둘기부대, 백마부대, 맹호, 청룡 등 부산항에서 출발하는 거대한 배에 탄 장병들이 월남으로 떠나는 풍경이 텔레비전 뉴스에 연일 방송되었다.

대학교에 입학한 뒤에는 군인들에게 위문편지를 쓸 일도 없었는데 동회에서 반장을 통해 월남 장병들에게 위문편지를 쓰라고 했다. 군의관으로 월남에 파병된 어떤 수련의에게서 답장이 왔던 기억이 난다. 야자수 아래에서 찍은 사진도 받았는데 그 사진이 월남에 대해 짐작할 수 있는 전부였다. 월남 전쟁은 위문편지에 답장을 쓸 만큼은 시간이 있나 하는 생각도 했다. 곧 장교로 월남전에 참전했다는 옆집 아저씨가 몇 차례에 걸쳐서 집채만 한 나무 상자에 수많은 전기제품을 실어왔던 것을 보았다. 그 물건들은 모두 암시장으로 팔려 나갔다.

현재 60대 후반에서 70대의 한국 남자들 중에서 월남전에 파병된 장병 중에서 5천명 이상이 죽었다. 월남군인은 그 8배에 달하는 4만 명 정도가 죽었다. 가까운 지인들 중에도 가족이 월남전에서 죽은 뒤 국립묘지에 묻혀 현충일마다 동작동을 찾는 것을 안다. 파병군인들의 고엽제 후유증은 아직도 해결되지 못하고 있으며, 전역한 군인들이 타고 다니는 차량엔 그 분노가 적혀 있는 휘장이 휘날린다.

슬픈 역사다. 한국전에서 우방의 도움을 받았으니 우리도 은혜를 갚아야 한다는 이 나라 지도자의 결단이 가져온 결말은 너무 참혹했다. 월남전에 참전했거나 참전에 관계되는 가족의 수만큼 아니 그보다 훨씬 더 슬픔은 확산되며 오랫동안 깊은 수렁 속에서 빠져나오지 못하게 한다. 전쟁이 참전한 국가에는 경제적으로 대단한 이익을 가져온다던데, 월남전은 우리 경제에 어떤 도움을 주었을까? 옆집 아저씨가 가져온 커다란 나무상자 속에 있었던 외제 전기제품이 이 나라를 부유하게 하는데 일조했을까?

여행 자유화 이후 90년대 초부터 일반인들도 베트남을 여행할 수 있었지만, 그 나라 공항에서 군복을 입은 사람들의 삼엄한 경계와 여권을 뒤적이며 적의에 찬 눈으로 심문하듯 질문을 하던 입국심사 관리의 표정은 오래도록 잊혀 지지 않는다. 과거 역사에 대한 앙금이 있었음을 알 수 있었다.

관광에서 우리가 본 것은 땅굴과 전쟁의 참혹한 현장이었고, 들은 것은 위대한 영웅 호치민에 대한 열렬한 찬양이었다. 어느 나라든지 영웅이 있지만 호치민에 대한 베트남 사람들의 존경은 인간적인 면, 민족적인 면에서 추앙하고 신성시하는 것으로 보였다. 그 존경심은 현재만이 아니라 베트남 역사에서 오래도록 지속될 것으로 보였다.

외국인들에게 한국어를 가르칠 때 프랑스어를 잘 하던 베트남 수녀님을 만났었다. 조용하지만 지적이고 분위기 있는 수녀님의 모습이 지금도 생각난다. 영화 '그린 파파야의 향기'에 나오는 여성 인물들의 분위기와 비슷했다.

19세기에 프랑스에 침략당하고 프랑스령 인도차이나로 식민지가 되었다가 태평양전쟁이 일어나자 일본이 지배한 베트남은 우리보다 훨씬 복잡한 역사를 가지고 있다. 우리 근대사와 유사하지만, 프랑스 백인들의 지배를 받아야 했던 아시아인의 복잡한 내면은 서구인들에게도 관심의 대상이었을 것이며, 영화나 문학 작품으로 자주 소개되기도 했다. 베트남 국민이 근대에 대해 관심을 갖게 된 것이 프랑스의 영향 때문이었을까? 그들이 가지고 있었던 민족적인 자긍심이 식민지배라는 굴욕적인 시간을 보내면서 어떻게 굴절되었을지 짐작해 볼 뿐이다.

최근에 와서는 한국 남성들과 결혼하는 베트남 여성들의 숫자도 대단하며, 일본 같은 나라에서 행해지는 유사한 결혼 숫자는 한국보다 훨씬 많은 것으로 안다. 식민지배와 경제적 빈곤이 길게 지속되는 상황을 일반 국민들이 감내하기는 어려울 것이다.

아직도 경제적인 빈곤 속에서 살아가는 베트남인들에게 아시안컵을 향한 전 단계의 스즈키 컵 우승팀이 되었다고 베트남과 한국이 같이 흥분하고 있다. 스즈키 컵에서 베트남이 우승을 한 것은 한국인 박항서 감독의 탁월한 지도의 힘이라는 것이다. 전쟁과 독재자의 횡포 등으로 서로 가슴 밑바닥에 응어리를 지닌 양국민이 같이 응원하고 승리에 같이 기뻐하는 며칠이 계속되었다. 호치민의 사진과 나란히 들려진 박항서 감독의 대형 브로마이드는 박 감독을 국민 영웅인 호치민과 같이 영웅시하고 있음을 보여준다. 박항서 감독이 이런 결과를 예견하고 베트남 축구팀의 감독이 된 것은 아니었겠지만 한국과 베트남 양국의 응어리진 감정을 해소하는데 이 이상 좋은 방법은 찾아보기 어려울 것이다.

박감독이 인터뷰에서 "저를 사랑해 주시는 만큼 내 조국 대한민국도 사랑해 달라"는 말은 현지에서 느끼는 감정이 아니었을까? 박감독의 쾌거는 스포츠를 통해 얻을 수 있는 최고의 가치를 실현한 것으로 보인다. 근대사에서 복잡하게 얽혀 있었던 두 나라가 고유한 문화를 공유하며, 품격 있는 나라로 서로를 인정하기 바란다. 박항서 한 사람이 이루어낸 이 놀라움이 방탄소년단이 한번 베트남에서 공연이 이루어진다면 두 나라의 관계는 기적으로 되지 않을지. (2019)

다락방

요즈음 집의 구조에서는 다락방은 없다. 다락방은 옛날 한옥에 있던 공간으로 60년대 정도까지 지었던 문화주택에는 있었던 것으로 기억한다. 그 시절 문화주택은 서울 도심에서 조금 벗어난 곳에 지어진 집단주택으로 서구적인 양식과 일본 주택의 양식 등이 혼합된 것으로 보였다. 서울 등 도시를 배경으로 한 근대소설에서 등장하는 부르주아들의 새로운 주거 양식이 조금씩 변형되면서 60년대까지 있었던 것으로 보인다.

50년대 중반 정도까지 있었던 잘 지었다는 건물에는 응접실이라는 공간이 있었다. 전통적인 주택의 사랑방과 같은 역할을 대신 했다. 문화주택은 50평정도 되는 작은 규모의 반듯한 땅에 똑같은 형태로 지어진 주택이었다. 아파트 같은 공동주택으로 가기 전에 나타난 동일한 유형의 단독주택 단지이었다. 그런 문화주택에는 시멘트 블록으로 만들어진 담 위로 빨간색 넝쿨장미들이 피어서 문화적인 분위기와 함께 담 밖에 있는 사람들의 부러움을 사기에 충분했다.

결혼을 하고 몇 년인가 지난 뒤 그런 문화주택에 잠시 살았다. 이사를 한 뒤 몇 달인가 지난 뒤 어느 날 남편은 똑같이 생긴 옆집에 가서 양복 윗도리를 벗어서 못에다 걸고 나서도 옆집인 것을 몰랐다. 다행히 사람이 없어서 부리나케 나왔지만 망신스러운 일이었다.

그 문화주택에도 다락방이 있었다. 다락방이 가능한 것은 재래식 부엌이 있을 때이다. 마당보다 부엌이 낮아서 아궁이가 있고, 취사와 난방이 그 곳에서 이루어지는 구조이니 아파트처럼 입식부엌에서는 불가능한 공간이다. 부엌 넓이 정도의 천정 위로 마당 평면보다 내려간 부엌 깊이 정도를 다락방 높이로 했다. 보통 다락방은 안방에서 벽장을 통해 올라간다. '사랑손님과 어머니'에서 옥이가 유치원에 다녀온 뒤 어른들을 곯려주려고 숨는 곳은 벽장이다. 침구나 입던 옷들을 넣어두는 벽장은 장롱 대신이기도 하다. 다락방은 벽장 위에 잘 사용하지 않는 살림살이들을 넣어놓는 곳으로 수납공간을 대신한다고 보겠다.

고등학생 때 살았던 집에서도 다락방이 있었다. 식구 많았던 우리 집에서는, 여름에는 다락방에 올라가 책도 읽고 잠도 잤다. 보통 방보다는 높았기 때문에 다락에 있는 창문을 열면 바람도 불고 다른 집을 내려다 볼 수가 있어서 재미있었다. 우수에 찬 표정으로 골목길을 오르내리던 남자 대학생이 있었는데 마음 놓고 그 모습을 실컷 볼 수 있는 것도 좋았다. 골목길에서 마주쳤을 때는 똑바로 바라보지 못했던 대학생이 팬티 바람으로 마당에 있는 수도꼭지에서 물을 받아 몸에 끼얹을 때는 매력을 느낄 수가 없었다. 하얀 셔츠와 몇 권의 책으로 지적인 대학생의 분위기를 연출하는 것에 잠시 가슴이 설레었던 것이 우스웠다. 은행집이라고 모두 부러워했던 아랫집 부부의 맹렬한 부부싸움 현장도 다락방에서 힐끔힐끔 훔쳐볼 수 있었다. 그 집 초등학생 딸아이가 엄마 몰래 거울 앞에서 열심히 립스틱을 바르는 것을 보는 것도 재미있었다.

우리 가족이 모두 매달려 벽돌을 날라 가며 지었던 그 허름한 집에서도 나는 다락방이 있어서 좋았고, 뒷집과 같이 사용하는 뒤꼍이 좋았다. 담도 없이 뒷집 벽과 우리 집 벽 사이에 좁은 공간이 있어서 왔다 갔다 하는 비밀스러운 맛이 괜찮았다. 어렸을 때는 어른들 몰래 숨어서 하는 모든 행동들이 그리 좋았다. 내 방이라는 것도 없고 그래서 그랬을까? 집과 집 사이의 좁은 길을 살금살금 다니다 뒷집 창문으로 보이는 풍경들을 보는 것도 재미있었다. 왜 그렇게 다른 사람들의 생활에 관심이 갔을까?

텔레비전도 없고 놀 만한 것도 딱히 없는 무료한 생활에서 창문 사이로 힐끗힐끗 보이는 다른 사람들의 생활은 또 다른 세계였다. 서울이 이렇게 공룡 같은 도시로 자리 잡기 전 60년대의 우리가 살았던 변두리의 주택은 허름하기 짝이 없고, 규격과는 거리가 먼 것이었다. 초가집도 꽤 남아 있었으며, 수수깡이나 짚을 흙에 이겨서 바른 벽에 얇게 아주 얇게 시멘트를 발랐고, 얇은 나무판자로 여기저기 경계를 이어 붙였다. 우리가 가진 건축자재라는 것이 그 정도였던 것이다.

허술한 것들은 빈틈이 많아서 좋았다. 나무의 옹이 사이로 들어오는 햇빛을 손바닥에 받아보는 것도 좋았고, 오랜 시간이 흘러 햇빛에 삭아버린 판자들이 하나둘씩 떨어져나가면 그 틈으로 안에서 밖을 내다보기도 하고, 밖에서 안을 들여다보기도 했다. 심지어 방과 방을 구분 짓는 흙으로 된 벽이 중간에 구멍이 뚫어져서 달력 종이 등으로 적당히 바른 때도 있었다. 물론 내 엉뚱한 호기심은 그 구멍으로 저쪽 방이 보고 싶었다. 그 구멍으로 본 것들이 언제나 재미있는 것만은 아니었다.

사춘기 여자아이에게 어른들의 세계는 무섭고 놀라웠다. 사춘기에 밀폐된 방 안을 들여다보고 싶은 욕구가 생기는 것은 어른들의 세계에 대한 관심이다. 언니들이 보던 방인근의 소설에서 조금씩 맛보았던 어른들의 세계에 대한 관심을 나는 그런 허술한 집의 이곳저곳에서 충족시켰다. 철저하게 위장한 어른들의 세계는 구멍으로 빈틈으로 노출되었다. 나는 엿보기로 다른 아이들보다 좀 빨리 어른들의 세계를 알았다. 다락방에서 어른들 몰래 읽었던 〈아리랑〉 〈야담과 실화〉같은 잡지도 어른의 세상을 아는데 일조를 했다. (2017)

수를 놓다

어렸을 적 안방 벽에 무질서하게 걸린 남루한 옷들을 가리는 횃대보라는 것이 있었다. 들판에서 예쁜 서양 소녀와 소년이 바구니를 들고 있는 모습이었다. 맨 위에는 'Home Sweet Home'이라고 고딕체의 글자를 십자수로 놓았다. 집집마다 모두 각각 다른 사람들이 손으로 수를 놓은 것임에도 똑같은 모양이었다. 같은 패턴이 돌아다니고 모두 똑같은 모양으로 수를 놓았을 것이다. 그래도 빳빳하게 풀을 먹인 횃대보가 벽에 걸려 있으면 방안이 따뜻해지는 기분이었다. 영어 글자의 의미 때문이었을까? 집안에 있는 모든 것들이 생필품일 뿐인데 수를 놓은 깨끗한 횃대보가 유일한 장식 역할을 했기 때문이었을 것이다.

중학교에 갔을 때는 작은 천을 여러 부분으로 나누어서 다양한 방식으로 수를 놓는 연습을 했었다. 수예선생님이 한 사람 한 사람에게 수놓는 방식을 가르쳐 주셨다. 잘은 못했지만 흉내는 냈던 듯하다. 아득한 옛일이지만 하얀 천에 예쁘게 피어났던 꽃이며 풀들이 눈앞에 아른거린다.

그 외에도 바늘로 하는 일은 한복의 동정 달기, 한복 치마의 주름잡기, 스커트 만들기 등이 있었다.

서양식 수를 놓는 것에 비해 까만 공단에 동양자수로 공작이 비상하는 모양을 수놓은 뒤 한복에 어울리는 핸드백으로 만들게 했던 것은 못할 노릇이었다. 실을 꼬아서 바닥이 보이지 않도록 메꿔 가는 작업이 만만치 않았다. 꼬리 부분이 활짝 펴진 깃털 사이사이로 작은 무늬를 넣는 것도 난해한 작업이었다. 일정한 규칙이 없이 수를 놓는 사람의 미적인 감각에 의존하여 바늘을 움직여야 했던 것으로 기억한다.

선생님이 수를 놓으신 까만 비단 바탕에 비상하는 새의 모습은 날렵하고 우아했는데 내가 만든 새는 무거워서 날지도 못하고 떨어질 것처럼 보였다. 그즈음 윗집에 사는 언니는 수틀에 비단을 끼워서 모란이며, 새, 나비 등을 수놓는 일을 업으로 하고 있었다. 수틀에서 금방 튀어나올 것처럼 현란했다. 병풍을 만드는 일이었다. 공임을 받고 하는 노동이었다. 그 때는 집에서 공임을 받고 하는 삯일이 많았다. 모두 집안 경제에 도움이 되는 일들을 찾아야 했다.

70년대 초 우리가 결혼을 할 때는 수를 놓은 베갯모와 베갯잇, 방석 등이 신부의 준비물이었다. 서정주의 '추천사'에 나오듯이 "베갯모에 놓이   듯한 풀꽃 데미…"가 생각나는 예쁜 세계가 베갯모에는 수놓아 있었다. 이불잇이 더러워지지 못하게 얼굴이 닿는 부분에 수를 놓은 천을 덧대기도 했다. 침대가 일반화되기 전이어서 이불과 요가 필수였다. 수를 놓은 모든 혼수는 수예점에서 구입했던 기억이 난다. 백화점까지 가지 않아도 인사동이나 안국동 등에 예쁜 수예품을 파는 가게가 있어서 쉽게 살 수 있었다.

강사료를 몇 달 모아서 그런 혼수를 쉽게 장만할 수 있었다. 수예점에서 팔았던 그 예쁜 수예품들은 대부분 손으로 만든 것들이었다. 말 그대로 수예품이었다. 우리 부모 세대에서는 모두 손수 만드셨던 것들을 우리는 대부분 샀다. 그래도 손으로 만든 것들이었다. 어머니가 물려주신 수저 집, 버선본집, 밥상보 등이 그 시절에나 쓸모 있었듯이, 내가 결혼할 때 혼수로 가져간 수예품들도 지금은 별로 사용하지 않는다. 우리 생활이 그만큼 변화했기 때문일 것이다.

오래 전에 실로 오래 전에 배우고 해보았던 수놓기를 요즘 해보았으면 하는 생각이 들었다. 없어도 괜찮은 것들에 대한 관심이랄까? 이 나이에도 할 수 있다면 예쁜 것들을 만드는 일에 도전해보고 싶다고 할까? 식탁의 작은 매트의 한구석에 꽃송이 하나라도, 여름 블라우스의 소맷부리에 나비 한 마리라도 수놓고 싶지만 이 일이 이렇게 어렵다니. 색실과 무늬가 그려진 바닥천도 모두 선물로 받았는데 왜 이렇게 시작이 어려울까? 검은 공단에 비상하는 새를 수놓다 실패한 경험이 트라우마로 남아 있는 것인가?

아들아이가 초등학교 5학년이었을 때 방학숙제로 헝겊으로 가방을 만들어가는 것이 있었다. 어린 사내아이가 할 수 있는 숙제는 아니어서 적당히 만들어서 보냈더니 선생님이 보시면서 '아! 정말로 네가 만들었구나.'하셨다는 말씀에 수놓기에 대한 내 꿈이 날아갔는지도 모른다.

90세가 넘으신 일본 할머니가 두 장의 목면을 맞댄 뒤 색실로 간단하게 줄을 이어가는 작업을 하셔서 보내주셨는데 그것도 귀하게 보였다.

그러고 보니 우리도 중학교 때 그런 바느질의 다양한 방법을 연습했던 기억이 난다. 치마나 바짓단을 겉으로 표시가 나지 않게 얌전하게 바느질하는 법도 배웠다. 고등학교 정도에서 우리 일상생활에 필요한 대부분의 것을 다 배우는 것이 아닌가 하는 생각을 하게 된다. 중학교 2학년 때 배운 떡국 끓이는 법까지 포함해서.

언젠가 강남에 사는 지인이 결혼 때 해온 방석을 모두 없앴다는 얘기를 했다. 자주 쓰지도 않는 것이 자리를 차지해서 이게 한 평에 얼마짜리 아파트인데 하는 생각을 해서 미련 없이 버렸다고 했다. 소파가 꼭 필요한 아파트 생활을 하면서 방석이 귀찮아지기는 했겠지만 비싼 땅의 한 귀퉁이에도 자리를 차지하지 못하는 방석처럼 늙고 힘들어져 자리만 차지하는 눈치꾸러기 신세가 되지 않을지 정신이 번쩍 들었다. 젊은 사람들만이 사는 아파트생활에서 노인이 한 방을 차지한다는 것은 언감생심 꿈도 꿀 수 없는 일일 것이다. 그래도 수놓기는 꼭 한번 해보고 싶다. (2018)

화장실

볼일을 본 뒤 시원스럽게 내려가는 변기를 볼 때마다 서울 사람 모두 내보내는 저 엄청난 것들은 어디로 가는 것일까 하고 몹시 궁금했다. 고층아파트가 일반화되면서 저 높은 곳에서부터 내려오는 모든 배설물들을 완벽하게 처리하는 건축 기술에 감탄한다.

단독주택에 사는 나는 아직도 머리카락이 하수도로 빠져나가지 않도록 신경 쓰고, 부엌 배수 파이프가 막힐까봐 웬만한 음식물 찌꺼기 등은 걸러서 마당으로 가져간다. 집 지을 때 하수도 배관 공사를 해주신 분들은 걱정하지 않아도 된다고 했지만 걱정이 되는 것은 어쩔 수가 없다. 하기는 요즘은 하수도 배관을 강력 플라스틱관이나 철로 만들었을 테니 옛날 오지관을 사용했을 때와는 다르기는 할 것이다.

옛 어른들은 사람 입으로 태산이 넘어간다며 사람이 어마어마한 양을 먹어대는 것에 놀라워했지만, 나는 먹은 후에 오물 배설이 더 겁이 났다. 엄청난 사람들이 모여 사는 도시생활에서 그 배설물을 흔적 없이 처리하는 것이 어찌 놀랍지 않은가? 우리 세대는 화장실의 가장 원시적인 상태부터 시작하였다. 방학이 되어 산골에 사시던 조부모님 댁에 갔을 때는 화장실의 불안정한 발판부터 무서웠고, 여름이 되면 냄새는 얼마나 대단했는지.

뒤처리에는 말린 식물의 줄기를 사용하기도 했다. 대량으로 삼을 기르셨고, 그 껍질을 말려서 사용했던 것으로 기억한다. 곧 신문지를 작게 잘라서 아껴가며 사용했지만 화장실 핑계로 조부모님 댁 방문은 꺼려졌다. 그래도 이제 할아버지 댁에 대한 내 기억은 여기저기 지천으로 있던 산딸기며, 눈밭으로 도망가던 산토끼, 마당에 쌓아놓은 땔감 사이를 겁 없이 들락거리던 다람쥐들만 남아 있다. 좋은 것만을 기억하는 내 기억력에 감사한다.

겁나는 화장실은 집 한 귀퉁이에 있듯이 내 기억에서도 한 귀퉁이에 있다. 그런 재래식 화장실은 아파트가 우리 생활에 자리 잡기 전에는 대부분의 집에서 유사한 형태로 존재했다. 가끔 일본식 주거 양식인 적산가옥에서는 화장실이 건물 안에 있었으며, 나무로 만든 변기 뚜껑을 열었다 닫았다 할 수 있었다. 변기통을 어떻게 처리했는지는 알 수 없었으나 그렇게 심한 냄새가 나지는 않았었다.

내가 다닌 고등학교는 새로 지은 현대식 건물이었고 화장실도 수세식이었다. 학교에 입학하면서부터 교감 선생님은 화장실 사용법을 세세하게 이야기 하셨고, 새 학기가 시작될 때에는 화장지 한 통씩을 가져오라고 하셨다. 우리는 모두 '무궁화' 화장지를 한 통씩 들고 버스나 전철을 타고, 남자 중고등학교 앞을 지나가야 했지만 수치스럽기보다는 약간은 자랑스럽기까지 했다.

밥상 옆에도 두고 사용했던 두루마리 화장지는 선택된 사람들의 소모품이었다. 지금 생각하면 참으로 어처구니없는 일이었으나 모두 그렇게 했다. 그때는 참 무궁화라는 브랜드를 좋아했었다. 교복도 무궁화양복점에서 사 입었다. 교감 선생님은 머리카락이 하수도에 내려가지 않도록 조심하라는 말씀도 강조하셨다. 하수도가 막혀서 공사를 하면 머리카락이 한 뭉치씩 나온다는 것이었다. 하기는 그 많은 여학생이 하루에 한 올씩만 떨어뜨려도 엄청날 것이었다.

70년대 중반 처음으로 가 본 일본 여행에서 동경 시내 여기저기에 있었던 공중화장실의 깨끗함에 놀라워했던 기억이 난다. 고등학교 때의 기억이 있어서인지 공중화장실에 화장지가 모두 구비되어 있는 것도 부러웠다. 고등학교 때 교감 선생님은 화장지를 아껴서 쓰고, 가져가지 말라는 말씀을 몇 번이고 하셨기 때문에 더 그랬을 것이다.

일본에서 화장실이 깨끗하고 화장지가 구비된 것에 놀랐다면 중국 여행 자유화가 시작된 뒤 우리가 극히 놀란 것은 화장실의 불결함이었다. 여행지에서 배설이 자유롭지 못하니 음식을 먹는 것도, 여행도 여의치 못했다. 관광객을 위해서가 아니어도 불결함은 국민들의 건강이 걱정될 정도였다. 수세식 화장실이 생기기 이전 생선 시장 같은 곳에서 났던 썩는 냄새와 같았다. 그 후로 몇 번인가 가본 중국 여행에서 드러나는 변화는 놀라웠다. 그렇게 빠른 속도로 국가 전체를 변화시키다니. 그 나라 경제 규모에 놀라듯이 화장실의 위생은 우리를 위축시킨다. 유구한 역사 속에서 만들어진 수많은 유적과 자연에 화장실까지 깨끗하게 구비하다니.

추운 겨울밤에는 밖에 있는 화장실에 나갈 수 없어 방안에 요강까지 두고 생활했던 시절에서, 지금은 방마다 화장실이 있는 생활로 바뀌었다. 화장실 바닥을 방과 같은 마루로 깔아서 화장실은 이제 거울을 보고 화장을 하는 방으로 바뀌었다. 변기도 욕조도 모두 깨끗한 도기로 구비되어 화장실은 내가 청소해야 하는 부담이 있는 중요한 공간으로 되었다. 세제로 도기 주변을 돌아가면서 닦고, 마른 수건으로 닦아내는 일을 며칠에 한번 씩은 해야 실내에 있는 공간으로서 안심을 하게 된다. 마당 한구석에 있어야하는 공간을 집안으로 끌어들였으니 집안에 있는 대접을 해줘야 하는 모양이라고 청소를 할 때마다 혀를 차지만 할 수 없는 일이다.

언제 우리 생활이 이렇게 바뀌었나? 건축가와 집주인이 서로 접점을 찾아서 여기까지 왔을 것이다. 이는 서구식의 영향만은 아닐 것이다. 서부극을 보면 거기도 역시 화장실이 밖에 있는 경우가 많았다. 진화하는 화장실이 내 생활만이 아니라 의식도 진전시키기를 바래본다. (2018)

노인

태어난 뒤 한 갑자를 지나 다시 12년이 지났으니 적은 나이는 아니나 요즘 시속으로는 많다고도 할 수 없는 어중간한 나이이다. 어쩔 수 없는 노인이다. 어떤 멋쟁이 여자 교수님은 정년 후에 처음으로 들은 노인이라는 말이 몹시 충격이었다고 하시던데. 할머니라는 말은 그래도 괜찮았다고 하셨다. 동년배의 친구들 중에서 자리 펴고 앓고 있거나 병원에 장기 입원한 사람들은 없으나 그렇다고 아주 건강하여 일상생활을 가뿐하게 하거나 힘이 넘치는 사람은 없는 것으로 안다. 모두 생활을 최소화하고 하루하루를 무리하지 않으며 지내려고 노력하는 것으로 보인다.

많은 친구들이 아프지 않기 위해 어떤 일이 있어도 산책은 꼭 하려고 한다. 일주일에 두세 번은 요가를 하거나 수영을 하는 등 무리하지 않으며 체력에 맞는 운동을 하는 것으로 보인다. 그렇다고 대부분 운동이 좋아서 하는 것으로는 보이지 않는다. 특별히 운동이 싫은 것은 아니겠지만 수동적인 생활을 하다보면 자신의 몸이 굳어질까 두렵고 신진대사가 원활하지 않게 될지도 모른다는 불안감이 클 것이다. 건강을 위해서 하는 일이지만 건강을 더 좋게 하려는 것이기보다는 더 나빠질까 두려워서이다. 아파서 몸져누울지도 모르는 것에 대한 두려움이다.

건강을 위해 아무리 노력을 해도 모두 질병에서 완전히 자유스러울 수는 없다. 지난 가을 우리와 같은 나이의 어떤 정치가가 자신의 정치적 견해를 강하게 피력하는 방법으로 단식을 시작했을 때 언론은 여기저기에서 고령의 노인이 건강이 위험한 상황에 처할까 몹시 걱정하는 투의 글들을 올렸다. 그런 말들이 나올 때마다 상당히 걸렸다. 집에서 살림 다하고, 젊었을 때 했던 노동의 양보다 조금 줄어들기는 했지만 해야 하는 일을 스스로 다 하면서 살고 있는데 고령 운운 하는 것은 듣기 싫었다.

이 시대에 고령 인구는 날로 늘어난다고 언론에서는 계속 보도하고 국가 경제는 별로 밝아보이지도 않는데 버스며, 전철이며, 시내에 돌아다니는 나이든 분들이 많다는 생각은 우리도 하고 있다. 전에는 그렇게 쉽게 돌아다니지 않던 노인들이 자주 밖으로 돌아다니는 건 우리도 인정한다. 주민 센터니 문화 센터니 하는 곳에서 열리는 수많은 강좌는 말할 것도 없고, 고등학교 대학교까지 교육을 받고, 직장생활도 했던 고령자들이 그들만의 모임을 만들어서 만나는 것도 자주 보게 된다. 그렇다고 그 분들이 자주 모임을 가지느냐 하면 그런 것도 아니다. 많아야 두세 달에 한번 정도인 것으로 보인다. 그럼에도 노인들이 많이 돌아다니는 것으로 보이는 것은 노인의 숫자가 늘기도 했고, 얼마 전까지는 자주 보지 않던 풍경이기 때문일 것이다.

나이 드신 분들이 그렇게 쉽게 눈에 띄는 것은 상대적으로 젊은 분들이 돌아다니던 길거리에 침입자처럼 노인들이 돌아다니시는 것으로 보이기 때문이다. 노인들의 움직임이 상대적으로 굼뜨기 때문에 더 눈에 뜨이는 것은 물론이다. 요즈음은 도심의 넓은 대로에서 횡단보도를 많이 만들어서 길을 건너기 위해 지하로 들어가지 않아도 되어서 고맙지만 유유자적하고 천천히 걸을 수는 없다. 제한된 시간에 건너기 위해서는, 젊은이들과 보조를 맞추기 위해서는 건너는 신호가 켜지자마자 눈치껏 잽싸게 움직여야 한다. 운전석에 앉아 횡단보도를 건너는 사람들의 다양한 모습들에서 내 모습을 찾기는 어렵지 않다. 뒤뚱거리며 씨암탉처럼 건너는 노인, 신호는 끝나 가는데 아직도 도착지점은 멀었고, 어떤 성미 급한 운전자는 경적을 울리고.

오늘은 2년에 한번 씩 하는 건강검진을 하고 왔다. 얼마나 건강검진이라는 과정이 싫으면 정월이 되자마자 빨리 그 일을 해치워야겠다는 생각에 이른 아침부터 서둘렀다. 건강에 좋다는 자연식으로 먹으려고 애쓰고, 밍밍한 식사에 평생에 해본 일 없는 엄청난 운동량도 모두 건강에 대한 두려움으로 내 몸을 위해서 하는 노력이다. 건강검진을 그렇게 일찍 하는 것은 건강에 대한 두려움에서 일찍 해방되고 싶어서이다. 2년 동안은 생각 안하고 싶다는 뜻일 것이다.

수많은 기계로 찍어대고 들여다보는 것으로 내 몸의 내부 문제를 알아낸다는 것이 전혀 신기하지 않고 두려울 뿐이다. 내 몸속에 감춰진 엄청난 문제점을 알아낼 수 있다는 저 기계들의 능력이 부담스러웠다. 가끔 화면으로 보여주는 인간의 내부 장기들을 눈뜨고 볼 수 없는 것과 통할 것이다.

안에 있는 것은 안에 있어야 한다. 이는 인간의 몸에 가해지는 외과적 수술 행위 자체를 상상하기 힘들어 하는 내 한계이다. 인간이 자신의 몸에 영향을 미칠 수 있는 것은 주어진 육신을 잘 다스려가며 사용하고, 정신적인 면에서는 내 사유체계와 잘 타협하며 살아가는 것이라고 생각한다. 아니 살아내는 것이라고 생각한다.

노년에 접어들어 집 밖으로 나와서 돌아다니시는 분이든 아니면 집 안에서 칩거하고 계시는 분이든 험난했던 우리 근대사를 힘겹게 살아내신 분들이다. 젊은이들의 기준으로 보았을 때 그렇게 대단해 보이지도 않고, 늙고 추레해도 가물거리는 의식과 사위어가는 육신을 지탱하려 애쓰며 버티고 살아간다. 생로병사에서 병은 뛰어넘고 곧 죽음으로 연결되기를 간절히 바라면서 살아간다. 그분들이 복잡한 도시 공간을 기웃거리는 것도, 큰길에서 힘겹게 걸으시는 것도 살아내려는 최소한의 몸짓이다. (2019)

곤충을 기르다

참 별난 녀석이다. 초등학교 4학년인 손주는 어려서부터 온갖 벌레들을 스스럼없이 만지더니 장수풍뎅이, 사슴벌레 등을 집에서 기르기를 시작했다. 봄이 되면 할아버지 집 근처에 있는 백사실 계곡의 도롱뇽알이 어떻게 되었는지 확인하러 가기도 한다. 어느 해인지 얼음이 막 녹기 시작하는 계곡에서 투명한 막에 쌓여 있는 도롱뇽 알을 발견한 뒤 관심을 가지기 시작했다. 그 뒤로는 해마다 물이 오염되어 없어진 것은 아닌지 올챙이 상태로 부화했는지 알고 싶어 한다.

할아버지는 자신이 도롱뇽 만큼만이라도 관심의 대상이 되었으면 좋겠다고 농담한다. 곤충에 대한 관심은 우리 손주만은 아닌 듯하다. 유튜브에 올라와 있는 곤충에 대한 화면은 끝이 없다. 젊은 친구들이 만든 유튜브 화면을 어린 학생들이 보면서 곤충을 길러보는 것으로 발전하는 모양이다. 서울에만도 몇 군데의 곤충박물관이 있는 것을 보면 꽤 많은 사람들이 곤충에 관심을 가지고 있음을 알 수 있다.

장수풍뎅이와 사슴벌레의 애벌레는 굼벵이처럼 생겼고 꽤 컸다. 내가 어렸을 적에 본 초가집의 이엉을 바꿀 때 나온 굼벵이하고 같은 모양이었다. 톱밥 같은 것으로 가득 채운 꽤 큰 통 속에 숨어 있는 장수풍뎅이와 사슴벌레의 유충을 보기 위해 아이를 구슬렸지만 스트레스 받는다고 쉽게 허락하지 않았다. 가끔 한번 씩 보게 되면 어른인 나도 신기할 정도이다. 아이의 엄마는 애벌레의 수가 많아지면 회사 게시판에 분양을 한다는 광고를 올리기도 하는 모양이었다. 곤충의 성장과정이 집안의 중요 화제가 되고 관심의 대상이 되었다.

아이는 할머니, 할아버지가 태국의 치앙마이 쪽으로 여행을 간다는 소리를 듣고 장수풍뎅이나 사슴벌레의 표본을 사다 달라고 졸랐다. 현지 지리에 밝은 여성 가이드가 재래시장에서 본 듯하다고 하여 몇 줄로 되어 있는 시장바닥을 샅샅이 뒤진 끝에 곤충표본을 파는 젊은이를 만날 수 있었다. 나무로 된 상자에 학명까지 프린트해서 붙인 뒤 단단한 투명 종이로 포장을 했다. 좀 투박하지만 박물관 같은 곳에서 전시하는 것처럼 제대로 만들었다.

여행지에서 어렵게 산 선물을 자랑스럽게 들고 왔더니 아이는 무척 좋아하며 얼마동안은 책상 앞에 모셔두었다. 그러다 곧 동일 종류를 인터넷에서도 충분히 살 수 있다는 사실을 확인한 뒤로는 기운이 빠지는 듯 했다. 할머니도 외국의 어두운 시장 통에서 눈을 부릅뜨고 사슴벌레와 장수풍뎅이의 표본을 찾아 헤맸던 시간이 허무해졌다. 곤충표본의 인터넷 판매가 할머니와 손자의 흥분했던 시간에 재를 뿌렸다. 인터넷에서는 살 수 없는 색다른 표본을 살 수 있을까 하고 기대했지만 아이의 꿈은 곧 무산되었다. 태국이라는 나라의 열대 숲속에서는 특별한 것이 있지 않을까 하는 아이의 꿈은 깨졌다. 모든 것을 구할 수 있다는 것이 행복한 것은 아니었다.

벌써 몇 달 전부터 아이의 관심은 도마뱀으로 옮겨갔다. 아이의 부모들도 난감해 했지만 몇 가지의 조건을 내세워 허락한 모양이었다. 한 달쯤 전에는 도마뱀이 허물을 벗어놓고 집 속으로 들어가 버렸다. 역시 징그러웠다. 허물은 도마뱀이 파충류임을 여실히 보여주었다.

나에게 도마뱀은 30여 년 전에 말레이시아에서 몇 달을 생활할 때 벽이며 천정에 붙어서 옮아 다니던 것을 파리채로 쫓아냈던 기억으로 충분했다. 같은 방에서 몇 개의 쪽 유리를 연결하여 바람을 끌어들이거나 비를 차단시키던 블라인드 형태의 창문으로 생쥐 한 마리가 창가에 놓여 있던 쌀을 먹는 현장을 목격했을 때의 놀라움이라니. 역시 고온다습한 기후에서 살아가는 생물들에 대한 추억이 썩 유쾌하지만은 않은데, 아이는 왜 저런 것들이 좋은지 모르겠다. 아이는 이제 앵무새로 관심을 돌리는 모양이다. 새는 숲속에 있어야지 왜 새장 속에 가두려느냐고 부모는 거부 의사를 밝혔지만 쉽게 포기할 것으로 보이지는 않는다.

아이가 애완용 곤충이나 동물을 길러 보려고 하는 이유가 궁금했다. 내가 전혀 그런 것에 관심이 없기 때문에 더 이상해 보일 것이다. 그렇다고 아이가 곤충의 성장하는 과정을 기록으로 남겨 보려는 자세도 결코 아니다. 단순히 살아서 꿈틀거리는 것에 대한 관심이 아닐까 하는 생각도 든다. 밭에서 지렁이가 나왔을 때도 좋은 땅에서 지렁이가 살 수 있다며 귀한 듯이 만지작거리다 다시 땅 속으로 넣어준다. 사내아이라 그런지 곤충의 애벌레나 도마뱀 등을 처음부터 징그럽거나 무서워하는 기색은 없었다.

덕분에 한참 어린 손녀도 오빠가 기르는 곤충이나 도마뱀에 대한 거부감이 없어서 다행이다. 우리 세대는 모든 곤충이나 파충류들을 처음 접할 때 느꼈던 거부감이 계속해서 우리를 지배하는 것은 아닌가 하는 생각도 하게 된다. 초등학교 때 회충약을 먹은 뒤 쏟아져 나온 회충에 몸서리친 뒤 그와 유사한 것들에 대한 공포가 있다. 머리와 옷 속에 서식했던 이와 서캐, 빈대. 벼룩은 그래도 팔짝팔짝 뛰어서 움직이니 좀 나았나?

여름 날 재래식 화장실 밖으로 기어 나오던 구더기에 대한 공포, 비린 생선 위를 스쳐지나간 왕파리가 남긴 흔적들. 우리 옆에 있었던 미물들의 움직임에 소름끼쳤던 기억밖에 없다. 다행스러운 일이다. 우리에게 악몽들을 일으켰던 대상들을 사랑스럽게 바라보며 기를 수 있는 너희들은 참 좋겠다. (2018)

쓰레기

살림을 하는 것은 쓰레기를 처리하는 과정으로 보인다. 입으로 들어가는 음식을 장만해서 입속으로 넣기까지의 과정이 만만치 않음은 주부들이 잘 안다. 지난한 그 작업을 피해 보기 위해 식당을 자주 찾는 것이 아닌가 싶기도 하다. 시장이나 마트에서 사온 재료들을 부엌에서 조리를 해서 식탁 위에 올리기까지 참으로 많은 쓰레기들이 나온다. 요즈음은 생선도 마트에서는 깔끔하게 다듬어서 판매한다. 문제는 포장하는 과정에서 비닐이나 합성수지 등이 다량으로 사용된다는 것이다.

야채나 생선에서 나오는 쓰레기는 냄새가 나고 좀 귀찮아서 그렇지 얼마든지 자연으로 돌아갈 수가 있지만 비닐이나 합성수지 등은 가정에서는 분해시킬 방법이 없다. 얼마 전에 자연적인 생활에 대한 예찬을 한 일본 영화에서 고령의 일본 할머니가 자연스럽게 마트에서 집어오는 생선도 우리처럼 비닐과 합성수지로 낱낱이 포장을 한 것이었다. 이는 한국이나 일본 문제만은 아니고 세계가 똑같은 것으로 보인다. 그래서 더 걱정스럽다.

나이가 많아지면 걱정도 많아져서 그런가? 그런 것만은 아닐 것이다. 은퇴한 뒤 본격적으로 부엌살림을 하면서 매일 쏟아지는 음식물 쓰레기의 양에 놀라게 된다. 웬만하면 쓰레기로 버리기보다는 내 뱃속으로 넣는 방법을 취하지만 역시 쓰레기는 많다. 그래도 우리는 주택에서 살기 때문에 음식물 쓰레기를 집안에서 처리할 수 있다. 물기를 제거하고 발효시킨 뒤 땅속에 묻는 방법을 택한다. 수박 껍질 같은 것은 열흘 정도 지나면 형체도 없어진다. 채소와 과일 등은 쉽게 처리할 수 있으며 시장에서 다듬지 않은 상태로 사온 생선의 부산물도 좀 시간이 걸리지만 발효액 등을 혼합하여 발효시킨 뒤 흙과 섞는다.

아주 어린 시절에 10살도 안되었을 때 시장에서 갈치 한 마리를 작은 그릇에 담아서 가져오는 심부름을 했던 기억이 난다. 지푸라기로 긴 생선을 묶어서 작은 그릇에 담았었다. 살아 있던 생선이 내 엄지손가락을 물어 피가 났고 꽤 나이가 들 때까지 흉터가 남아 있었다. 그보다 몇 년 전까지는 제사나 명절 때 써야 하는 큰 생선은 할아버지가 혼자 장엘 가시거나 지게를 진 머슴을 데리고 가셨다니, 길지 않은 세월 동안 장보기의 변화가 엄청나다.

요즈음은 인터넷 주문으로 물건을 포장하는 스티로폼 상자들이 넘쳐난다. 음식물들이 배달될 때는 음식물을 차게 보존하기 위한 냉매를 어떻게 배출을 해야 할지 참으로 난감하다. 생활양식이 변화되어 나타나는 그 많은 폐기물을 정리하는 것이 우리의 생활이 되었다. 쓰레기 치우기가 살림의 중요한 부분이다. 아들네 집에서는 일요일에 쓰레기를 분류하여 밖으로 내놓는 것이 아들의 일이다. 일주일 동안 모인 쓰레기의 양도 많지만 분류하는 과정도 만만치 않아 보였다. 결혼 초기 아들이 쓰레기를 치우는 작업을 하는 것이 마땅치 않았던 것은 사치스러운 얘기였다. 아이가 둘이 생긴 후로는 당연히 남자가 해야 할 만큼 쓰레기의 양도 많았고, 힘들어 보였다.

길지 않은 시간 동안 우리가 만든 생활양식이 이런 결과를 낳았다. 운동하는 곳에서도 작은 보온병을 들고 다니면서 종이컵 사용을 줄여보려고 노력들을 하지만 그 정도가 너무 미약하다. 전국 각지에서 배달되는 품질 좋은 상품들을 앉아서 배달받을 수 있고, 생산자도 판매 가능성을 예측하며 재배, 생산할 수 있어서 좋지만, 포장재를 어떻게 처리해야 할지는 우리의 과제로 보인다. 완전히 재생할 수 있는 것으로 대체할 수 있으면 좋으련만.

요즈음은 규격화된 아파트가 대표적인 주거양식이 되어서인지 대부분 집 내부를 깔끔하게 정돈하고 사는 듯 보인다. 버릴 것을 잘 버리고, 꼭 사용할 것만을 지니고 생활하기 때문일 것이리라. 그럼에도 분류와 폐기 처분에 능숙하지 못한 사람은 많은 물건 속에 파묻혀 살게 된다, 가끔 텔레비전에 청소가 전혀 안되어서 전문적으로 청소를 해주는 사람이 방문하여 도와주는 경우를 본다. 그런 경우 방은 완전히 쓰레기더미가 되어 난감한 상황이 된다.

성격적인 문제가 있는 경우도 있겠지만 요즘 우리 생활은 며칠만 치우지 못하게 되어도 곧 쓰레기 속에 파묻히게 될 것이다. 쓰레기에 갇히는 것이다. 다른 나라의 경우에도 그런 일이 심심치 않게 일어나는 모양이다. 우리가 필요하다고 생각해서 갖춰 놓았던 물건들의 분류가 제대로 이루어지지 못했거나 처분하지 못했을 때 그 속에 갇혀버린다.

넘치는 물건에 갇히듯이 우리 머릿속에도 수많은 정보와 기억해야 할 것들로 가득 찬 생활을 하는 경우도 많다. 하루에도 몇 번씩 시간 단위로 사람을 만나며 생활을 하는 사람들도 있다. 고객과 만나야 하는 영업사원이나 기사를 작성하기 위해 인터뷰 대상을 만나야 하는 경우는 할 수 없겠지만, 보통 사람들이 할 수 있는 일의 용량이 제한적이듯이, 사람과 만날 수 있는 것도 극히 제한적임을 경험으로 잘 안다.

서랍 속에는 아무 것이나 언젠가 쓸 때가 있을 것 같아서 넣어 두었던 것들이 먼지와 함께 뒤엉켜 있다. 서랍을 엎어서 쓸 수 있는 것과 쓸 수 없는 것을 분류하고 나면 먼지가 남는다. 먼지를 닦아내고 다시 쓸 수 있는 것들을 분류해서 정리하고 났을 때의 상쾌함이 좋다. 컴퓨터의 파일들을 분류해서 정리하고 났을 때의 개운함도 좋다. 정리되지 못한 채 머리에 낀 먼지들이 나를 혼돈스럽게 하지 않을지 걱정스럽다. (2018)

외국인

내가 처음 본 외국인은 초등학교에도 들어가기 전 집 앞 성당에 다니던 서양 여자였다. 눈이 파랗던 서양 여자는 자기 눈만큼 파란 공을 나에게 던져주며 아는 척을 했다. 1950년대 중반 지방 중소 도시에서 살던 어린아이에게 서양 여자는 너무 낯설어서 우리와 같은 사람으로 생각하기는 어려웠다. 그리고는 군용 지프차에 군복을 입고 군화를 신은 미군들이 먼지를 날리며 길거리를 누비는 것을 보았다.

위세를 부리며 달리던 지프차 속에서 백인들은 언제나 껌을 질겅거렸고, 흑인들은 하얀 이를 드러내며 웃었다. 웃었지만 무서웠다. 바로 위 오빠는 지나가던 미군에게 길을 가르쳐주고 과자와 사탕을 받아왔다. 자신이 미국 사람과 소통을 할 수 있었다는 사실을 얼마나 좋아했는지 잠꼬대까지 할 정도였다. 초등학교에 다닐 때 내가 본 미군들은 아이들에게 초콜릿이나 사탕들을 던져주었다. 그런 것을 주워 먹는 아이들도 있었으나 주워 먹지도 못하면서 맛이 있겠다는 생각을 하는 것만으로도 수치심을 자극했다.

어렸을 때는 전족을 한 중국 할머니들을 가끔 볼 수 있었다. 전족을 하지 않았다면 중국인인 줄 몰랐을 것이다. 얼마 전까지 우리가 아는 외국인은 미국인으로 통용되던 서양인이 있었을 뿐이다. 외모가 우리와 유사한 중국인과 일본인도 있었을 텐데 우리는 잘 몰랐다. 군복으로 표시가 나는 미군들이 우리 주변에서 돌아다녔을 뿐이었다. 특별히 순천, 목포, 군산 등 서해안을 중심으로 선교사들이 종교적인 활동을 위해 20세기 초부터 와있었다. 성당을 중심으로 신부님, 수녀님들도 활동을 했지만 일반인들의 눈에는 잘 뜨이지 않았다. 기독교의 특정 종파에서 꼭 2사람씩 다니며 선교를 하는 미국인들도 있어서 눈에 띄었다.

60년대 중반부터인가는 미국 평화봉사단원들이 서울뿐만 아니라 시골까지 내려가서 보건소, 학교 등에서 활동을 했다. 한국 사회의 경제, 사회적으로 낙후된 부분을 도와주기 위한 미국 정부의 정책이었다. 이제는 한국 대학생들이 우리보다 낙후된 해외로 나가서 활동하는 코이카라는 국제 협력단체까지 있으니 한국에 더 이상은 평화봉사단이 파견되지 않는다.

경제개발이 국가의 최우선 과제였던 70년대부터는 수출입 업무에 종사하는 외국인들이 많이 있었다. 그들은 호텔이나 백화점의 로비 같은 곳에서 쉽게 눈에 띄었으며, 앞에는 커다란 서류가방이나 샘플들을 펼치고 열심히 설명하는 한국 젊은이들이 있었다. 나라 전체가 부산스럽고 뜨거운 열기가 느껴졌다. 이 작은 나라에 물건을 주문하러 오는 외국사람들이 그렇게 많다는 것이 놀랍기도 했다. 나라 살림의 규모가 커지고 외교관계를 맺는 나라가 많아지면서 대사관도 늘어났고 외교관들도 많아졌다.

새로운 천년이 시작되면서부터는 한국 대학에서 공부하려는 유학생들이 늘어났고 외국인 학생들을 지방대학에서까지 쉽게 발견할 수 있다. 서구적인 외모는 대부분 러시아나 동유럽 등에서 왔다면 우리와 같은 동양적인 외모의 중국, 몽고, 동남아 등에서 온 학생들도 꽤 많다. 많은 학생들이 정부에서 장학금을 받고 오는 것으로 알고 있지만 이런저런 이유로 유학생들이 한국에 오는 것은 환영할 만한 일이다.

서울을 중심으로 웬만큼 규모가 큰 대학에서는 그 숫자가 대단해서 대부분 한국어를 가르치는 한국어학당이 설치되어 있다. 거의 같은 시기에 외국인 노동자와 농촌 남성들과의 결혼을 통한 이민 여성들도 빠른 속도로 늘어났다. 길에서 외모가 뚜렷하게 한국인과 다른 사람들이 능숙하게 한국말을 하며 생활을 하는 것을 보면 그들이 한국 사람이 아니라고 말하기는 어려운 것처럼 보인다. 그들도 우리인 것이다.

20세기 초 머나먼 미국 땅 사탕수수 농장에 가서 농사를 짓고, 1860년대부터 반복되는 재해와 흉년으로 간도로 갔다가 다시 중국, 과거 소련 땅 여기저기로 강제 이주당하며 살았던 우리 선조들의 역사가 역으로 이 나라에서 이루어지고 있다. 크지도 않은 나라에서 전국적으로 퍼져 살고 있는 외국인들의 숫자는 200만 명이 넘는다고 한다.

그들은 우선 엄청난 숫자로 한국 사회의 구조를 변형시키고 있다. 그들이 한국인 배우자와의 사이에 낳은 아이들은 시골 어린이집 원생들의 반 이상을 차지한다고 한다. 앞으로 그 숫자가 더 늘어날 것으로 보이는

데 앞으로는 변화된 생활에 대한 자세가 필요할 것으로 보인다. 소위 말하는 다문화가정과 같이 생활하는 것에 대한 마음가짐을 말하는 것이다. 이는 방법론의 차이가 아니라 인간에 대한 자세에서 비롯되어야 할 것이다.

다행스러운 것은 3,40대의 젊은 세대는 의식적인지 아니면 노년의 기성세대에 비해 사회 변화에 대한 적응력이 높은 것인지는 모르지만 한국에서 사는 외국인들에 대해 유연하게 받아들이는 것으로 보인다. 빈번한 해외여행의 경험이나 사회생활에서 오는 체험 등을 통해서 변화를 인식하거나 합리적인 사고의 결과일 수도 있다. 놀라운 것은 어린 아이들의 반응이다. 전국적으로 어느 곳이든지 외국인들이 몇 명씩은 분포되어서인지 아이들은 다문화가정 아이들에 대해 특별한 선입견이 없다.

사람들이 피부색이나 언어가 잘 소통되지 않는 것들에 대해 특별한 생각을 갖지 않는다는 것은 놀라웠다. 결국은 어른이 된 다음에 주입된 선입견이 문제였다. 기성세대의 선입견만 없다면 외모가 다른 외국인들, 다문화가정이라는 것에 대한 편견은 문제가 안 되는 것으로 보인다. 시집의 4대조 할머니는 홍천 용 씨이던데 그런 희성도 중국에서 이주한 성씨가 아닐까 추측해 본다. 용 씨의 시조가 되는 용득의라는 분이 고려 문종 때 팔만대장경을 제작하는 일을 하였다는 기록도 있는 걸 보면 중국말과 한국말이 가능해서 그런 일을 하지 않았을까 하는 엉뚱한 추측도 해본다. (2017)

산책

산책이 내 생활에서 중요한 부분을 차지했다. 몇 년 전까지만 해도 산책은 외국 사람들이 사용하는 단어를 한국어로 번역한 것 같은 느낌의 단어였다. 특별히 개화기 일본에서 들여온 서구 책들을 번역하는 과정에 우리에게도 이입되었을 것으로 생각된다. 어린 시절 교과서에서 철학자들의 산책 이야기가 나올 때는 꼭 사색이 동반되지 않으면 그 단어를 쓸 수 없다고 생각했다. 철학자들이 산책을 하면서 풀리지 않는 문제에 대한 깊은 사색을 하는 것이라고 이해했기 때문일 것이다.

언젠가는 라디오나 텔레비전의 음악 프로그램에서 '프롬나드 promnade'라는 단어를 사용하는 것을 보고 음악과 산책을 연결한 프로그램을 연상했다. 일본에서도 같은 제목의 프로그램이 있는 것을 알았을 때는 좀 씁쓸했다. 일제 강점기의 문화적 이입도 부족해서 현대에 와서도 일본 프로그램 이름을 사용하다니? 프롬나드라는 사용 빈도가 높지도 않은 단어를 대중을 상대로 하는 방송에서 사용하는 것은 무슨 의도일까 하는 생각도 했다. 하기는 고품격 방송임을 내세우고 싶어 하는 FM방송이라서 그랬나?

산책은 젊은 날에 어울리지 않는 말이었다. 산책이든 산보든 목적이 있어서 움직이거나 이동하는 것으로는 생각되지 않는다. 애완동물을 끌고 산책을 하는 경우에도 목적은 개에게 바람을 쏘여주거나 하는 것이지 사람을 위한 행위는 아니다. 젊은 날에는 뛰고 달리고 걷고 언제나 정신없이 움직였던 생각밖에 없다. 임신을 한 상태에서도 높은 구두를 신고 버스를 향해 아침마다 뛰었으니.

산책이라는 단어는 먼 거리에 있었다. 왜 그때는 그렇게 획일적이었을까? 단화나 운동화는 왜 신지 못했을까? 한두 켤레밖에 안 되는 높은 구두를 신고 생활전선을 뛰어다녔다. 귀가한 뒤에는 아픈 발에서 구두를 팽개치고 애기에게 젖을 물리거나 기저귀를 빨거나 부엌으로 달려가야 했다. 산책이라는 단어는 무지개처럼 현실감이 없었다.

은퇴한 지 몇 년이 지나면서부터 산책을 하고 있다. 걷지 않으면 다리가 굳어질까 두려운 나이가 되어 시작된 행위이다. 처음에는 가끔 가는 외국여행에서 시간이 나면 호텔 주변을 돌아다니며 그 나라의 생활을 느껴보려고 했던 산책과 유사했다. 여행에서 하는 산책은 짧은 시간이지만 그 나라를 느낄 수 있는 시간이었다. 그러나 그때는 목적성이 뚜렷해서 조금이라도 많이 걸으려고 노력했다. 그래야 조금이라도 많이 보고 많이 알 수 있을 것 같았기 때문일 것이다.

젊었을 때는 목적 없이 움직이는 것이 큰 죄라도 짓는 것처럼 느껴졌던 듯하다. 개인적인 성향도 그랬을 수도 있지만 시대가 온통 바쁘게 돌아갔다. 나라마다 우리와 다른 고적들을 보며 감탄했지만 정작 놀라고 황홀했던 것은 하늘과 바다, 산 등 자연이었다. 그런 자연을 완상하며, 그나마 천천히 걸을 수 있었던 시간이 참 좋았다. 진정한 산책이었다.

집 주변으로 몇 분만 걸으면 둘렛길로 연결되니 산책에는 그지없이 좋은 환경이다. 데크로 연결된 산책길 주변에는 크고 작은 나무들이 계절에 따라 색깔과 모양을 변화시키며 늘어서 있다. 나무 사이사이에 박혀 있는 거대한 바위들이 만들어내는 풍경은 바로 우리가 소망하는 그것이다. 몇 십 년 동안 뽑지 않고 그대로 둔 나무들이 우람하다. 몇 걸음만 걷다보면 탁 트인 시야가 펼쳐진다. 거칠 것이 없는 풍경을 바라볼 수 있다는 건 도시에 사는 우리 모두가 소망하는 바이다.

기형적인 도시 서울에서 그래도 우리가 숨 쉴 수 있는 둘렛길이라는 이름의 산책길이 있다니 고마운 일이다. 산자락을 끼고 있든지 한강을 끼고 남북으로 어느 쪽으로든지, 고궁 주변 혹은 청계천변이라도 걸을 수 있는 곳에는 어디든지 부지런히 걷는 사람들로 넘쳐난다. 햇볕을 쪼이며 자연을 느끼는 사람들도 있겠지만 대부분은 운동을 목적으로 걷는 분들이 많다. 산책을 위한 산책은 아닌 것으로 보인다.

노인들이 조금은 품위 있게 생존하기 위해서 끝없이 몸을 움직이는 행위를 반복하는 것이 산책이다. 의사들이 나이든 사람들에게 반복해서 산책할 것을 강조하는 것은 인간 최후의 동작이 걷기라고 생각하기 때문일 듯하다. 물론 앉고 서는 것이 건강이 나빠진 상태에서 얼마나 어려운 일인지 잘 알지만, 걷는 것은 사람이 할 수 있는 기본적인 의지의 표현이기 때문일 것이다.

물론 뛰고 달릴 수 있다면 더 말할 것이 없겠지만 앉아서 또는 누워서만 생활하지 않기 위한 최선의 노력인 걷기는 노인들에게는 나름 숭고한 행위이다. 목표 지점에 도착하여 무슨 일인가를 해야 하는 걷기가 아니고, 그냥 걷기가 목표인 산책은 노인들의 자존감을 향한 최후의 행위이고 최고의 행위이다. 쓰러지지 않으려 하고 주저앉지 않으려 하는 그들의 행위에 응원하고 격려하는 아량을 베풀었으면 하는 생각이 간절하다.

96세에 돌아가신 어머니가 비틀비틀 담벼락을 붙잡는 한이 있어도 끝까지 지팡이를 집지 않고 혼자 걸어보시려고 했던 노력은 눈물겨웠다. 그때는 고집스럽게 여겨졌던 노인의 행동이 이제는 이해가 된다. 걷기가 쉬운 일이 아니라는 것을 알게 된 뒤에 더욱 그렇다. 누가 걷기를 쉬운 일이라고 했나?

108배를 하는 심정으로 걷는 둘렛길에서 만감이 교차한다. 오늘도 걸었구나. 해냈구나 하는 심정이지만 오늘도 내 눈으로 이 풍경을 볼 수 있구나 하는 감사하는 마음이 절로 나는 것은 어쩔 수 없다. 나이 들며 좀 비굴해지는 것 같은 느낌이 드는 것도 인정하지만 기브스를 한 번 해본 사람이 느낄 수 있는 감사함이기도 할 것이다. 잘 늙은 노인처럼 큰 겨울나무들과 같이 산책할 수 있는 것은 역시 감사할 일이다. 자연은 우리가 받은 가장 큰 선물이다. (2018)

방

내 방이라니? 우리 시대에는 학교에 다닐 때 자기 방을 가지고 있는 친구는 거의 없었다. 전쟁이 끝나고 얼마 되지 않아서 폐허가 된 곳이 많아서이기도 했겠지만, 80명이 넘는 반 학생들 대부분은 자기 방이 없어서 자기 방이 없는 사람은 손을 들라고 할 때도 조금도 창피하지 않았다. 호구 조사하듯이 학교에서는 현재 살고 있는 집이 자기 집이냐 냉장고가 있느냐 텔레비전이 있느냐 등을 수시로 물었다. 심지어 60년대 중반 대학입학시험에서 면접을 볼 때에는 원서에 재산을 기입하는 난에 동산과 부동산 액수를 쓰라고 했다.

아버지가 써주신 동산 액수에 동그라미 하나를 더 그려 넣었던 기억이 난다. 인터뷰를 하던 교수님이 "너희 부모가 돈이 참 많으시구나." 하셨을 때는 뜨끔했다. 입학한 뒤 들은 이야기로는 비싼 등록금을 학부형이 부담할 수 있을까 하는 우려에서 넣은 문항이라고는 했지만 어처구니없는 시대였다.

유치원에 다니는 손녀가 혼자서도 잘하는 놀이는 상자와 작은 의자들을 쌓아가면서 자기 방을 만들고 인형과 장난감 등을 배열하고 그 속에 들어앉아서 인형들에게 말을 걸고 노는 것이다. 방의 한구석을 차지하고 그 놀이에 열중하는 것은 독립적인 자기 세계를 갖고자 하는 욕망의 표현으로 보인다. 그런 마음이 확장되어 이사를 간 후에는 자신의 방을 갖기를 간절히 소망했다. 손녀는 아직도 부모와 같이 자는 것을 원하는 나이지만 앞으로 오랜 동안 살아야 하는 집에서 공간 분할이 필요했을 것이다. 그 결과는 어쩔 수 없이 아이 아빠가 양보를 하여 자신의 서재를 포기해야 한다고 들었다. 자식에게 방을 마련해 주기 위해 아빠들이 자신의 방을 포기하는 경우는 다반사다.

오피스텔 같은 공간을 하나씩 마련해 둔 은퇴한 교수들은 책들을 그곳으로 옮기고 인생 후반부를 그 미묘한 공간에서 보내기로 결심하면서 또 다른 안도감을 느끼는지 모르겠다. 정년을 하고 몇 년이 지난 나는 늦은 나이에 잠자는 방도 따로 있고 서재도 따로 있으니, 소위 여자들이 간절히 원하는 나만의 방이 있는 셈이다. 서재는 컴퓨터가 있는 책상 옆에 편안한 소파도 있고, 몸이 뻐근할 때 운동을 할 수 있는 매트와 운동기구까지 준비해 놓았으니 내 평생에 최고의 공간을 마련한 셈이다.

잠자는 시간과 집안 일 하는 시간, 운동하러 밖에 나가야 하는 시간을 빼고는 서재에 들어와 그 공간에 적합한 일을 하려고 한다. 이렇게 행복해도 되나? 하는 생각이 들다가도 손녀는 초등학교도 들어가기 전에 자기 방을 갖는다는데 나이 70이 넘어 자기 방을 갖게 됐다고 너무 황공해 하는 것이 우습다. 하기는 아들네 가족이 부모와 같이 사는 것을 꿈에도 생각하지 않는 것에 대한 결과로 내 서재라는 것을 갖게 되었으니, 아들네 가족에게 고마워해야 할지도 모른다. 집을 지을 때부터 3대가 같이 사는 일은 없을 것이라고 건축을 하는 분에게 누누이 말했지만 내 의견은 반영되지 못했다.

시대의 변화에 따라 공간에 대한 인식이 빠른 속도로 변화했다. 개인 주거 양식만이 아니라 공적인 공간의 변화도 크다. 주택이 많은 동네에서는 작은 박물관들이 심심치 않게 있다. 자신들이 수집하거나 소장한 물건들을 전시하고 바로 인접해서 또는 같은 건물 안에 카페나 식당을 운영하는 곳들이 자주 눈에 뜨인다. 자그마한 개인주택들이 전시 공간으로 변모하는 경우이다. 젊은 날 정신없이 수집했던 소장품들을 분류하고 전시하며 다른 사람들과 공유하는 것은 좋은 생각이다. 모두 독립적으로 생활하고 싶어 해서 자식들이 결혼한 뒤 떠나버린 텅텅 빈 집들이 그렇듯 공적인 공간으로 사용될 수 있다면 다행이다.

작은 규모의 극장들도 눈에 뜨인다. 상업영화가 아닌 예술영화나 특별한 장르의 영화들을 상영하는 객석 4,50석 규모의 극장들도 여기저기에 있다. 대형 화면을 지향했던 과거 영화와 달리 작은 영화상영관에서 영화를 볼 때는 턱없이 몇 명 안 되는 관객들과 일체감 같은 것을 느끼기도 한다. 어렵게 찾아간 극장에 많은 사람들에게 알려지지 않은 영화를 보려는 사람에게 느끼는 친밀감이랄까? 작은 극장에 몇 사람이 그것도 띄엄띄엄 앉아서 화면을 바라보며 일방적으로 내보내는 영화의 메시지를 저 옆에 있는 친구들은 어떻게 느낄까 하는 생각도 하게 된다.

가끔은 영화가 끝나고 주최 측에서 누군가가 나와 대화를 이끌어가려는 경우도 있다. 일방적으로 발신된 영상을 각각 다른 수신자와 어떻게 이해하고 느끼는지 대화를 나눠보는 것도 의미 있다. 그럴 때는 세대를 초월해서 대화가 가능해지는 것도 좋다. 엄격하게 분할되는 세대 간의 간극이 메꿔진다고나 할까? 공동의 관심사를 향해 모인 사람들이 조금씩 생각의 차이를 인정하며 다가갈 수 있는 기회이기도 하다.

커다란 세미나 테이블 몇 개와 의자들로 이루어진 동네 작은 도서관들도 좋다. 대단한 책들이 비치되어 있지는 않지만 약간의 책과 책을 읽을 수 있는 분위기만으로도 충분하다. 동네 어린이도서관에서 손주들과 같이 책을 읽을 수 있는 시간은 정말 행복하다. 그 곳에서 할머니는 어린이용 의자도 불편함을 느끼지 못한다. 걸을 수만 있다면 동네 여기저기에 가볼 만한 예쁘고 작은 공간들이 많다.

사회가 변화하고 있다. 집에서는 자기만의 공간이 꼭 있어야 하고, 그 속에서 독립적인 생활을 추구하고 싶어 하지만, 밖에서는 비슷한 생각들을 공유하는 사람들이 모일 수 있는 작은 공간들이 많이 있다. 작게 세분화된 공간 여기저기에서 전혀 모르는 타인들과 교류하며 새로운 관계를 만들어가는 것도 새로운 삶의 양식이 될 수 있지 않을까? (2019)

뜬금없다

참으로 그 방에 피아노는 어울리지 않았다. 뜬금없었다. 라면 박스니 사과 박스 안에 들어 있는 잡다한 생활용품 사이에 반짝반짝 윤이 나는 까만색 피아노는 오랜 세월이 흐른 것이었지만 흠집 하나 없이 깨끗했다. 피아노는 거의 매일 기름칠을 하고 마른 수건으로 닦아냈지만 주변의 살림살이는 언제나 그 자리에 팽개쳐져 있었다. 경제적인 몰락 이후 대부분의 살림살이가 헐값에 넘어갔지만 까만 피아노는 그 여자의 집에 남았다.

피아노만이 아니라 허접한 집안의 살림살이 사이에서 불쑥불쑥 삐져나오는 장미꽃이 예쁘게 그려진 일제 노리다께 커피 잔 세트도 뜬금없었다. 좁은 방으로 내몰린 그녀의 생활은 옹색함과 누추함으로 주눅 든 것처럼 보였으나 반짝거리는 뜬금없는 물건 몇 가지가 신선한 바람을 일으켰다. 흑백영화의 화면에서 갑자기 어느 한 부분이 강한 색채로 칠해졌을 때 받는 충격이 그랬듯이.

결혼한 뒤 몇 년 안 되어서 일본 여행에서 남편이 사다준 브로치 몇 개도 참 뜬금없었다. 일본이라면 작은 물건들을 예쁘게 잘 만들어내는 섬세함이 특징이었던 시절에 작은 장신구 몇 개는 사랑스러웠다. 그중에도 매미와 잠자리 모양의 작은 브로치는 귀엽고 예뻐서 오래도록 사용했다. 고속도로 휴게소에서 그것도 천안 휴게소를 지나는 때에 호두과자를 한두 번 사오는 것이 고작인 남편의 뜬금없는 선물은 한번으로 끝이었다. 계속해도 좋을 텐데 소질이 없는 사람은 그것이 참 어려운 모양이다. 그 작은 선물에 대한 찬사를 지나칠 정도로 했지만 더 이상 계속되지 못했다. 애석하다.

아들아이가 결혼으로 새 식구가 늘었을 때 장성한 딸까지 다섯 명의 우리 가족이 실크로드에 간 것도 아이들에게는 뜬금없는 일이었는지 모른다. 결혼한 지 몇 달 되지 않아 아직 서먹서먹한 단계에서 고행 길과 유사한 실크로드 여행이라니. 무엇보다 10년도 훨씬 전의 중국여행은 비위생적으로 느껴질 만큼 식당과 화장실의 상태가 문제가 많았지만 우리는 해냈다. 2층 침대가 있는 기차로 이틀을 달릴 때 차창 밖으로 보였던 풍경, 밤에 쏟아지는 별들을 사막에서 바라보았을 때는 얼마나 황홀했는지. 다섯 명의 가족이 기차 한 칸에 모여 끝없이 달리면서 꼼짝없이 한 가족임을 다짐하는 것 같은 분위기가 좋았다

달리는 버스로 사막을 횡단할 때는 도로 옆에 버스를 세워놓고 모두 내려 소변을 보아야 했다. 곧 웽웽거리며 사이드카가 오더니 고속도로 옆에 차를 세우는 것은 위법이라며 기사를 불러 세웠다. 그때 기사가 능숙하게 셔츠 위 주머니에서 담배 세 가치를 사이드카를 타고 온 공안에게 넘기는 것을 보았다. 곧 우리는 무사히 둔황을 향해서 이동했다.

초등학교 교과서에서도 소개되었던 둔황의 웅장한 내부를 관람하면서도 담배 몇 개를 공안에게 전달하던 기사의 민첩한 행동이 떠올랐다. 뜬금없이 기획하고 다녀왔던 우리 가족의 실크로드 여행은 두고두고 좋은 추억이었다.

은퇴하고 난 뒤의 생활이란 거의 판에 박힌 틀에 따라 움직인다. 직장생활이 그럴 것 같지만 오히려 집 안에서 세 끼 식사를 해결하고 대부분의 생활을 해야 하는 경우가 더욱 그렇다. 운동을 하러가거나 마트에 장을 보러가거나 사람을 만나러 가거나 하는 일은 그저 지루한 일상일 뿐이다. 사람을 만나는 일이 새록새록 신기하고 삶의 활력을 불어넣는 일이라면 얼마나 좋을까? 솔직히 말하면 그것도 지루한 일상의 하나일 뿐이다.

너무 오랜 세월을 살아서 너무 오랫동안 만나 와서 만나는 사람에 대해 잘 알기 때문에 새로움이란 느끼기 어렵다. 오랜 만남을 가졌던 사람에게서 느끼는 편안함, 따뜻함은 있지만 신선함, 놀라움은 없다. 내가 이 말을 할 때 상대가 어떤 말을 할지 이미 다 아는 경우가 대부분이다. 그럼에도 관성에 의해 만나고, 같이 밥 먹고, 차 마시며 즐거워하고 위로를 받는다고 느낀다.

점잖게 나이 들어가며 담담하게 모든 현실을 수용하고 현실 생활에 만족하며 살아가면 좋을 텐데, 나이 들어가는 것과 관계없이 끊임없이 새로운 자극을 원한다면 은퇴 후의 일상생활은 지루하다. 현직에 있을 때의 생활이 지루할 틈이 없었던 것은 무엇인가 해내야 했기 때문이었을 것이다. 써내야 했고, 읽어내야 했던 시간이 끝난 뒤 갑자기 주어진 많은 시간에 당황하는 것일 수도 있다.

어느 정도 시한부 인생을 살고 있는 이 나이에 하루하루가 소중하다는 생각은 젊은이들과 비교할 수 없을 것이다. 그래서 더 의미 있는 시간을 원할 것이다. 의미 있는 삶은 내가 원하는 것만이 아닌 다른 사람들에게도 조금은 도움이 되는 삶을 살았으면 하는 것이다. 이런 생각은 은퇴한 사람들이 대부분 부딪히는 문제일 것이다. 뜬금없는 생각은 아니다.

며칠 전에는 여섯 살짜리 손녀가 자기가 아주 어렸을 때 나쁜 음식을 그냥 삼킨 적이 있는데 그것이 뱃속에서 돌아다니다가 나중에 커서 나쁜 병이 걸리면 어떻게 될까 너무 걱정이 된다며 울었다. 또 한 번은 어린이집에서 며칠 전에 바둑알 세 개를 그냥 가방에 넣고 온 적이 있는데 그 다음에 가져가려고 보니 없어졌다는 것이다. 나중에 경찰이 그 사실을 알고 자기가 어른이 된 뒤에라도 쫓아오면 어떻게 하냐는 것이었다. 아빠는 아이를 꼭 껴안고 나쁜 음식은 똥으로 벌써 빠져나갔으니 걱정하지 말라고 달랬다. 할머니는 옆집에서 바둑알을 구해다 준 뒤 걱정하지 않아도 된다고 타일러서 울음을 그치게 했다. 어른들의 걱정도 저 정도이면 참 좋겠다는 생각을 하다가도 뜬금없이 어제 저녁에 실수로 삼킨 대추씨 하나가 영 걸린다. 별 일은 없겠지. (2018)

불

고등학교에 다닐 때에도 부엌에서 음식을 만드는 일을 가끔 했다. 저녁 늦게 오시는 부모님들에게 식사를 차려 드려야했다. 난방과 취사를 겸한 연탄불 위에서 프라이팬을 올려놓고 볶음밥도 하고 콩나물국도 끓였다. 취사가 끝나면 불기운이 온돌 쪽으로 향하도록 투구처럼 생긴 생철뚜껑을 덮어놓았다. 그 생철을 두꺼비집이라고 했던가? 확신은 없다. 취사를 할 때에는 허리를 구부리고 아주 옹색한 자세로 해야 했지만 별문제는 없었다.

그 부엌에서 어머니는 시루떡도 찌고, 찰밥도 쪄서 많은 자식들을 먹이셨다. 화력도 세지 않은 연탄불로 떡을 찌시기가 얼마나 힘드셨을까? 떡을 찌실 때는 대부분 겨울이어서 떡을 찌시기 전에는 아랫목에서 이불을 덮어 한참 동안 시루를 녹인 후에 작업을 하셨다. 집안에 임신을 한 사람이 있을 때에는 부정을 타서 떡이 설지도 모른다며 전전긍긍하셨다. 무엇보다 연탄불 화력이 시원찮아서 발생하는 일이었다. 시골에서 가마솥에 불을 때서 하는 경우에는 그런 문제는 없었을 것이다.

산골에 있는 할머니 댁에 갔을 때는 다 타고 남는 불들을 긁어모아 그 위에 삼발이를 놓고 기름을 끓여서 산자를 튀겼다. 그리고 엿을 묻히고 쌀튀밥이나 깨를 묻혀서 산자를 완성했다. 참으로 지난한 작업이었을 것이다. 어렸을 때 본 경험으로도 산자를 먹었던 기억보다 몇 단계를 거쳐서 만드는 과정이 어렴풋이 생각난다. 그 시절을 살았던 어머니들이 음식을 만들 때마다 불을 조절하기 위해 얼마나 애쓰셨을까.

60년대가 끝날 때까지 우리를 따뜻하게 했던 불은 연탄난로였다. 학교나 관공서 등에서는 대형 난로에 조개탄을 넣고 교실 전체를 따뜻하게 했지만, 가정집에서는 부엌에서 사용하는 구공탄을 2장 넣고 난로 문을 조절해 가며 사용했다. 난로 뚜껑에서 양미리라는 말린 생선도 구워먹고, 뭉근한 불로 모든 음식을 데워먹을 때 좋았다. 팬에 적당히 눌어붙은 음식은 언제나 형제들 사이에 쟁탈전이 벌어졌다. 어머니는 오랫동안 약한 불에서 조청을 넣고 조려야 하는 전과를 잘하셨다. 전과를 하고 싶으셨다 기보다는 그 불의 화력이 전과에 적합함을 아셨던 것이다. 어머니는 역시 고수였다.

결혼을 한 뒤 몇 년이 지나고 나서는 취사용 가스를 사용하는 경우가 있었지만 연탄이나 석유를 병행해서 사용했다. 가스가 비싸다는 생각에 자유스럽게 사용할 수 없었다. 냄새가 나는 석유곤로를 주로 사용했고, 가스는 10킬로나 20킬로짜리 가스통을 배달받아서 사용했다. 우리 자식들이 결혼할 때는 가스레인지가 혼수품에 들어 있었다.

우리 집은 이제 전기레인지를 사용하여 취사를 한다. 저녁에는 두꺼비집의 퓨즈가 나가서 다리미도 사용하지 못했는데 전기로 취사를 하다니? 믿을 수 없지만 전기가 가스보다 요금이 많은 것도 아니어서 다행스럽기는 하나, 에너지원을 생각하면 태양광 발전이라도 알아봐야 할까 싶다. 전기로 취사를 하는 것은 오래 전부터 전기밥솥을 사용해 왔으니 특별할 것도 없는 것으로 보인다.

장작, 연탄, 석유, 가스, 전기로 이어지는 취사용 연료의 변천은 우리 생활의 변천이었다. 전쟁이 끝난 뒤에는 지방은 말할 것도 없고, 서울을 비롯한 도시에서도 장작을 처마 밑에 높이 쌓아 놓으면 겨울을 안심하고 지낼 수 있을 거라고 생각했다. 그 뒤에는 쌀 80킬로 한 가마에 김장을 해놓고, 광에 천 장 정도의 연탄을 쌓아 놓으면 배부르고 등 따뜻한 겨울을 지낼 수 있었다. 서민들이 소망하는 겨울준비의 기준이었다.

한 번에 열 장 정도가 들어가는 연탄보일러는 악몽이었다. 그 독한 가스를 그렇게 오랫동안 마시고도 살아남았는데, 이제는 나라 전체를 감돌고 있는 미세먼지에 온 국민이 외출 시에는 마스크를 쓰고 다니게 되었다. 한겨울이 다 지날 때까지 신문 기사를 통해 참으로 많은 연탄가스 중독 사망기사를 보아야 했다. 주변에 연탄가스로 가족을 잃은 사람들이 꼭 있었으니 무서운 연료였다.

부엌에 전기레인지를 추천하신 분은 가스레인지가 폐암 발생의 원인이라고 강력하게 주장하셨다. 가끔 영화에서 자살의 방법으로 가스호스를 사용하는 것을 보았던 터라 수긍했다. 그래도 우리 세대에게 전기는 언제나 함부로 써서는 안 되는 연료임에는 분명했다.

연료비가 많이 들지도 않는다는데 지금까지 50년 가까이 고생한 포상으로 전기레인지를 설치하겠다는 용기를 냈다. 그래도 보조 부엌에는 가스레인지를 설치했다. 오래도록 끓여야 하는 우리네 전통음식을 전기에 의존할 수는 없었다. 전기레인지를 설치할 것을 주장하신 분이 본인이 전기레인지를 수입해 판매한다는 말을 했을 때는 귀여웠다.

경상도 산골에서 태어나셔서 그 곳에서 반평생을 사셨던 할머니는 며느리가 살림하는 아파트의 부엌이 너무 편하다고 생각하셨다. 이런 부엌에서 살림을 하라면 날마다 어깨춤을 추겠다는 말씀을 입에 달고 사셨다. 나뭇가지를 꺾어가며 연기로 눈물을 흘려가며 많은 식구의 음식을 하셨을 할머니에게 현대식 부엌이 얼마나 편하게 보였을까? 그래도 모든 것이 완벽하게 갖추어진 현대식 부엌에서 생활하는 주부들이 너무 편하고 좋아서 어깨춤이 난다는 사람은 보지 못했다.

지난 몇 십 년 동안 취사용 연료의 변천을 다 체험해 보았지만, 그래도 현재의 방식이 좋다고 생각하는 시간은 아주 짧다. 인스턴트 음식을 먹거나 외식을 하는 회수는 과거와 비교할 수 없이 늘어나고 곧 새로운 양식에 익숙해지며 더 새로운 것을 찾아 나선다. 부엌생활은 많이 편해졌는데 그 부엌에서 음식을 만들어 같이 나누는 기회는 점점 줄어드는 것 같아 씁쓸하다. 나만해도 젊었을 때는 수시로 음식을 만들어 손님을 부르고 아이들도 저희들끼리 노는 기회도 있었는데 요즈음은 전혀 그런 기회를 만들지 않는다. 화려한 식당 음식에 기가 죽어서 그런가? (2018)

애완동물

우리 생활에서 애완동물은 거리가 멀었다. 동물이든 곤충이든 움직이는 생명체에 대해 책임감을 가지고 보살핀다는 것은 가능하지 않은 일이었다. 가족에게 식사를 공급하는 일만도 항상 쫓기는 생활이었기 때문에 더욱 그랬을 것이다. 의복을 갖춰서 입는 것보다 먹는 일에 신경을 많이 쓰며 살아왔던 것은 가장 기본적인 생활만을 해왔기 때문이다. 살림을 하며 직업을 가졌던 사람들의 생활이란 것이 어쩔 수 없었다.

아이들이 어렸을 때는 도와주시는 분들이 계셨어도 식사 준비는 고스란히 주부의 몫이었다. 자식을 기르는 일은 위탁할 수 있는 부분이 없었던 것 같다. 그래도 다 성장한 다음에 부모의 헌신을 알아주는 자식들은 그렇게 많지 않은 듯하다. 하기는 그 모든 행위는 동물적 본능에 의한 것이었을지도 모른다. 엄마가 자식을 기르는 행동을 북극의 곰이, 아프리카의 사자가 새끼들에게 먹이를 주기 위해 혼신의 노력을 하는 것과 비교할 수 있을까? 특별히 많이 다르지는 않은 것처럼 보인다.

가족에게 좀 괜찮은 음식을 주는 것을 어떤 일보다 중요하게 생각하며 살았기 때문일까? 조상의 제사가 다가오면 살아 있는 사람들에게는 도움이 안 되는 음식을 만드는 것을 불만스러워했다. 그래도 어머님은 언제나 살아 있는 자손들 먹이려는 음식이라고 말씀하셨다. 돌아가신 분들이 뭘 먹느냐며. 우리는 돌아가신 분들을 추모하는 제사까지 음식으로 연결시켰다. 하기는 음식을 만드는 수고를 제외시킨다면 제사를 왜 힘들다고 할까? 우아하게 검은 상복이나 차려입고 추도하는 의식만을 중요하게 생각한다면 제사도 크게 문제가 될 것 같지는 않다. 문제는 먹이는 것이다. 먹여 살려야 하는 것이다.

애완동물도 개든 고양이든 그들이 만족스럽게 먹고 배설할 수 있도록 준비해줘야 하는 것이다. 몇 십 년 전에 당치않게 외국 수녀님이 어미 개가 강아지를 많이 낳았다며, 한 마리 기르겠느냐고 하셔서 받았다가 번거로움에 곧 두 손을 들고 다른 사람에게 주어버린 일이 있다. 몇 년 후에 만나게 된 수녀님이 그 개가 잘 있느냐고 물었을 때 그 존재 자체를 잊어버렸다는 사실에 얼마나 죄스러웠는지. 다행히 수소문해 보았을 때 그 개는 잘 자라고 있었으나 죄의식은 오래도록 나를 억눌렀다. 수녀님이 주신 것이라 죄의식이 더 컸을까? 유난히 추위를 타는 동네 고양이가 연탄아궁이 주변으로 파고들 때 쫓아낸 것도 오래도록 마음에 걸린다.

동물과 식물은 다른 삶의 양식을 가졌다. 식물은 봄에 심어 뿌리가 잘 내리고 거름을 준다면 저절로 자라서 꽃을 피우고 열매를 맺는다. 구근 식물은 영양이 좋은 땅에서는 여름까지 꽃을 풍성하게 피우고 가을에는 뿌리를 몇 개씩 매달고 나오며 세를 확장한다. 씨앗으로 퍼져나가는 식물은 말할 것도 없다. 땅이 개별 식물의 속성과 맞기만 하다면 별 노력 없이 오래도록 성장하는 과정을 보고 즐길 수 있다. 봄이 시작할 때부터 마당에 쌓인 낙엽을 들추다 보면 움트는 새싹들을 찾아내는 재미가 쏠쏠하다.

봄이 되어 여기저기서 꽃이 피는 것은 말할 것도 없고, 여름날의 무성한 잎, 가을의 단풍까지 일 년 내내 사람에게 즐거움을 준다. 물론 여름에 비도 적당히 내려줘야 하고 햇볕도 가리지 않아야 더 좋은 모습을 볼 수 있지만, 애완동물처럼 꼬박꼬박 식사를 주고 산책을 시켜주어야 하는 수고는 안 해도 된다. 요즈음은 마트 같은 곳에서 대량으로 판매하는 사료를 먹이는 것 같던데 그것으로 주인이 본분을 다 하는 것으로 보이지는 않는다. 눈을 마주치고 대화를 하며 감정을 교류하는 상태로 가기 위해서는 대단한 정성과 시간이 필요할 것이다. 그 정도이면 가족이라고 보아야 할 것이다.

어떤 친구는 너무 슬픔이 진해서 창밖을 바라보며 한참을 서 있었더니 같이 생활해 온 애완용 개가 오랫동안 옆에 와서 슬픈 눈빛으로 바라보고 있더라고 했다. 울지도 않았고 슬프다는 어떤 표현도 하지 않았는데 조용히 있어 주었다고 했다. 그 정도면 시끄러운 어떤 가족보다도 낫다. 고양이도 유사했다. 고양이를 기르는 집에 가서 주인인 친구와 같이 한동안 침대에 누워서 얘기를 하다가 설핏 잠이 들려고 했는데 갑자기 높은 책장 위에서 손님과 친구 사이로 육중한 고양이가 번개처럼 뛰어들었다. 질투를 하는 것이라고 했다. 애완동물과 주인과의 특별한 교감 사례는 수없이 많을 것이지만 인간과 애완동물이 인간들끼리 교감하는 것과 같은 층위의 교류를 하는 것으로는 보이지 않는다.

인간이 애완동물과 슬픔도 기쁨도 심지어 질투의 감정까지 교감하는 것으로 보이지만 결국은 인간처럼 살아 있는 동물에게 느끼는 유사 감정이다. 과거에는 음식찌꺼기나 먹이며, 집을 지키는 용도로 지내왔던 강아지들이 인간과 밀착하여 지내게 된 것은 현대인들이 상대방에게 서로 책임지기 싫어하는 이기적인 태도도 연관이 있어 보인다. 사람 관계에서 좋은 시간만 있는 것은 결코 아니고, 증오의 시간, 복잡한 현대사회에서 살아내기 위해 필요한 인내심 등등… 사람들은 이제 더 이상의 인간적 관계로 복잡해지고 싶지 않은 것으로 보인다. 그러한 때에 정서적 위로의 대상으로 애완동물을 찾아 사랑을 주고 같이 지내는 것으로 보인다.

인간에게 동물들은 특별히 개와 고양이 같은 애완동물들은 절대적인 약자이다. 강자와 약자가 사랑을 주고받는 관계에서는 기대가 없으니 야속함이나 서운함 같은 것도 느낄 필요가 없을 것이다. 촉감으로 느낄 수 있고 눈으로 교감하며 서로 우호적인 관계임을 확인하는 것으로 충분하지 않은지. 피곤한 몸을 이끌고 귀가했을 때 현관에서 자동으로 켜지는 불빛만이 아닌, 사랑하는 대상이 달려와 맞아주는 것으로 사람과 애완동물의 관계는 충분한 것이 아닐까 생각한다. (2018)

수선화

수선화 꽃대가 올라오기 시작한다. 일주일이면 피기 시작할 듯하다. 3월 초순 서울에서 그러니 남쪽에서는 벌써 피기 시작했을 듯하다. 어느 해인가 3월에 전라도 남쪽으로 답사를 갔더니 절이나 농가 주변으로 수선화가 야생화처럼 지천으로 피어 있었다. 돌담 옆에 심지어 겨울 채소가 아직 퍼런 채소밭 둔덕에도 여기 저기 피어 있었다.

몇 년 전 넓지 않은 마당 여기저기에 수선화를 몇 뿌리 구해다 심은 뒤 꽃이 피는 게 장해서 시간만 나면 들여다보던 중 남녘 들판 여기저기 무더기로 피어 있던 꽃을 생각하고는 피식 웃음이 나왔다. 내가 그리 애지중지했던 것이 야생화이었음을 안 뒤 잠시 내 정성이 너무 과했구나 하는 생각을 했던 듯하다. 저렇게 들판에 내쳐두어도 잘 자라는 것을 괜히 너무 손을 타게 했나 하는 생각이었지만 그렇지 않다. 수선화는 우리나라는 남쪽 끝처럼 날씨가 따뜻한 곳에서 자랄 수 있다. 중부 지역에선 양지바른 곳에 정성을 기울여야 제대로 꽃을 볼 수 있다. 요즘 몇 년 온난화로 겨울 날씨가 따뜻해지면서 서울 북쪽에서도 수선화를 쉽게 볼 수 있는 것으로 보인다.

남쪽 따뜻한 곳에서 쉽게 자라는 수선화는 제주도에서는 오래 전부터 흔히 볼 수 있었던 모양이다. 제주에 귀양 가 있던 추사의 글에서도 선비의 지조와 절개를 상징하는 매화와 비교하는 칠언시가 보인다. 추사는 수선화를 천하의 구경거리라고 친구 권돈인에게 보낸 편지에서 썼다. 2월에 시작해서 3월에 이르러서는 산과 들 밭두둑 사이가 마치 흰 구름이 질펀하게 깔려 있는 것 같고 흰 눈이 장대하게 쌓여 있는 듯하다고 했다. 지금이 음력 2월이니 그때도 남쪽 제주도에서는 이맘때쯤부터 수선화가 피기 시작했던 모양이다.

수선화가 군락을 이루며 피어 있는 모습을 흰 눈과 흰 구름으로 비유한 것으로 야생임을 알 수 있다. 구근을 나누어서 거름을 주고 제대로 심으면 몇 해는 샛노란 색의 꽃이 피지만 내버려두면 옅은 미색의 꽃으로 변한다. 추사는 수선을 선비의 지조와 절개를 상징하는 매화와 비교했다지만 이는 꽃피는 시기가 유사해서 더욱 그런 생각을 한 것이 아닌가 싶기도 하다. 언 땅을 뚫고 나와 피어나는 장한 꽃에 대한 찬사로 보인다.

상당히 오래 전부터 이 나라 여기저기에서 피어났다는 꽃을 나는 왜 서양에서 온 꽃이라고 생각했을까? 수선화를 서양의 이미지로 기억하고 있었던 것은 희랍신화에 나오는 나르키소스가 복수의 여신의 저주를 받아 물에 비친 자신의 모습을 사랑하게 되어 자리를 뜨지 못하고 시름시름 앓다가 죽어 수선화가 되었다는 이야기로 오래도록 마음속에 남아 있거나 20세기 초엽 우리나라 낭만주의 시인들이 영탄조로 불렀던 '아, 내 사랑 수선화야' 하는 싯귀에서 그저 서구의 꽃으로 생각했던 듯하다. 영국 소설 '폭풍의 언덕'에도 꼭 수선화가 피어 있을 것으로 생각한 것은 어렸을 적 감성이었을 뿐이다.

수선화가 그렇듯이 물망초도 '나를 잊지 말아주세요'란 노랫말과 함께 서구적인 이미지로 기억된다. 중학교에 다닐 때쯤 페루치오 타리아비니라는 유명 성악가가 나온 영화 제목이 '물망초 vergissmeinnicht'였다. 아내가 없어서 어린 아들과 함께 세계를 돌아다니며 노래를 부르는 유명 성악가와 그가 사랑하게 된 여자의 이야기였다. 어린 아들에게 어머니를 만들어주고 싶은 성악가와 노래를 못하는 여성 인물 사이의 평범한 이야기였으며, 우리는 유명 성악가의 노래를 영화에서 직접 들을 수 있어서 좋았다. 이 경우에도 먼저 노래가 있었고, 그 노래를 중심으로 영화를 만든 것으로 보인다.

'들장미'라는 영화도 빈소년합창단의 단원들이 출연한 음악영화였다. 우리에게 잘 알려진 노래를 서양 소년들이 부르며 전개되는 달콤한 영화를 좋아했던 것은 서양에 대한 정보가 거의 없을 때 만난 영화이기 때문이었을 것이다. 물망초는 우리나라에서도 노랫말의 의미를 강조하는 동일한 제목의 영화가 두 번쯤 만들어졌다.

조용필이 부르는 물망초에서도 '잊지 마세요'라는 말을 반복적으로 부르고 있는 것에서 물망초라는 꽃보다는 꽃말로 마음을 전한다고 보겠다. 벽지나 옷감에 그려진 자그마한 푸른 색 꽃의 물망초는 몇 년 사이에 화원에서 많이 보급하는 꽃 중의 하나이다. 우리에게 익숙하지 않은 꽃을 노래나 영화로 만들어 그 노랫말의 의미가 남아서 돌아다니는 것도 서양 취향의 문화 현상이었다.

오래 전부터 이 땅에 있었으나 날씨 관계로 쉽게 접할 수 없었던 수선화는 조금씩 그 생존 영역을 넓혀가며 우리 곁에 있고, 이름과 꽃말만으로 전해졌던 물망초는 이제 대량으로 재배되어 이 나라 여기저기에 핀다. 봉선화, 접시꽃, 분꽃, 나팔꽃, 채송화, 맨드라미 등, 우리가 어렸을 때 쉽게 보았던 풀꽃들은 대부분 제풀에 씨가 떨어져 이듬해 피고 또 피었는데, 개인주택이 많이 없어지면서 지방에나 가봐야 울타리 넘어 장독대 옆에서 조금씩 볼 수 있다. 그 시대를 살았던 사람들이 같이 향유하며 마음속에 담아 두었던 꽃들을 화가의 그림이나 시인의 시 속에서나 발견하게 되는 것은 아닌지 모르겠다.

이제 세계 어디에서든지 똑같은 꽃을 볼 수 있고 보아야할 듯하다. 높고 거대한 아파트 단지 사이로 아슬아슬하게 만들어진 작은 꽃밭이나 자동차가 하루 종일 매연을 뿜어대는 도로변을 장식하기 위해 심어진 꽃들은 살아남기 위해 매연이나 외부의 침입에 대단한 내성을 지녀야 한다. 끊임없는 품종 개량으로 강해진 꽃이며 나무만이 먼지와 매연, 불시의 공격에서 살아남을 수 있다. 이런 식물들은 한 나라에서만이 아니라 세계 도처에서 똑같은 풍경을 만들어낸다. 자연에서 피는 꽃이 아니라 도시에 맞춰지는 꽃이다. (2019)

기념패

초등학교에 입학한 손녀의 가슴에 이름표가 붙어 있다. 우리 때는 교복 상의에 헝겊으로 만들어진 이름표와 부드러운 천으로 만들어진 하얀 손수건을 접어서 옷핀으로 고정시켰다. 아버지가 붓글씨로 하얀 천에 이름을 쓰시고 뒤에는 두꺼운 종이로 배접을 해서 오랫동안 붙이고 다녀야 했다. 초등학교 때 명찰과 함께 붙이고 다녔던 손수건은 꼭 필요한 소품이었다. 왜 그렇게 코를 흘리는 친구들이 많았는지. 건강 상태와 연관이 있었을 것이다.

초등학교를 졸업할 때까지 이름표를 붙여야 했고, 중고등학교에서는 교문 앞에서 주머니에 넣어 두었던 이름표를 꺼내어 잘 보이도록 해야 교문 앞에 서있던 규율부 선배들에게 지적을 당하지 않고 통과할 수 있었다. 아침마다 만나야 하는 교문 앞의 규율부 선배들은 저학년 때는 저승사자처럼 무서웠다. 교복 상의와 하의 길이, 머리 길이 등 모든 것을 짧은 일별로 훑어냈다.

할머니 때 헝겊으로 만들어졌던 명찰은, 아이의 부모 때부터는 아크릴을 사용하더니 지금까지 이어진다. 아크릴 이상의 재질이 없거나, 명찰 같은 소소한 물건을 만드는 일에 아무도 신경을 쓰지 않기 때문일 것이다. 하기는 손녀가 입학선물로 받은 연필깎이도 애비가 40년 전부터 사용하던 것과 똑같았다. 기본은 바뀌지 않는구나 하는 생각을 했다. 한 반이 80명이 넘었던 할머니 때에 비하면 손녀네 반은 학생이 25명 정도이던데 선생님이나 반 친구들이 어느 정도 이름을 외우고 나면 명찰도 뗄 것이다. 요즈음은 학교에서 강제로 규격화된 것들을 요구하는 것 같지는 않아서 다행이던데.

집안에 돌아다니는 몇 개의 명찰들을 모으면서 어떻게 처리해야 할지 잠시 난감했다. 이름이 씌어 있어서 아무렇게나 버리기가 어려웠다. 수많은 상패, 기념패들은 더 그랬다. 직장에서 임명장과 함께 받은 거창한 자개 박힌 명패는 2년쯤 후에는 다른 제목의 명패가 책상 위에 놓여졌다. 대기업의 사장님도 아니고 대학에서 왜 그렇게 촌스러웠는지 모르겠다. 대학의 보직이라는 게 몇 년 사이에 교수들이 돌아가며 하는 경우가 태반이었는데 왜 그런 일을 반복했을까? 관습이었을 것이다. 앞에 사람에게 해주었으니 뒷사람이 해주지 않으면 섭섭해 할 것이라는 막연한 생각이었을 것이다.

살아오면서 없앤다고 없앴어도 이 구석 저 구석에서 나오는 기념패, 감사패도 처치 곤란이다. 근무한 지 10년, 20년 됐다고 투명한 아크릴에 상투적인 문구를 새겨서 주는 기념패를 받고 감격하는 사람들이 있을까? 감격은 고사하고 감사하는 마음도 그리 크지 않을 듯하다.

오랜 세월을 살다 보면 간직하고 싶은 것이 있고 없어도 괜찮은 것들이 있다. 젊었을 때는 별생각 없이 물건을 샀지만– 솔직히 사댔지만, 나이가 들며 물건을 살 때는 주저주저하게 되는 경우가 많다. 내가 살아 있는 동안 다 쓸 수 있는 건가? 남아 있는 가족이나 주변 사람들에게 주었을 때 좋은 마음으로 받아들여질까? 골동품적인 가치가 있다면 몰라도, 그것도 각자의 취향에 맞아야 할 것이다. 세월이 옛날과 다르기 때문이다. 옛날에는 물건이 흔하지 않기 때문에 물건이 소중했지만 지난 몇 십 년간 엄청난 소비 관행은 물자의 과잉으로 귀한 것이 없어진 듯하다. 대량 생산과 소비로 전 세계가 경제적인 활황을 맞이한 것은 좋았지만, 그 후유증은 21세기 현재 우리가 끌어안고 있는 문제가 되어버린 것으로 보인다.

지구의 질서를 뒤흔든 환경 문제의 시작은 과잉 생산을 비롯한 과잉 공급 때문일 것이다. 에너지의 과잉만이 아니라 개인들이 소비하는 모든 것이 과잉 생산되어 지구를 뜨겁게 달구는데 일조한 것이 아닌가 하는 생각을 하게 된다. 지구가 생성된 이래 두껍게 얼어 있던 빙하가 몇 십 년 사이에 녹아 버려 북극곰이 살 수가 없다니, 이는 인간으로서 면목이 없는 노릇이다.

물, 식량, 지진, 원전사고, 오염 등 세계 여기저기에서 동시다발적으로 일어나는 모든 사고와 오염, 결핍으로 인한 질병 등을 우리가 외면할 수는 없다. 이런 시대에 국가와 민족만을 내세울 수는 없는 노릇이며, 세계의 일원으로서 부끄럽지 않은 생활을 하는 것이 그나마 도움이 되지 않을까 생각하게 된다. 이제 세계는 같이 맞물려서 살아갈 수밖에 없다.

다행스러운 것은 이제 소비 일변도의 사회가 변화하고 있는 것이 감지

된다는 것이다. 재활용, 재생이라는 말이 단지 쓰레기를 버리는 것만이 아니라 우리 생활 전체에서 통용되고 있음을 느낀다. 집을 지을 때도 헌 집에서 나오는 파벽돌을 사용하는 경우도 많다. 중국 전역에 근대화 과정에서 지어진 수많은 빨간 벽돌집에서 나오는 벽돌을 우리나라에서 많이 수입해서 사용했다. 건축비를 줄이려는 데에 목적이 있는 것이 아니라, 미적으로 소위 말하는 빈티지 스타일을 좋아하는 사람들이 만들어 내는 새로운 경향이기도 하다.

지금까지 옷이 헤어져서 못 입고 버린 것이 아니듯이 많은 곳에서 과소비와 낭비는 습관적으로 일어났다. 이제 우리가 만들어 버렸던 많은 것들을 거두어서 재생하는 생활을 해보는 것은 어떨지. 종이컵을 쓰지 않는 불편보다 훨씬 쉽게 실천할 수 있을 듯하다. 넘치는 물건 속에서 자본주의의 극단적인 형태가 드러난다. 인간의 가치에 대한 소중함이 사라지고 인간관계는 피폐해졌다. 소비욕망만을 충족시키는 일을 인생 최대의 목표로 삼았던 지난 몇 십 년에서 돌아오기 시작하는 것은 반작용이다. 역사는 언제나 그랬다. 극단까지 간 다음에는 새로운 변화를 시도하고 노력하며 새로운 사회를 만들어왔다. (2019)

흘러간 시간을 찾아서

언제부터인가 7080이라는 말을 방송에서 자주 사용했다. 1970-1980년대 즈음하여 20대를 보냈던 세대라고 한다. 정확하게 세대 구분을 하는 것은 의미가 없어 보이고 현재를 같이 살아가고는 있지만 흘러간 세대임을 말하는 것으로 보인다. 소위 말하는 노년과 새로 사회에 등장하는 20대 이하의 젊은 세대를 제외한 중간 세대를 말하는 것으로 보인다. 3,40년간 사회활동을 해왔고 하고 있는 이 사회의 중추라고 할 수 있을 것이다. 자신들의 노력으로 경제적 기반을 다지고 자식들을 교육시킨 것에 대한 자부심이 강한 세대로 보인다. 자수성가에 대한 자부심이 강한 그들은 자신이 해냈던 모든 것을 현재에도 다시 불러내어 반복하고 싶어 한다.

미국에서 살다 은퇴하고 돌아온 어느 중년남자는 한국에서 일 년을 살아보겠다며 서울 시내에 있는 오피스텔에서 생활하고 있다. 남자는 자주 커다란 기타를 등에 지고 명동으로 진출하여 옛 친구들을 만난다. 그러다가는 작은 카페 같은 곳에서 그날 공연의 마지막을 장식하는 한두 곡을 연주하는 늙은 친구들의 음악을 듣고 술을 한 잔 마시고 숙소로 돌아온다. 외국에서 오래 살다가 은퇴한 뒤에 고향에 돌아와 지내는 사람들의 느낌이 어떨까? 이제 고향이니 고국이라는 단어도 낯설게 느껴지는데 그분들이 살던 나라들보다 더 빠른 속도로 변화해 버린 이 나라에서 뭘 느낄까? 학생 때 하고 싶었던 기타를 메고 친구들을 만난다고 과거와 연결이 될까? 엄청나게 빠른 속도로 변해 버린 한국, 특별히 서울이라는 공간에서 과거를 찾기란 쉽지 않을 것이다.

70여 년 전 지난 세기 중반부터 우리가 사용했던 과거를 모아서 전시하고 사람을 불러 모으는 곳이 꽤 많다. 관광객을 끌어 모으는 방편이지만 거기에 전시된 물건들은 현재는 사용할 수는 없어도 옛날을 회상할 수 있는 것들이다. 그 자리를 대신해서 새로운 물건들이 대체되었기 때문에 이제 그런 물건들은 특별한 장소에 가지 않으면 볼 수 없다. 제일 많이 등장하는 것이 초 중고등학교에 설치되었던 연탄난로와 그 위에 쌓아놓은 양은으로 된 도시락이다. 각 가정마다 아이들 수대로 도시락이 있었을 테니 남아서 돌아다니는 것도 많을 것이다. 거칠고 투박하게 생긴 밥그릇이며, 냄비 등 부엌 용품이 세련된 아파트 주방에서 쫓겨나 그 자리에 놓여 있다.

우리네 생활이란 것이 비슷비슷해서 전국 각지에 그런 물건을 전시한 곳이 꽤 많다. 그런 전시 공간에는 한두 번 가 본 다음에는 일부러 찾아가게는 안 된다. 그것들이 풍속적인 의미는 있을지 모르지만 예술적인, 미적인 가치가 있는 것은 아니라서 그럴까? 한 시대에 그것도 궁핍한 시대에 우리와 같이 했던 물건들에 대해 그 정도의 애정도 기울이지 않는 것은 무엇일까? 그건 그냥 누추한 일상이었기 때문일 것이다.

사람을 과거로 쉽게 연결시켜 주는 것 중에는 영화나 대중적인 음악이 있을 것이다. 영화는 다양한 장르가 있겠으나, 우리나라 영화중에도 필름이 남아 있는 경우에는 어렵지 않게 볼 수 있다. 대중음악의 경우에는 언제라도 더 쉽게 들을 수 있도록 항상 우리 옆에 존재한다. 그럼에도 영화든지 노래든지 특별한 목적이 있어서 자료를 찾아보기 전에는 그 시절의 영화나 노래를 감상하기 위해 찾아보거나 듣지 않는다. 그건 그 시절에 맞는 영화였고, 노래였다. 우리가 그 시간을 살았음에도 지금 이 시간에는 별 감동을 느끼지 못한다. 대중예술이 갖는 한계일 수도 있고, 짧은 시간 동안에 변모한 기술적인 발전이 우리에게 과거의 대중예술에서 느꼈던 감동을 삭감시켜 버리는 듯도 하다.

스테레오 음향에 익숙해져 버린 세대에게 전통적인 양식인 모노톤의 음악은 심심하다. 차 안에서 볼륨을 올리고 이쪽저쪽 스피커에서 울려오는 음악을 듣다 보면 과거에 듣던 음악은 기억에서 사라져 버리는 듯하다. 우리 세대 이전 심지어 부모세대에서 듣던 대중가요도 이 시대에 맞는 스타일로 편곡을 해서 요즈음 활동하는 가수들이 부르면 전혀 새로운 감동을 느끼게 된다. 우리가 향유했던 것이라도 옛것 그대로에서 감흥을 못 느끼는 것은 대중음악만이 아니라 영화나 연극 등에서도 유사하다.

문학작품이 다른 장르와 달리 시대를 넘어서까지 감동을 주는 범위가 넓은 것은 작품의 원형성이 중요한 부분을 차지하기 때문일 것이다. 문학작품이 다른 장르, 예를 들면 영화나 드라마 등으로 전환될 때는 그 시대와 연출자들의 철학과 의식에 따라 변형될 것이다. 오래 전의 회화 작품이나 도자기 등이 지니는 아름다움도 개별 작품이나 작가의 예술성으로 해서 평가받는다. 같은 미술품이라 해도 지난 몇 십 년 사이에 많은 사람들로부터 사랑받는 민화를 일반 회화와 같은 층위에서 아름다움을 논할 수는 없다. 동일한 그림 원본을 놓고 복사해서 똑같이 색을 칠하는 민화는 그리는 사람의 예술적인 성향은 표현할 길이 없으며, 다만 기술의 차이가 좀 있을 뿐이다. 예쁘게 색을 칠할 수 있는 기능적인 면만이 강조될 뿐이며, 이는 사람보다 기계적인 작업이 훨씬 유리할 수도 있다.

오랜 시간을 두고 우리가 좋아하는 것은 모든 것이 기계화된다고 해도 결국은 개별적인 한 사람 한 사람이 표현해내는 독창적인 세계이다. 끊임없이 새롭게 창조해 내는 예술성만이 오래도록 살아남을 수 있을 것이다. 대중예술이 그 시대에는 많은 대중의 사랑을 받았지만, 그 사랑이 시대를 뛰어넘어 지속하기 어렵다면, 시대가 변화하며 요구되는 양식적인 변화가 표현되지 못해서일지도 모른다. 원형은 그대로일지라도 시대의 감각은 다르다. (2018)

재산 공개

사람에 따라 공개하기 어려운 것, 싫은 것이 있을 것이다. 특별히 숨기고 싶지는 않지만 결코 말하고 싶지 않은 것들이 있을 것이다. 나는 내 체중을 공개하는 것이 공직자 후보의 재산 공개보다 더 어려운 것으로 보인다. 반평생을 같이 산 남편에게도 아직 한 번도 말하지 않았으니 말해 무엇 하랴. 아내의 체중에 관심을 가지는 사람이었다면 힘든 세월이었을 것이다. 아니, 그랬다면 체중관리에 신경을 쓰며 좀 더 괜찮은 상태가 되었을까?

몇 사람 앞에서도 아니고 수많은 카메라가 돌아가는 앞에서 전 국민을 상대로 자신이 살아온 과정을 공개해야 한다는 것은 만만치 않은 일이다. 교수였다면 논문을 포함한 연구업적의 도덕성 등에 시비를 걸 수도 있을 것이다. 심각한 경우라면 교수 노릇을 하는 과정에서 문제 제기가 있었을 테고, 전문분야의 사람들끼리 알아낼 수 있는 문제이지만 전 국민이 아는 분야는 상황이 다르다.

대통령이 임명해야 하는 고위 공직자들의 경우에 청와대 안에서 사전

검열을 하고 국회에서 청문회라는 과정을 통과해야 하는 것으로 보인다. 이런 과정이 꽤 오래 전부터 실시되어 왔기 때문에 새로운 것도 아닌데 매번 재산 공개를 하는 과정에서 재산 형성 과정이 문제가 되는 것은 국민의 입장에서는 지루하고 재미없다.

나이도 들고 각 분야에서 웬만큼 업적도 쌓았다는 그 분들이 집을 사고팔고, 분양권을 취득하고 다운 계약서인가를 쓰고 해서 재산을 형성한 과정이라는 것이 참으로 비루해 보였다. 어떻게 그렇게 많은 정보를 얻고 차익을 실현하기 위해 열심히 뛰어다닐 수 있었는지 놀라울 뿐이다. 이 나라에서는 치부를 할 수 있는 방법이 오직 부동산 투기밖에 없는 모양이다. 재산 공개에서 문제가 되는 것은 언제나 빠지지 않는 부동산에 관한 얘기이다.

현재 70대 이상의 세대는 전쟁 후 절대 빈곤의 상태에서 살 집을 마련해야 하는 일이 급선무였다. 서울에서는 결혼을 하면 단독주택의 셋방을 얻든지 잠실이나 가락동 등지의 연탄으로 취사와 난방을 하는 서민 아파트에서 신접살림을 시작했다. 5층까지 무거운 연탄을 어떻게 올려갔을까? 아마 지게를 사용했을 것이다. 그렇게 지내다 강남이라는 곳에 30평대의 중산층 아파트로 그 다음엔 좀 더 큰 대형아파트로 옮겨 다니며 자식들 교육을 시키고 혼인시키며 한국의 중산층에 소속되었음에 자긍심을 느끼며 살아갔던 것으로 보인다.

그들이 비싼 아파트를 산 자금 속에는 70년대의 중동 건설 현장에서 벌어들인 외화도 한 몫 했을 것이다. 그 중에 상당히 많은 숫자는 해외 근무가 끝난 뒤 다니던 회사를 떠나야 했고, 잘 모르는 분야의 사업을 시작하다 빈털터리가 된 경우도 자주 있었다. 그럴 때마다 목숨보다 더 귀한 집을 팔아서 빚을 청산했다. 전쟁이나 특별한 경제적인 위기가 아니어도 개인들에게 경제적인 부침은 있었고, 그럴 때마다 마지막 보루는 집을 가지고 있는가 없는가로 판가름했던 듯하다. 물론 그 집이 어디에 위치했는가 크기가 몇 평인가도 중요했을 것이다.

은퇴를 하고 한참을 지나 이 나이가 되니 참으로 덧없다는 생각과 함께 집에 매달리는 우리네 생활이 바다 한 가운데에서 널빤지 하나에 매달리는 꼴로 보여 우습기까지 하다. 집을 사고파는 과정에서 정당한 방법으로 그 행위를 하고 세금을 납부했다면 재산 형성 과정을 문제 삼지 않았으면 한다. 한 채를 가진 경우와 두 채 이상 가진 경우에 따라 세금 액수도 엄청나게 다르다고 알고 있다. 그러한 규제에도 불구하고 세금을 포함한 모든 경비를 감수하고서라도 한사코 집을 사서 이재를 하고 싶은 사람이라면 그건 담당 부처에서 철저하게 검증하여 초과 이익을 환수하면 될 것으로 보인다. 많은 사람이 백안시하며, 사회악의 온상으로 바라보는 속에서도 그 행위를 반복하는 사람들은 그 사람의 인생관이나 철학이기 때문에 어느 것으로도 쉽게 규제를 가할 수는 없는 것으로 보인다.

앞에서 수차례 반복적으로 검증하는 과정을 보여주었기 때문에 자신이 형성한 재산 축적 결과물이 어떤 평가를 받을 것인가에 대해 대부분은 알 것임에도 불구하고 아무 일 아니라는 듯이 그 자리에 나가는 것은 이해가 가지 않는다. 부동산 수집이 취미라고 농담처럼 말하는 분도 만나 보았지만 그런 분도 그런 자리에는 나가지 않을 것이다. 막무가내로 그런 자리에 나가 몇 번 머리를 조아리고 대다수 국민의 정서에 맞지 않을 것이라고 반복하면 끝이 나는가? 그 뻔뻔함은 그 분들이 부동산을 수집했던 그 과정보다 훨씬 더 비난받아야 할 것으로 보인다.

개인적으로 그런 이재 과정에 특별히 심취해서 반평생을 살아왔던 것은 그 분들의 성향이다. 그러기 때문에 더욱 그런 분들은 국민들을 위해서 일을 해야 하는 자리에는 앉으면 안 된다. 이재를 하는 능력만큼 공직을 수행하는 능력이 아무리 뛰어나도 받아들일 수 없다. 아무리 경제적인 가치가 최고인 사회라 해도 천박한 방법으로 이재를 하는 사람들이 국가적인 일을 관리, 지휘하는 것은 참을 수 없다. 그런 분들은 자신들의 적성에 맞는 부동산 수집과 같은 일을 계속하시고 담당 부서는 그런 분들에게서 엄청난 세금을 거두어들이는 일에 총력을 기울였으면 한다.

가까운 과거에 전쟁을 체험했고 자원도 없는 나라에서 생존에 대한 불안감이 팽배해 있다는 것은 우리의 슬픈 현실이다. 미래에 대한 불확실성은 자식들에게 뭐라도 남겨주어야 한다는 강박감으로 굳어져서 부동산 매입에 온 힘을 기울이는 것으로 보인다. 아무리 그래도 내 자식만이 풍요로운 사회는 행복할 수 없다. (2018)

시장

시장이 축소되기 시작한 지가 꽤 되었다. 어렸을 때부터 엄마를 따라 다니던 동대문시장과 남대문시장은 너무 커서 명절 때나 큰일이 있을 때 찾아갔다. 신촌시장, 인왕시장, 불광시장 등도 규모가 좀 작기는 했지만 좋은 물건을 구비해서 안심하고 좋은 물건을 살 수 있다고 생각했던 곳이다. 끝도 없이 펼쳐진 상점의 행렬은 환한 조명등과 함께 갈 때마다 우리를 흥분시켰다. 어렸을 때부터 시장에 갈 때 어른들을 따라다녔던 것은 시장에서 먹을 것을 사주셨기 때문이었다. 그 자리에서 직접 만들어서 파는 모든 음식들은 맛이 있었다.

이 나이가 되어서도 생각나는 음식들은 그때 시장에서 먹었던 음식들이 많다. 먹는 것이 흔하지 않던 시절 시장에서 먹는 음식들은 대단한 별식이었다. 집에 있는 화장실보다 학교에 있는 화장실이 더 괜찮았듯이, 시장에 가면 집에 없는 많은 것들을 보고 먹을 수 있었다. 그때는 집은 좀 누추하더라도, 밖에 있는 것들은 어느 정도 기본을 갖추려고 노력했던 시기였다. 그래서 담임 선생님이 가정방문을 한다고 하면 긴장을 하게 되고 청소를 하고 안마시던 차를 준비하느라고 정신이 없었다.

마트라는 것이 갑자기 늘어나면서 시장을 점점 멀리 하게 되었고, 시장은 대형 마트나 백화점이 지닌 강점이 특별히 없는 것으로 보였다. 이제 꼭 시장에 가지 않아도 큰 불편 없이 살아갈 수 있다. 시장은 규모가 심하게 위축되어 재기할 수 있을지 심히 걱정될 정도이다. 동네 시장마다 돔 형식의 지붕을 유행처럼 해놓았지만 잘 가지지 않는다. 우리는 분명히 시장 세대인데 왜 마트에서 모든 것을 해결하려고 하는지 모르겠다. 아니, 모르지는 않는다. 많이 편하기 때문이다.

마트는 몇 번만 다니다 보면 어느 곳에 무엇이 있는지 알기 때문에 필요한 것을 대충 집어오면 된다. 획일화되었다는 것이다. 대부분의 마트는 물건을 진열하는 위치도 유사해서 시간을 낭비할 필요가 없다. 무엇보다 우리가 마트를 선택하는 제일 중요한 이유는 주차장이 있기 때문이다. 시장에 다닐 때는 한가롭게 여기저기를 기웃거리면서 살 수 있었지만, 지금은 장보기를 과제처럼 생각한다. 젊은 부부들에게 장보기는 거의 일주일 단위로 빨리 해치워야 하는 중요한 과제가 되어버렸다. 의복이니 신발이니 양말이니 세제니 하는 생필품뿐만 아니라 가족들이 일주일 동안 먹어야 하는 식품까지 모두 사서 집안에 비치해 두어야 한다. 생활 스타일이 바뀐 것이다. 생활에 필요한 모든 것을 구비해 놓고 있는 마트는 한 번에 모든 일이 해결될 수 있다.

나이 들어가며 규칙적인 직장인의 생활에서 많이 벗어났다. 쫓기듯이 살아가며, 판에 박힌 비슷한 음식을 먹으며, 튀지 않는 의상을 골라서 적당히 입으며, 기성품의 생활을 해왔던 것은 어느 새 우리 가족과 나의 정형처럼 되어버렸다. 어디에나 있는 비슷한 특징 없는 사람들 속에 우리 가족이 있다. 주변에서 같이 나이 들어가는 동년배의 아주머니, 할머니의 모습들도 비슷비슷하다.

별로 긴장하지 않고 살아가는 우리 세대는 물론 평균의 모습이 못되는 경우가 허다하지만 지루하다는 생각은 든다. 유사한 모든 사람의 형태에서 떨어지면 큰일 날 것처럼 유사한 모습으로 살아왔던 것은 아닌지 생각하게 된다. 백화점 세일이나 마트에서 제공하는 기성품들로 입고 먹으며 생활해왔는데, 이제 홈쇼핑이라는 것까지 가세하여 특징 없는 유사한 형태의 생활을 하게 만든다.

오늘도 택배로 배달된 물건을 포장한 엄청난 양의 포장지를 재활용 쓰레기로 내놓기 위해 정성들여 분류하고 접는다. 시장 보기, 물건 사기의 양식이 달라지면서 쓰레기 처리가 집안 살림에서 중요한 비중을 차지한다. 이제 쓰레기 처리를 얼마나 잘하느냐가 살림을 잘하는 측정 기준으로 보이기까지 한다. 많은 가정에서 음식물 쓰레기의 수분을 거의 완전하게 압축한 뒤 배출하는 통을 사용한다. 백화점이나 마트에서는 대부분의 식품을 완전히 다듬어서 끓일 때 사용하는 양념까지 동봉하여 판매한다.

이러한 식품의 판매방식은 인스턴트식품과 함께 우리 입맛을 획일화하는데 한몫을 한다. 획일화된 음식의 맛과 일치하거나 유사하지 않으면 제대로 된 음식이 아닌 듯해서 조미료 등을 넣어 음식의 맛을 변질시키려 노력한다. 대중식당에서 자주 먹는 음식의 균질화 된 맛은 우리 생활을 그렇게 특징 없는 것으로 만드는 듯해서 재미없다. 마트나 백화점이 우리의 개성 없는 생활에 일조를 하는 것으로 보인다.

봄이다. 온갖 땅에서 나는 것들은 대부분 먹을 수 있다는 봄이지만 나물과 풀을 구별할 수 없어서 동네 시장에 가보았다. 작은 함지에 할머니들이 뜯은 쑥이며 나물들이 쌓여 있다. 허겁지겁 이것저것을 사서 담으며 무리하고 있다는 생각을 해보지만 브레이크가 걸리지 않는다. 쉽게 다시 시장에 올 것 같지 않아 욕심을 부린다. 얼마 전 대형 마트에서 봄나물들이 비슷한 값에도 불구하고 아주 조금씩 인색하게 담겨 있었던 것을 생각하며 흥분하는 것이다.

시장 입구에는 작은 화분에 담긴 꽃들도 싱싱하다. 마당에다 옮겨 심으면 한동안 잘 볼 수 있을 듯하다. 생선가게에서는 생선들이 유혹한다. 오랜 세월 살면서 습득한 안목으로 보았을 때 새벽에 도매시장에서 떼어 온 것임을 알 수 있다. 생선도 산다. 경험 많아 보이는 아저씨가 능숙하게 생선을 다듬어 처리해 준다. 반찬가게에는 다양한 반찬들이 윤기를 내며 놓여 있다. 다른 반찬은 눈길도 주지 않지만 빨갛게 조리해 놓은 닭발 쟁반을 힐끔거린다. 옛날 젊었을 때부터 포장마차에서도 보기만 했던 저것은 무슨 맛일까? 사람들의 떠들썩한 소리에 도전해 보고 싶은 용기가 생긴다. 그 옛날 엄마가 사주던 시장 음식을 먹을 때의 입맛이 그립다. (2019)

시계

잠자리에서 눈을 뜨면 탁자 위에 놓인 디지털시계의 빨간 숫자가 어둠 속에서 빛을 발한다. 우리는 잠을 자지만 그 숫자는 쉬지 않고 움직인다. 참으로 다행인 것은 어둠 속에서 분명하게 살아 있는 그 빨간 숫자를 켜놓고도 잠을 잘 잘 수 있는 둔함이 고맙기까지 하다. 어설프게 대단한 문학적 또는 예술적 재능도 없으면서 예민하여 잠을 잘 잘 수 없다면 부끄러울 것이다. 공연한 자격지심일까?

젊었을 때나 지금이나 예민하다는 말은 좀 부끄럽다. 자기 전에 물을 많이 마셔서 화장실에 갈 필요가 있거나, 텔레비전을 늦은 시간까지 시청하여 잠이 늦게 들은 날도 어김없이 같은 시간에 일어나는 것은 놀랍다. 내 생활을 시계에 맞추는 것이 아니라 시계가 내 몸의 리듬에 맞추는 것으로 보인다. 이 정도의 세월을 살다 보면 누천년을 두고 분할해 온 과학이 오히려 한 인간의 생리적인 리듬과 일치하는가 하는 턱없는 생각을 하게 된다.

1908년에 발표한 이해조의 '철세계' 같은 작품에서 시계가 등장한다.

개화의 상징물 중의 하나가 시계였으니 당연할 일일 것이다. 1917년에 발표된 이광수의 '무정'에서도 인물들의 무료함을 시계를 보며 확인하는 장면이 있다. 동일한 시기에 신문이나 잡지에는 시계에 대한 광고가 자주 등장한다. 시계는 안경, 반지 등과 함께 신사적 외모를 출중하게 하는 장신구로서의 역할을 강조한다. 시계가 시간을 알려주는 효용적인 측면보다는 장신구로서의 기능을 강조하였음이 재미있다. 팔목에 차는 시계이기보다는 남성 양복상의 안쪽에 입었던 조끼에 시곗줄을 늘어뜨리는 장식용 회중시계였을 것이다. 양복을 입을 때 필수품처럼 조끼를 입고 회중시계를 늘어뜨렸던 것으로 보인다. 여성용 시계 광고는 별로 눈에 뜨이지 않는 것으로 보아 여성들은 한참 후에 시계를 착용한 듯하다. 회중시계는 여성들에게 어울리지 않았을 테니 손목시계가 나온 후에 착용하기 시작했을 것이다.

내가 처음 시계를 차본 것은 1967년인가 고등학생 때였다. 내 시계도 아니었고, 생업으로 엄마가 바빠서 집안일을 많이 해야 하는 언니에게 오빠가 고생한다며 사준 선물이었다. 노란 가죽 시곗줄이 아주 예쁜 세이코 시계였다. 얼마나 시계가 예뻤든지 학교에 꼭 한번 차고 가고 싶었다. 까만 가죽 줄의 시계를 친구들도 곧잘 차고 다니던 시절이었다. 교실 같은 곳에 큰 시계가 걸려 있지는 않았다. 교무실이나 교장실 같은 곳에 하나쯤 걸려 있었을까?

그래도 시계가 필요하다는 생각은 못했던 시절이다. 수업을 시작하거나 끝날 때 때 맞춰서 종을 쳐주면 거기에 맞춰서 생활하는 것을 당연한 것으로 알고 지내던 시절이었다. 우리 집 살림에서 학생에게 손목시계는 당치 않은 물건이었다. 수업이 끝나는 시간은 수업이 지루해지기 시작할 때, 엉덩이나 허리에 견디기 어려운 사인이 올 때 등, 예상할 수 있는 여러 가지 징후로 끝나는 시간을 알아낼 수 있었고 거의 틀림이 없었다. 무엇보다 우리 집에서 손목시계는 필수품이 아니라 사치품이었다.

등록금 액수의 마지막 단위까지 동전을 세어서 주셨던 아버지에게 고등학생 딸에게 손목시계를 사주신다는 것은 얼토당토않은 일이었다. 그래서 더 노란 가죽 시곗줄의 일제 손목시계를 차보고 싶었을 것이다. 하루만 차보겠다고 언니에게 사정을 해서 시계를 차고 의기양양하게 학교로 갔다. 새로 다림질한 하얀 교복을 입고 한 손에는 가방을 다른 한 손에는 준비물 주머니를 들고 만원 버스에 탔으나 학교 앞 정거장에 내릴 때는 팔목에 시계가 없었다. 몸과 양 쪽 팔은 이 끝과 저 끝으로 밀려 중심을 잡기도 힘들었었다. 놀라웠던 것은 어느 누가 내 손목에서 그 시계를 빼가는 동안 조금도 이상한 기미를 느끼지 못했다는 것이다. 그 절망적인 순간에도 그렇게 감쪽같이 남의 몸에 있는 물건을 가져갈 수 있는 그 기술에 놀라고 있었다. 조금도 눈치 채지 못하는 사이에 이루어진 일에 감탄할 정도였다.

그 후로도 만원버스 안에서 지갑이나 물건을 소매치기 당하는 사람들이 심심치 않게 있었다. 어떤 경우에는 버스를 파출소까지 가서 모든 승객들의 몸을 수색해야 한다는 경우도 있었으나 그런 적은 없었다. 소매치기는 벌써 내렸을 것이라고도 했고 바쁜 승객들의 원성이 그걸 허용하지 않았다.

이제 나는 시계를 차지 않는다. 아니 오래 전부터 시계가 필요 없게 되었다. 몇 년 전까지 강의를 할 때도 교실이며 건물 여기저기에 벽시계가 걸려 있어서 아무 문제가 없었다. 정년이 되어 가르치는 일이 끝난 후에는 핸드폰에 있는 시계로 대신한다. 잠시 외출을 할 때도 교통카드와 핸드폰을 챙기지만 시계를 따로 준비할 필요는 없다. 현대인이 신봉하는 핸드폰은 그 작은 기계에 모든 것을 장착하고 있으니 시간 정도를 알기 위해서 따로 시계를 신경 쓸 필요는 없다.

내 평생에 시계라고는 결혼 예물로 받은 시계였다. 대단히 고급 시계도 아니고 학생들이 차는 정도는 아닌 '라도'라는 스위스제 시계였다. 30년쯤 사용한 뒤 고장이 나서 여행지에서 새로운 시계를 샀으나 몇 년인가 사용한 뒤 핸드폰이 생겨 장롱 서랍 속에 넣어 두었다. 물론 핸드폰의 사용을 예감했더라면 결코 사지 않았을 것이다.

핸드폰을 종교적 경전만큼 위하는 시대에 살고 있는 우리에게 시간은 화면 한 귀퉁이에 찍힌 숫자로 자동으로 인지되고 있다. 티브이를 켜도 화면 한 구석에서 시간은 흘러간다. 우리 집 방 한구석에서도 시와 분을 알려 주는 숫자 사이에서 작은 점 두 개를 깜박이며 시간이 흘러가고 있음을 주지시킨다. 시계가 없어도 우리는 시간에서 도망갈 길이 없다. (2017)

신문

1900년 대한매일신보의 광고에, '오래지 아니하여 대한 사람마다 다 이 신문을 보실 터이니 광고 내시기를 원하시는 이들은 우리 신문사에 오시기를 희망한다.'는 기사가 보인다. 신문이라는 단어는 일본에서는 1860년대 이후 News Paper의 번역어로 '新聞'이 사용되던 것이 20년 쯤 후에 우리말에 들어오게 되었다. 개화를 의미하는 것 중에 제일 첫 번째로 꼽히는 것이 신문일 것이다. 학교와 더불어 신문은 신문물의 상징물이다

20세기는 신문이 사회 전반에서 성가를 발휘하고 개화의 과정에서 계몽하는 역할을 충분히 했다고 볼 수 있다. 우리보다 조금 일찍 개화를 한 다른 나라들의 선례를 보았을 때 사회 변화를 주지시키는 거의 유일한 매체가 신문이었으니 신문에 대한 의존도가 높을 수밖에 없었을 것이다. 식민지 시대에는 친일과 반일로, 이후 현재까지는 진보와 보수 등으로 신문의 색깔을 드러내고는 있지만, 이 나라의 신문은 상당히 오랜 시간 신문의 가장 중요한 역할인 계몽과 정보 전달을 충실히 해왔다.

처음 발간할 때부터 신문은 사회 전반적인 문제에 대하여 지면을 할애하여, 독자들에게 새로운 정보를 전달하고 현황을 소개하는 역할을 해왔다. 특별히 문화적인 분야에서 공연 등에 대한 소개 또는 작품에 대한 해설을 해왔다. 일반인들에게 모든 분야에서 해외 정보 등을 전달할 수 있는 매체가 절대적으로 부족할 때 신문은 큰 역할을 할 수 있었다. 일본을 통한 간접적인 전달이었지만 그 시대가 처한 특수한 상황에서 어쩔 수 없는 방법이었으며 유일한 통로였다.

다양한 문화 중에 문학이 독자들에게 신문을 통해 소개되고 전달된 양은 다른 어떤 분야보다 절대적이었다. 신문과 문학이 같은 활자 매체를 통해 독자와 접할 수 있다는 공통점이 있었기 때문이다. 작품과 작가에 대한 소개뿐만이 아니라 작품이 직접 신문 지면을 통해 전달되는 경우도 허다했다. 한국 근현대소설의 발전과 신문의 황금 시기는 맞물렸다고 볼 수 있다. 신문 기자가 작가를 겸업하는 경우가 많았던 것도 이 시기의 특징이었다. 글을 쓰는 것만으로는 가난을 모면할 수 없었던 시기에 글을 쓰면서 월급을 받을 수 있었던 일이 신문이나 잡지사의 기자였으니 그 선택은 당연했을 것이다.

70년대에 오랫동안 텔레비전에서 방영했던 '월튼네 사람들'이라는 홈드라마에서 젊은 남자 주인공이 작은 도시를 위한 신문을 만들어 가는 과정이 있다. 인쇄기 등을 마련하여 힘들게 신문을 찍어내며 신문이 나왔을 때 환호하던 장면이 기억에 남는다. 경제 공황 속에서 대가족이 살아가야 하는 이십세기 초의 미국에서도 신문의 역할은 중요했다. 많은 대중을 계몽시키고 변화시키는 유일한 방편이 신문이었으니, 신문에 의존하는 것은 당연하다. 라디오가 나온 뒤 그 역할이 조금 나누어졌다고 해도, 신문과 라디오는 매체의 성격이 다르기 때문에 극히 제한적이었다.

집집마다 신문을 중심으로 한 얘기들은 모두 몇 가지씩 가지고 있을 것이다. 내가 태어나기 훨씬 전부터 신문을 보셨던 아버지의 신문 구독 시작은 신문 창간에 근접할 것이다. 신문에서 사용하는 기본 한자와 한글을 읽고 깨우칠 수 있다면 대부분의 집안에서 신문을 구독했던 것으로 안다.

우리가 신문을 읽을 때는 일천 자 정도의 한자를 깨우쳤다면 신문을 읽을 수 있다고 했다. 신문에서는 오랫동안 한자에 음을 달아주거나 하지 않았으며, 국한문 혼용체의 세로쓰기를 고수했다. 고등학교에 다닐 때부터 눈이 어두워지신 할아버지에게 신문을 읽어드렸지만 한자가 어렵다는 생각은 하지 않았다. 당시 중고등학교에서 한문 교육은 신문 읽기를 기준으로 하지 않았을까 싶다. 조간과 석간으로 하루에 두 번씩 배달되는 시기도 꽤 길었다. 뉴스의 신속성을 생각하면 필요한 일이었지만 한계가 있었다. 그 사이에 호외를 발간하는 일도 빈번했으나 뉴스 전달의 동시성이라는 측면에서 라디오나 텔레비전과 비교할 수는 없었다.

중고등학교 시험이 끝난 뒤에는 합격자 발표를 새벽에 배달되는 신문을 통해서 확인해야 했다. 합격자 발표를 하는 날 새벽부터 일어나서 신문이 배달되기를 기다렸던 기억이 난다. 그 전날 늦게라도 신문사에 합격자가 통보되었을 텐데 그것이 인쇄되어 각 가정에 배달될 때까지 애태우며 기다렸던 시간을 생각하면 순진했다. 벌써 60년 전 일이다. 대학 합격자는 학교 교정에서 벽보를 보고 알았던가? 기억도 별로 없다.

중고등학교 합격이 중요했던 것은 어린 나이이기도 했고 일차에서 원하는 학교에 가지 못하면 일 년을 기다리거나 이차에서 원하지 않는 학교에 가야 했기 때문이다. 신문 합격자 명단에서 동생 이름을 먼저 발견한 언니가 합격했다고 소리쳤고, 그 사이 신문이 이 손 저 손으로 옮겨지면서 다시 이름을 찾느라고 애태웠던 기억이 난다.

나는 작년부터 신문을 구독하지 않는다. 점점 나빠지는 시력으로 많은 쪽수의 신문을 읽어낼 수가 없기 때문이다. 신문의 반 정도를 읽다 보면 눈이 아파서 지속하기가 어렵다. 인터넷으로 여러 개의 신문을 대강 훑어보는 것으로 충분하다고 생각한다. 저녁이 되면 별일이 없는 한 텔레비전 앞에 앉아 뉴스를 보게 된다. 청력도 많이 떨어져서 볼륨을 높이기를 예사로 한다. 그러면서도 하루에 이렇게 많은 시간을 인터넷이나 텔레비전 화면을 들여다보아도 되는 것인지 걱정스럽다. 아버지는 신문을 다 읽으신 후 정성스럽게 펼친 후 차곡차곡 쌓아서 천정까지 닿도록 모으셨던 기억이 난다. 시력도 문제지만 며칠 사이에 쌓이는 폐지가 내가 신문을 끊는 이유이기도 하다. 감당할 수 없을 만큼 쌓이는 신문지에서 도망치고 싶어 하는 나는 더 이상 종이세대는 아니다. (2018)

월급

7년 전 정년퇴직을 한 후로 이제는 더 이상 월급을 받지 않는다. 이 대학 저 대학에서 강사 생활을 오래했고 정식으로 월급을 받은 것은 40살이 넘어서였다. 석사 학위를 받으면서 시작된 대학의 강의는 일주일에 6시간에서 9시간 정도를 했다. 물론 교양과목을 가르쳤다. 대학을 졸업하고 월급을 받는 대학에 취직하기 전 18년 동안 일 년에 40주를 쉼 없이 외국인에게 한국어를 가르치는 일을 했다. 10주 단위로 짜여진 한 학기는 봄, 여름, 가을, 겨울로 나누어졌다. 외국에서 오는 학생들을 대상으로 해야 했기 때문에 외국의 학기를 중심으로 진행되었던 것으로 기억한다.

내가 대학으로 떠난 뒤 나와 같은 신분으로 오랫동안 그 곳에서 가르쳤던 강사들에게 학교 당국에서 강의를 주지 않았다. 경력이 오래된 강사들이 정규직으로의 권리 주장을 할 것으로 판단되어 미리 제거하려는 것이었다. 10년 이상을 학기가 시작할 때마다 강의 배당을 받고 보수를 받았던 강사들을 정규직으로 보아야 하는가 비정규직으로 보아야 하는가는 애매했다. 그 문제는 법정으로 갔고, 강사들의 투쟁과 젊은 변호사의 노력으로 정규직으로 보아야 한다는 판결이 났지만 복직은 하지 못했다. 강사들은 대부분 자신들의 모교를 상대로 투쟁을 해야 하는 사실에 씁쓸해 했다.

요즘은 월급이라는 말을 별로 쓰지 않고 연봉이라는 말을 사용하는 것으로 보인다. 자신이 근무하는 직장을 위해 대단한 금전적 이익을 가져올 수 있는 능력을 지닌 인물들에게나 연봉이나 연봉 협상이라는 말이 가능하지, 시세가 없는 인문학 교수에게는 가당치 않은 것으로 생각한다.

요즘 같은 시대에 연봉이든 월급이든 일한 대가로 일정액을 받을 수 있고, 특별한 일이 발생하지 않는 한 계속해서 직장을 다닐 수 있다는 보장만 받는다면 인생의 계획을 세우며 살아갈 수 있을 것이다. 현재 상황은 어느 것 하나 확실한 것이 없기 때문에 계획을 세우기 어렵다는 것이 문제이다. 십년 후, 이십 년 후의 우리 사회가 어떻게 변화할지 가늠하기 어려운 상황에서 젊은이들이 무엇을 계획할 수 있을지 걱정스럽다.

우리 부모님의 세대까지 거슬러 올라가지 않아도 우리 세대에서는 무조건 결혼하고, 무조건 아이는 둘을 낳고, 무조건 절약하고 사는 것이라고 생각했다. 여기에 하나 더 무조건 대학에 가는 것이었지만, 학과를 그렇게 심각하게 생각하지는 않았다. 학과에 따라 인생이 결정된다고 생각지 않았으며, 문과나 이과 정도만 구별하면 대학에 가서 적당히 자기 갈 길을 찾을 수 있다고 판단했다. 꼭 어떤 특정 학과에 가야 된다는 정보도 그렇게 많지 않았고, 대학에 들어가는 것만이 의미가 있을 뿐이었다. 90학번 대의 우리 자식들이 대학에 갈 때는 좀 더 세분화되고 구체화되었지만, 요즈음 아이들의 대학 입시에 비하면 요순 시절이었다.

현재 이 나라는 모든 가정이 아이들을 좋은 대학에 보내기 위해 존재하는 것으로 보인다. 대학 입학이 남북통일보다 훨씬 더 중요하다고 생각하는 듯하다. 전 국가가 그 문제로 정신이 없는데 어떻게 젊은이들이 결혼을 하고 출산을 할 수 있을까? 정부에서 아이 교육을 위해 한 달에 몇 십 만 원을 보조해 준다고 해서 아이를 낳을 수 있는 것은 아니다. 대학 입학시험 제도 좀 바꾸고 아이들은 실컷 놀아도 학교에서 소외되지 않고 학교생활에 재미 붙이고 지낼 수 있으면 좋을 텐데… 무슨 헛소리를 하냐고?

요즘은 열심히 공부해서 대학을 가고, 취직을 해서 월급을 받고 독립을 하는 것이 목표라지만, 우리 세대에서는 부모에게 효도하는 일까지 포함되었다. 첫 월급을 받은 후에는 어머니에게 빨간 내복을 사드려야 한다는 얘기들도 있었다. 애교 있는 주문이었다. 이제는 내복도 안 입고, 월급봉투도 없다. 우리 때도 내역을 쓴 봉투를 받았을 뿐 돈은 계좌이체로 처리되었다. 내 경우는 대학을 졸업한 후 보수를 받아서 꼬박꼬박 모아 결혼 자금으로 활용한 것이 부모에게 효도한 것이라고 할 수 있을 것이다.

자식들이 월급을 받았다고 월급봉투 한번 보여준 적이 없다는 우리 어머니 세대의 푸념도 이제는 옛말이다. 우리가 결혼을 한 후에 시어머님은 우리 부부가 적어도 아드님이신 내 남편은 당신에게 월급을 맡기시리라고 믿으셨단다. 올라가는 전셋집 보증금 모으기에 바쁘기도 했지만, 그럴 생각은 한 번도 해본 적이 없었다. 곧 우리에게는 책임져야 할 자식도 생겼고, 부모님도 돌보아야 했다. 나도 그랬으니 내 자식들이 자기들의 월급에 대해 일언반구 말 한 마디 없는 것에 대해 뭐라고 할 수는 없다.

어머님은 당신이 살림을 하고 싶으셨던 것이다. 며느리가 들어왔다고 해서 뒷방 노인이 되는 것은 생각을 못하셨던 것이다. 그런 마음 자세로 만난 고부간의 신경전은 한동안 지속되었다. 언젠가는 쓰레기통에 아무 생각 없이 버린 강사료 내역이 찍힌 봉투를 보시고, '아니 이 돈을 받으려고 그렇게 날마다 나간단 말이냐?'는 말씀을 하셨다. 양반의 도덕적 규범을 강조하시던 어머님이 하시기에는 좀 점잖지 못한 말씀이었다. 며느리라고는 해도 타인의 봉급 명세서를 보시고 하찮게 말씀하실 일은 아니었다. 나로서는 시어머니가 내 노동의 대가에 자존심이 상할 만한 언급을 하셨다는 것이 한동안 응어리로 남았다.

부모에 대한 예의, 도덕을 강조하고, 시부모가 아무리 예로 맺은 부모라 해도 지극 정성을 다해야 한다고 교육을 받았어도 고부간의 관계는 이미 자본주의의 흐름 속에 있었다. 여러 유형의 보수를 받아 보았지만 1980년대 초 지방 국립대학 강의를 나갔을 때 천 원짜리 지폐를 봉투가 터질 듯이 넣어서 받았던 일이 잊히지 않는다. 내 강의가 천 원짜리로 지폐로 표현되는 듯했다. (2019)

전차 · 전화

초등학교 4학년 때 저 남쪽 작은 도시에서 완행 기차를 공짜로 얻어 타고 올라온 나는 서울역에서 오빠를 만나 전차를 타고 돈암동으로 왔다. 그 후로 고등학교를 다니는 3년 동안 전차를 탔다. 이백 원인가 하는 패스를 사면 한 달을 계속 탈 수 있었지만 학교를 가는 용도 외에는 별로 쓴 기억이 없다. 부모님들이 생계를 위해 계속 일을 하셔야 했기 때문에 학교 이외의 공간에 가 본 기억이 거의 없었고, 고등학생이 여기저기 돌아다니는 시절이 아니었다. 전차는 공중에 매달린 전선에서 전기를 받아 전차 안에 있는 전동기가 작동하여 움직인다고 했다. 나는 땅에 박아놓은 레일을 따라 움직이는 차체가 신기했다. 궤도를 이탈하지 않고 레일을 따라 오고가는 것이 신기해서 차 밑을 뚫어져라 드려다 보기도 했다.

1920년대에 나도향이 멋있는 망토를 걸치고 스틱을 두 손으로 짚은 채 전차에 앉아 있는 캐리커쳐를 본 뒤 오랫동안 그 모습을 생각했다. 전차는 출퇴근이나 통학용으로 사용되었던 일상적인 교통수단이었다.

시내 중심가의 전차 레일이 깔려 있었던 곳만 다닐 수 있었던 극히 제한적인 교통수단이었지만 시내에 있는 학교에 다니는 학생 신분이었던 우리에게는 아주 중요했다. 전차는 시속 2,30 킬로 정도로 느껴질 만큼 참으로 느렸지만 그러려니 하고 잘 이용했다.

집이 돈암동에서 멀어지면서 버스를 타고 다니기 시작했던 듯하다. 1899년 경인선을 시작으로 철도가 시작되었지만 우리에게 기차는 전차와 달리 아주 특별하고 먼 곳을 가기 위한 것으로 생각했다. 기차는 비행기나 배처럼 현실적인 공간으로 이동하는 교통수단이 아니었다. 머나먼 곳으로 이동하기 위한 책에서나 나오는 탈것이었다. 어른들이 얼굴을 양손으로 잡고 높이 올려 보여주면서 서울이 보이냐고 물어볼 때에도 서울은 현실적인 공간이 아니었다.

고등학교 때 외교관인 아버지를 따라 필리핀에서 살다 왔다는 전학생도 나에게는 현실감이 없었다. 하기는 뭐 초등학교 때 한동일이라는 피아니스트가 어린 나이에 실력을 인정받아 미국에 유학을 간다는 뉴스가 라디오에서 계속 나왔을 때도 그의 피아노 실력은 모르겠고 그가 타는 비행기에만 관심이 있었다. 서른 살이 한참 넘어서야 비행기를 처음 타보았으니 그럴 만도 했다.

1989년인지 미국에서 여름학기 강의를 하러 10주를 머물러야했을 때 집에 전화를 해야 했지만 너무 어려워서 난감했던 기억이 난다. 이 메일도 핸드폰도 물론 없었다. 학교 건물에 비치된 전화박스 안에서 끝없이 25센트짜리 주화를 집어넣으며 전화를 했던 기억이 난다. 편지는 삼백 몇 십 원짜리 항공봉투에 빼곡하게 작은 글씨로 전할 말을 채워서 보냈던 시절이었다. 전화도 편지도 만만치 않았던 시절이었다.

그리고 몇 년 후에 일본에 갔을 때는 대학 안에 있는 사택을 빌려서 생활해야 했는데 사택 안에는 커다란 분홍색 공중전화박스가 하나씩 있었다. 당시 일본은 우리보다 훨씬 후진적인 방식으로 전화 체계가 운영되고 있었다. 그 후로도 일본 영화들에서 집집마다 그 커다란 분홍색 전화기들이 있는 것을 보고 재미있었다. 우리보다 몇 년 앞서서 전화 체제를 바꾸었기 때문에 조금 후에 바꾼 우리나라의 선진적인 방식보다는 뒤처졌다고 했다.

우리는 국가 전체가 일괄적으로 체계를 변모시키는 일은 아주 쉽게 해냈던 기억이 많았다. 어느 날부터인가 전압이 110볼트에서 220볼트로 변화되어 과거에 사용하던 전열기를 사용하기 위해 트랜스라는 것을 사용한 시간이 길었다. 그러다가는 많은 전열기를 폐기 처분했던 기억이 있다.

영화에서 인물들이 사용하거나 생활공간에 비치된 전화는 어느 시대를 배경으로 하는 영화인가를 알 수 있는 중요 단서이기도 하다. 요즈음은 집 전화를 사용하지 않지만 집안에서 사용하는 전화기의 스타일이나 색깔 등도 시대와 그 집안의 생활 관습 등을 알아볼 수 있는 기준이 된다. 핸드폰의 경우에는 더 분명해진다. 폴더 폰인지 스마트폰인지 등에 따라 그 시대를 알 수 있다.

전차시대에 맞는 전화는 묵직한 검은색 전화일 것이다. 물론 그 앞에 벽에 걸린 전화에 손잡이를 돌려서 교환원을 통하는 전화가 있겠지만, 오랫동안 가정에서 사용했던 일반 전화는 묵직한 검은색 전화였고, 그 후에는 다양한 색깔과 디자인으로 만들어진 전화기가 사용되었다.

전화기를 귀하게 생각하여 수를 놓은 덮개를 만들어서 씌우기까지 하였다. 먼지가 앉을까봐 그랬을 것이다. 텔레비전도 묵직한 나무로 장식장을 만들어 집어넣었다. 텔레비전이 켜 있는 동안 열이 방출되는 것을 차단시키는 것이 결코 기기에 좋지 않을 것임에도 그렇게들 했다.

외국에 가보면 관광용으로만이 아니라 교통수단으로서도 전차가 역할을 하는 것을 많이 본다. 우리는 한꺼번에 전차를 없애버리고 선로도 다 거두어버린 도심 한가운데를 인구수만큼 많은 개인 자동차들이 하루종일 다닌다. 일사불란하게 바꿔버리는 모든 시스템 덕분에 여기까지 잘 살아왔음을 부정하지 않는다. 걸어 다니던 시절에서 전차를 타고, 버스를 타고, 개인용 자동차를 직접 운전하며 여기까지 왔지만 이제 더 이상의 변화를 받아들일 수는 없을 것이다.

경사진 좁은 골목길을 가슴 조리며 올라가고 내려가는 운전을 언제까지 할 수 있을까? 변화를 더 이상 받아들일 수 없는 연로한 세대의 인구가 점점 늘어난다는데 우리가 같이 살아갈 수 있는 방법은 없을까? 남은 시간을 방안퉁수로 집 안에서만 지낼 수는 없지 않을지? 조금은 품위 있게 인생을 정리하며 자연을 완상하다 이 세상을 떠나고 싶은 세대의 소망이 이루어지길 바래본다. (2019)

하숙

하숙생은 근대문학 초창기부터 소설에 등장한다. 주요섭의 '사랑손님과 어머니'의 사랑손님도 하숙생이다. 그 시대에 활동했던 작가들이나 시인들도 일본의 대도시나 서울 등에서 하숙 생활을 하며 지내는 경우가 많았다. 20세기 초의 도시 주거 양식이라는 것이 2,30평 남짓한 작은 집이라 7,8명이나 되는 한 가족이 살아내기에도 힘들었겠지만 그 때는 그렇게 했다. 한 방에서 서너 명의 형제들이나 자매들이 같이 생활하는 것은 당연하게 여겼다. 그 속에 지방에 있는 사촌들이 올라와 끼어서 같이 생활하는 것도 종종 있었으며 이 또한 그러려니 하고 받아들였다.

시골에서 올라와 서울에서 생활해야 하는 사람들은 쉽게 집을 살 수 없는 형편이었기 때문에 방을 한두 칸씩 빌려서 생활했다. 학생들이 단신으로 가족과 떨어져 지내야 하는 경우에는 음식까지 해결되는 하숙을 선호했을 것이다. 하숙이라는 것이 부모나 가족을 떨어져 나와 살기 때문에 자유스러운 면이 있어서인지 연애 사건이 자주 발생했던 것으로 보인다. 지방 도시의 큰 집에서 하숙을 하던 남녀 학생들이 서로 모여 유쾌하게 시간을 보내는 것을 목격한 어른들이 부모가 그러듯이 야단을 치는 것을 자주 목격했다. 하숙생을 가족처럼 대했던 것으로 기억한다.

주거 양식도 바뀌고 빠른 속도로 핵가족화 되면서 부부와 미성년의 자식들을 중심으로 살아가는 가정이 점점 늘어나더니 이제는 어떤 외부인도 그 안에 들어갈 수가 없는 구조가 되었다. 가정의 형태가 바뀌면서 여유 있는 방을 하숙을 치면서 살아가던 집은 살길이 막연해졌고, 하숙생들은 오피스텔과 원룸, 고시원이라는 독립된 공간으로 옮겨가기 시작했다. 불과 몇 년 사이에 달라진 생활양식은 오랫동안 지속되었던 하숙이라는 형태의 주거 양식을 완전히 사라지게 했다.

모두 독립적으로 살고 싶어 하니 책상 하나 놓고 몸 하나 눕힐 곳이 있으면 그 곳에서 지내는 것이려니 하고 살아간다. 그래도 좀 섬뜩해지는 것은 그들이 거처하는 방의 크기가 너무 작아서 이 세상을 떠날 때 들어가는 그것과 유사하기 때문일 것이다. 그렇게 작은 곳에서 지내다 보면 불현듯 내가 어디에 있는가 하는 생각에 빠지게 될 듯하다. 지금까지 오랫동안 우리가 대단히 큰 공간에서 살아본 기억은 없지만, 그것은 남자들도 5척 단신이었던 옛날이야기이지 한 세대 전보다 한 자는 더 큰 요즘 젊은이들에게 그런 곳에서 지내라는 것은 고문일 것이다.

도심에 있는 아파트들이 삼십 몇 층으로까지 올라간 경우가 허다한데 빈 방이 없어서 젊은이들이 좁은 공간으로 내몰리는 것은 아닐 것이다. 너 나 할 것 없이 자신의 집에 외부인이 들어와서 같이 지내는 것은 허용되지 않기 때문으로 보인다. 부모와 형제 정도가 아니라면 모두 외부인으로 생각되는 상황이라 빈 공간이 있어도 가족이 아닌 다른 사람과 같이 살아간다는 것은 불가능한 것으로 보인다. 공간이 없는 것이 아니라 사람들의 의식이 그렇게 고착화되었기 때문에 변화를 하기는 어려워 보인다. 아무리 작은 공간이라도 혼자 지내겠다는 것은 사적인 공간에서 사람과 사람이 부딪치는 것은 결코 용납이 안 되기 때문이다. 개인 중심의 독립적인 사고가 현대인들의 특징인 것은 부정할 수 없지만 이렇게 극단화되면 어떤 상황까지 가게 될지 걱정스럽다.

부부가 다른 방을 사용한다는 경우도 가끔 있다. 부부 사이가 특별히 나빠서가 아니라 생활 사이클이 다르다거나 해서 상대방을 방해하고 싶지 않다는 이유 등으로 그렇다고 했다. 드라마 등에서 보면 부부가 침대도 일인용으로 따로 사용하는 경우도 자주 보인다. 우리가 어렸을 때는 한 이불을 덮고 네 자매가 자야했다. 그렇게 큰 방도 아니었고, 큰 이불도 아니었다. 첫째와 둘째가 양쪽 가장자리에서 잤고, 셋째와 넷째는 가운데에서 잤다. 어린 동생들이 이불을 차버리거나 할까봐 양쪽에서 언니들이 꼭 눌러주었다. 한 방에서 네 명이 살기도 했는데, 요즘은 한 집에서 한 명 두 명이 더 사는 것도 받아들이기 어려워한다.

좁은 공간에서 독립적으로 생활을 하다 보니 생기는 문제점은 여러 가지이겠지만, 우선적으로는 의, 식, 주의 모든 문제를 그 좁은 공간에서 해결해야 한다는 불편함이다. 기숙사처럼 여러 사람이 한 건물에 같이 사는 경우에는 공동으로 사용하는 세탁기를 이용한다. 그럼에도 원룸이나 오피스텔 같은 경우에는 세탁기와 냉장고는 개별적으로 구비해 놓는 경우가 대부분이다. 지하에 공동으로 사용하는 세탁기를 설치하면 좋을 텐데 그렇게 하지 않는다. 많은 사람들이 다른 사람들과 세탁기를 같이 사용하는 것을 받아들이기 어려운 모양이다. 외국에서 여행객들이 이용했던 저렴한 호텔에서는 세탁기는 물론 냉장고도 같이 사용하는 것을 자주 보았는데 우리는 받아들이기 어려운 듯하다.

간단한 음식을 만들기 위해서도 상당히 많은 공간이 필요하다. 좁은 공간에서 이 모든 문제를 해결하는 것에 한계를 느낀 젊은이들이 새로운 주거 양식을 만들어내는 것을 가끔 언론에서 접하게 된다. 새로운 형태의 공동체 생활로 보이는데, 각자의 개별 공간에서 생활은 하지만 거실이나 취사장, 세탁장과 같은 공동의 공간에서 생활을 할 수 있도록 하는 것이다. 날짜를 정하여 공동의 문제를 의논도 하고 담소도 나누고 취미생활도 할 수 있는 것으로 보인다. 가족은 아니지만 가족과 유사한 형태의 생활을 할 수 있다. 책임을 져야 하는 가족이 아니기 때문에 과중한 부담은 없을 것이지만 적당한 배려와 관심 등으로 가족 관계에서 오는 따뜻함을 충족시킬 수 있지 않을지 기대해 본다. 물론 사람 사이에 생기는 크고 작은 불협화음을 감수할 인내는 필요하겠지만. (2018)

우리 시대의 신문

136년의 역사를 가진《워싱턴 포스트》지가 인터넷 기업 아마존에 매각되었다. 일반 기업 합병 과정에서 거래되는 어마어마한 숫자에 비해 제프베조스라는 아마존닷컴 주인이《워싱턴 포스트》에 지불한 2억5천만 불이라는 액수는 우리에게도 대단히 많아 보이지는 않는다. 우리가 신문을 대하며 살아왔던 지난 반세기 동안《워싱턴 포스트》가 해냈던 역할을 아는 사람들이 갖는 허무감은 어쩔 수 없다. 세계적인 정론지로서《워싱턴 포스트》가 가졌던 대단한 위상만이 아니라 사회 전반에서 그 신문이 끼친 파워는 절대적이었다.

워터게이트사건을 언론사주의 결정으로 당당하게 보도하여 대통령을 하야시킨 사건은, 그 이후 수많은 언론사에 높은 도덕성을 가늠하는 잣대로 사용되었다.《워싱턴 포스트》가 워터게이트 사건의 보도로 국익과 국민이 알 권리를 지켜 내기 위해 절대 권력에 도전할 수 있는 힘을 보여준 사건은 세계의 모든 나라에 언론과 지도자가 어떻게 해야 하는가를 보여준 귀한 사례이다. 두려움 속에서도 워터게이트에 대한 기사를 싣도록 허락한 사주 그레이험 여사의 용기 있는 태도는 같은 여성으로서도 두고두고 본받을 만하다. 전통 있는 세계적 신문이 인터넷 서적상에게 팔렸다는 것은 아이러니칼하다. 이번 사건으로 이제 과거 삶의 양식은 완전히 종식되었음을 선언하는 것으로도 보인다.

우리는 철저하게 활자 문화 세대이다. 어린 시절엔 대문 앞에 떨어진 신문을 아버지에게 가져다 드리는 것으로 하루 일과가 시작되었고, 어른들은 다 본 신문을 곱게 펴서 천정에 닿을 정도로 쌓아 두셨다. 신문사 조판공들이 작은 활자를 하나하나 핀셋으로 뽑아내어 조판하는 과정은 지난했지만 숭고해 보이기까지 했다.

개화기에 신문이 우리 사회에 특별히 문학에 끼친 영향은 얼마나 지대했나? 선각자들은 민중을 계몽하는 방편으로 잘 알려진 구비문학, 위인전 등을 우리말로 옮겨 신문, 잡지 등에 실어 민중들이 읽도록 했다. 그 내용은 큰 변화 없이 몇 십 년이 흘러 우리 세대에까지 조금씩 윤색되어 읽혀졌다. 선각자들이 계몽의 수단으로 사용하였던 이야기들은, 대중들이 습득하기 어려웠던 한문에 비해 쉽게 읽을 수 있었던 한글을 보급시키고 한국문학을 빠른 속도로 발전시키는 데 한몫을 했다.

민중의 의식을 각성시키는 목적으로 사용되었던 글들은 한국 문학의 발전이라는 부차적인 소득으로 나타났다. 신문과 문학이 서로 상부상조하며 인기 있는 연재소설이 신문 발행 부수를 올리고 이름이 알려진 작가들이 신문에 쓴 연재소설들이 역사 소설을 포함한 한국 장편 소설의 역사에 기여했음은 분명하다. 신문 연재소설들이 지면의 특성상 통속적이라는 비난을 면치 못하는 점이 있겠지만 많은 독자들을 문학의 장으로 끌어들인 공로는 무엇보다 우선한다.

어느 나라든지 근대화되는 과정에서 언론, 특별히 신문의 역할은 지대했다. 언론의 목표가 계몽일 수만은 없으며 그 추구하는 바가 시대마다 조금씩 다르긴 하겠지만, 저널리즘의 변하지 않는 가치는 이 사회를 정의롭고 올바른 방향으로 이끌고 가는 것이다. 신문의 신속한 뉴스 전달은 라디오와 텔레비전이 보급되면서 떨어지는 것으로 보였지만 이젠 스마트폰 등을 통해 새로운 방식으로 뉴스가 전달된다. 종이 신문은 점점 사라지지만 스마트폰과 같은 새로운 미디어가 그 자리를 대신한다.

20년 전 쯤 만해도 신문을 안 읽는 학생들에 대해 한심하다는 생각을 했지만 요즘은 대학생들이 신문을 안 읽는 것을 당연하게 받아들인다. 전체 가구에서 10% 정도가 신문을 읽는 상황에서 대학생이 신문을 안 읽는 것은 당연한지 모르겠다. 그뿐인가? 대학의 학과 이름에서도 신문이라는 단어는 슬그머니 빠지고 언론 · 홍보 · 영상 등의 그럴싸하고 현란한 이름이 그 자리를 차지했다.

신문을 포함한 종이를 통한 활자 매체의 시대가 끝나고 모니터를 통해서 지식과 정보를 습득하는 디지털 세대의 공부 방식은 획일화되었다는 것이 특징이다. 넘쳐나는 정보를 대강 스캐닝해서 입력한 학생들의 사고는 천편일률적이다. 대부분의 학생들이 모니터를 통해 빠른 시간에 취사선택해서 습득한 정보가 유사하기 때문으로 보인다. 다양한 시각과 개성에 의해 엄격하게 선택된 도서의 활자를 통한 지식이 아니라서 일까?

텔레비전 화면에 등장하는 유사한 인물들의 모습을 구별하기 어려운 것처럼 학생 개개인이 지닌 능력을 변별하기는 쉽지 않다. 외모도 사고도 유사한 인물들이 넘쳐나는 사회에서 자신이 누구인가를 정확하게 표출하기는 어렵다. 문학 분야에서도 특별하게 대단한 작가가 자주 등장하지는 않지만 대부분의 사람들이 어느 정도의 글은 쓰는 것으로 보인다. 모든 분야에서 표현의 능력도 균질화 되었다고 할까? 라디오나 인터넷 카페 등에 올라오는 글들을 보면 대부분 글쓰기에 어느 정도는 재간이 있는 것으로 보인다. 그래서 학생들도 문학 작품을 읽는 일에 등한한가?

신문을 비롯한 활자 매체가 예전만큼 영향력이 없어져서 사람들의 성향이 달라졌다고 단언할 수는 없지만, 이 시대를 살아가는 대중은 활자 매체가 처음 나올 때보다 더 커다란 변화를 겪고 있다. 인터넷 매체의 발전과 변화는 지금도 지속되지만, 그 세계가 가져온 인간 대 인간의 개별적인 소통을 거부하는 비인간적인 측면에 대한 저항은 일찌감치 시작되었다. 획일화된 아파트에서 사는 것을 당연시하던 사람들은 도시를 떠나 전원에서 살고 싶어 한다. 그렇게 빠른 시간에 전 국민의 50% 이상이 아파트를 비롯한 공동 주택에서 사는 것을 당연한 것으로 받아들였으나 이제는 변화가 나타나기 시작한다.

전 국토가 층수를 높이며 아파트를 끝없이 지어댈 것 같더니 이제는 주춤하는 분위기이다. 그 대신 새마을 운동을 하며 초가지붕 대신 슬레이트를 얹었던 낡은 집에서 다 쓰러져 가는 기둥과 서까래를 조심스럽게 살리고 보강하여 새로운 전원주택으로 꾸미는 사람들이 있다. 힘들겠지만 소중한 작업임에 분명하고, 그런 일을 젊은이들이 하고 있는 것에 더 대견하게 생각된다. 철거하고 새로 짓는 공사에 지친 사람들에게 그런 행위들은 신선하게 느껴진다.

일사불란하게 그만그만한 외형들 속에서 형성된 특징 없는 사고의 균일화는 결코 민주화와는 거리가 먼 것이다. 독특한 자기 세계를 형성하는 것이 이 시대 젊은이들에게 주어진 또 다른 과제일 수 있다. 문화예술의 흐름을 비롯하여 대부분의 사회 현상이 정점에 도달하면 변화를 시도하는 것은 당연하다. 현재는 또 다른 변화가 요구되는 시기이다. (2019)

지난여름에 생긴 일

태풍 볼라벤이 엄청난 피해를 내고 북쪽으로 올라갔다. 며칠 전부터 언론은 태풍 볼라벤이 한반도에 다가올 것에 대비해 주의를 계속 환기시켰지만 공포심만 더 가중시켰을 뿐 피해를 감소시키는 데에는 한계가 있었다. 전 국토와 인근 바다를 몇 시간 동안 휩쓸고 지나간 거대한 태풍은 이번에도 어마어마한 피해를 속출하고 북쪽으로 이동했다. 태풍이 한반도에 진입하기 며칠 전부터, 기상청은 언론을 통해 태풍이 몇 시에 어디를 지날지, 강도가 얼마나 셀지를 시시각각으로 보도했는데 이는 마치 적군이 언제 폭격을 가할 것인지를 예고하는 전투 준비 상황을 방불하게 했다.

아무리 그랬어도 태풍이라는 적군은 한반도 남서부를 중심으로 농가와 어촌에 어마어마한 피해를 입혔다. 과수원에서 지은 한 해 농사가 모두 떨어져 절망스러워 하는 농민들의 낙심하는 표정이나, 어촌 가두리 양식장의 전복을 비롯한 어류들은 흔적도 없이 사라져 어민들이 넋을 놓고 앉아 있는 화면을 바라보면 가슴이 답답했다. 농민이 80%가 넘던

이 나라가 수출 주도형 국가로 바뀌면서 대부분의 곡식과 식품들을 수입해서 먹는 생활을 당연한 것으로 받아들이게 되었다. 세계적인 이상 기후로 곡물 값에 비상이 걸린 모양인데 올 겨울을 제대로 날 수 있을지 걱정이다.

지난여름 태풍이 오기 전 오래도록 계속된 기록적인 무더위는 멀쩡한 사람들도 더위에 쓰러지게 만들었다. 그 더위에 아스팔트 포장 공사에 인두질을 하는 인부들도 있었고, 여기저기 공사 현장에서 작업을 하는 분들은 더위를 식힐 수 없이 땡볕에서 땀을 흘려야 했다. 이런 상황에서 내 자식은, 내 형제는 실내 시원한 곳에서 일한다고 가슴을 쓸어내릴 수 없는 것이 우리 현실이다. 이 시대에 내 자식, 내 혈육의 안전과 경제적인 풍요를 도모하는 일에 온 힘을 기울일 수 없는 것은 나이 들어가는 사람으로서 당연할 것이다. 시대가 변화했고, 이 시대가 요구하는 미덕은 과거의 기준과는 아주 다를 것이기 때문이다.

어떤 형태로든 자신이 속한 공동체 안에서만이 아니라 인류는 같이 살아가야 하는 것이 당연하고, 국가와 사회, 세계의 변화에 영향력을 행사하는 사람들은 모두 그 방법을 찾고 있는 것으로 보인다. 이 사회의 구성원인 우리도 아주 작은 것에서부터 실천 방안을 찾아야 할 것이다.

동네 주민 센터에서 탁구를 치고 있다. 나이 들어가며 자신감이 없을 때 역시 몸으로 하는 운동이 제일이라는 자만심까지 갖고 주민 센터 지하에서 게임을 하며 땀을 흘릴 때는 올림픽 선수들이 느끼는 감격에 못지않다. 화투를 비롯해서 어떤 게임도 해본 적이 없는 내가 원하는 만큼 공이 잘 들어갔을 때 저절로 나오는 환호에 나 스스로도 놀란다.

올여름 더위가 기승을 부리면서 전력난에 대한 얘기가 솔솔 나오더니 한전에서 여유 전력이 얼마라는 보고가 뉴스거리가 되면서 관공서의 실내 온도를 26도에 맞추고, 공무원을 반바지로 근무하게 하는 등 전력 소비를 감축시키는 방안이 연일 보도되었다. 주민 센터 지하에 있는 탁구장도 예외는 아니어서 온도는 26도에 고정시키고, 조명을 하는 형광등을 30% 이상 빼버렸다. 탁구장 온도를 높이는 것은 땀을 흘리다 보면 더위도 잊고 지낼 만한데, 전구를 몇 개씩 빼고 조명을 줄이는 것은 참기가 어렵다. 흐릿한 공간에서 작은 하얀색 공을 따라 움직여야 할 때는 머리까지 아프다.

지하 탁구장보다 1층에 있는 주민 센터 내부는 30도는 족히 될 정도로 푹푹 찐다. 주민 센터만의 문제가 아니라 인구가 밀집해 있는 서울에서 전력 소비를 줄일 수 있는 것은 한계가 있을 텐데 걱정이 앞선다. 소비와 풍요를 만끽하며 지내온 세대가 절약을 할 수 있는 한계는 어디까지일지 걱정스럽다. 우유나 신문 배달을 비롯한 배달원들에게 엘리베이터를 사용하지 못하게 하는 아파트들이 생겼다는 보도도 인간의 비정함이 어디까지 나타날지 사뭇 걱정스럽게 하는 이야기였다.

대한민국 인구의 반이 서울과 경기도 인근에 모여 있는 기형적인 도시 구조에서 어떻게 전기 공급에 대한 두려움 없이 살아낼 수 있을까? 옛날엔 물만 잘 관리하면 성군이라고 했다는데, 이제는 전기만 잘 관리하면 훌륭한 지도자가 될 듯하다. 원전이 해결책이 될 수 없는 상황에서 우리가 할 수 있는 일이 무엇일까?

전기 못지않게 문제되는 것이 물이다. 환경 문제를 생각하지 않아도 물이 자원으로서 미래에 큰 문제가 될 것이라는 것을 알지만, 어떤 식으로 사용해야 하는지에 대해서는 잘 생각하지 못한다. 그저 옛날 할머니들이 하시던 물 아껴 쓰라는 말 정도나 생각할 뿐이다.

빌게이츠 부부가 운영하는 재단에서 발표한 바에 따르면 세계 물 사용량의 1/4 이 화장실 변기에서 사용된다고 한다. 최근에 빌게이츠 재단에서는 화장실에서 사용하는 물을 어떻게 하면 줄일 수 있는가를 공모 과제로 많은 연구비를 지급하고 있다고 한다. 미국식 대형 마트인 코스트코에 갔을 때 화장실까지 아메리칸 스탠다드 변기를 설치해서 서양인에 비해 상대적으로 체격이 작은 동양 사람들에게 불편하게 미국식을 강요하는 듯해서 불쾌했는데, 변기에서 사용하는 물의 양까지 신경 쓰는 것에 나름 주눅이 들었다.

30년 쯤 전인가 드라마에서 고집스런 아버지상을 상징하는 척도로 화장실을 집안에 두는 것을 허용하는가 안하는가 하는 것에 두었던 기억이 난다. 밥 먹는 곳 옆에 화장실을 둘 수 없다며 대문 옆에 따로 변소를 두어야 한다는 고집스런 어른들이 있었다. 그 하나로 완고함과 비타협성을 비롯한 모든 성격을 대변한다. 여담이지만 고등학교에 다닐 때 새로운 건물에 수세식 화장실이 있던 학교에서는 한 학기에 한번 정도는 두루마리 화장지를 학교에 가져가야 했다. 여학생들이 화장지를 들고 등교하는 것이 부끄러울 법도 했지만 그렇지 못한 학교가 태반이던 시절이라 아무렇지도 않게 들고 다녔다.

결국 우리에게 가장 중요한 것은 먹고, 배설하는 일인 듯하다. 이 나라에서 수확한 곡식과 채소, 약간의 고기, 인근 바다에서 잡은 생선 몇 마리와 과일을 가끔 먹을 수 있으면 되는 것이 우리 식생활이지만 이를 충족시키는 일이 만만치 않아 보인다. 형광등 몇 개로 견딜 수 있었던 전력은 이제 여름이면 여름대로, 겨울이면 겨울대로 엄청난 양의 전력이 필요한 사회에서 살고 있다.

밀폐된 가옥과 건물 구조가 실내 냉방과 난방을 못하면 견딜 수 없도록 되어 있는 상황에서 냉장고, 에어컨은 필수품으로 되었다. 저녁 찬거리를 사러 장바구니를 들고 시장에 가던 어머니의 모습은 일주일에 한번 대형 마트에서 온 가족이 일주일 동안 쓸 물건을 산더미처럼 사가지고 가는 모습으로 바뀌었다. 부부가 모두 직장생활을 하는 가정이 대부분이어서 집에서는 하루에 한 끼 정도도 식사를 할까 말까 하는 가정이 태반이라는데 그 많은 음식을 어떻게 하는지 심히 궁금하다.

경제의 순환을 생각하면 우리가 한없이 절약만 한다고 해결되는 문제는 아니지만, 작금의 이상 기후의 주범이 에너지의 과잉 사용이라니, 환경론자들이 아니어도 우리 모두 머리를 맞대고 방법을 찾아야 할 것이다. 우선 감수해야 할 부분은 불편함을 참는 연습부터 해야 할 것이다. 전쟁의 끝자락에서 자라왔던 우리 세대의 빈곤을 그대로 강요할 수는 없지만, 촛불이나 램프 불에서 시작하여 전력을 사용한 온갖 편리함을 다 누려보고, 방 옆에 붙은 화장실에서 볼 일을 보고 물 쓰듯이 물을 써버린 우리 세대가 솔선수범해야 하지 않을지. 무엇보다 내적인 성찰이 요구되는 시기인 것은 말할 것도 없다. (2016)

보름달

올해도 정월 보름달은 밝지 못했다. 보름날 밤 내부 순환도로 운전석에서 바라본 보름달은 색도 투명하지 못할 뿐만 아니라 크기도 작아서 볼품이 없었다. 겨우내 먼지를 뒤집어쓴 둥근 가로등 사이로 비치는 달은 너무 작아서 한참만에야 보름달임을 알 수 있었다. 가로등에 파묻혀 진가를 발휘하지 못하는 달이 우주의 질서를 전달하기에는 한계가 있었다. '뒷동산에 올라가 달을 따서 망태에 담아'에서 시작된 달에 대한 추억은 70년대 개발 기에 대형 제과점에서 생산한 '보름달 빵'으로 연결될 때까지만 해도 낭만적으로 연상되었다. 그 이후 산업화 과정을 겪으며 달과 별은 깊은 산 속이나 바다 등 자연적인 공간으로 특별히 찾아가기 전에는 제대로 보기가 어렵게 되었다.

몇 년 전 경남 언양 근처 신불산 등산을 한 후 바라본 쏟아지는 별에 대한 기억으로 몇 년 동안은 행복할 지경이었다. 밤을 새워 기차를 타며 사막을 이동했던 실크로드 여행에서 바라본 밤하늘의 별은 얼마나 장엄

했는지. 중국인들이 그렇게 자랑하는 돈황의 문화재에 대한 감동보다 사막에 쏟아지는 별빛과 달에 대한 기억이 오래도록 남는 것도 오염되지 않은 자연이 주는 선물이다.

여섯 살이 된 손주와 함께 이틀 동안 돌아다닌 충청남도 주변의 풍경은 아직 봄이 시작되지 않았지만 충분히 좋았다. 지난 몇 십 년 동안 열심히 심은 나무들은 이제 잘 생긴 몸피를 드러냈고, 아지랑이처럼 스물 스물 피어오르는 대기는 봄이었다. 무엇보다 어린아이가 자연을 좋아하는 것이 신기했다. 인간은 태생적으로 가르치지 않아도 자연을 좋아하고 자연에서 살도록 되어 있는 것을 확인할 수 있었다.

자연과학의 발달이 극대화된 사회를 체험한 우리 세대가 요즘 추구하는 바는 오염되지 않고 훼손되지 않은 자연에 대한 갈망일지도 모른다. 첨단과학이 변모시킨 우리 생활의 편리함은 사회를, 특별히 여성들의 삶의 양식을 많이 개선시켰음을 부정할 수는 없다. 우리 세대는 천으로 만든 기저귀를 빨아서 쓰는 것이 당연했지만 세탁기는 없었다.

요즘 젊은 엄마들은 종이 기저귀를 비롯한 다양한 유아용품이 구비되었지만 정신을 차릴 수 없이 바쁘다. 인터넷을 비롯한 모든 매체에서 전달하는 육아법을 따르자면 그럴 수밖에 없는 모양이다. 완벽한 육아법이 무엇일까? 오염된 환경을 피하는 것도 중요한 과제로 보인다. 종일 밭 매고 논매다 집에 들어가 애기를 낳았다는 우리의 부모 세대는 걱정하지 않았던 일인 듯하다.

변화된 환경은 인간의 의식을 변모시킨다. 자본이 최상의 가치로 생각되는 현대사회에서 이를 획득하는 방법이 정당하지만은 않은 것이 문제가 된다. 새 정부가 들어서면서 청문회로 공직에 기용되는 분들에 대한 검증이 제도화되면서 그들의 삶의 궤적이 백일하에 노출되는 것에 익숙해졌다. 그 분들에게 일차적으로 요구되는 것은 부처에 따라 일의 수행 능력이 우선일 것이지만, 이는 사회적인 과거 경력으로 인정하고 시작하는 분위기이다.

검증 과정에서 그 분들에게 요구되는 철학적, 도덕적 기준을 판가름할 때 경제적 삶을 어떻게 살아왔는가에 집중되는 분위기를 보면, 역시 이 나라가 자본주의 사회임이 확실하다. 그럼에도 문제가 되는 분들의 사연은 허접하고, 궁색해서 듣기에 민망한 경우가 대부분이다. 평범한 대부분의 국민이 묵묵히 가는 길을 마다하고 편법을 쓰는 것은 오염된 우리 현실인 듯해서 불쾌하다.

해마다 초겨울에 심은 튤립 구근은 올해도 추위가 아직 가시지 않았는데도 어느 날 똑같이 새싹을 내밀었다. 몇 십 개의 구근이 땅 속에서 약속이나 한 듯이 동시에 싹이 나오고, 꽃샘추위로 영하로 내려가는 날을 몇 번이나 견딘 후에 우아한 꽃을 피운다. 공정하게, 술수를 부리지 않고, 그들의 소임을 다하는 식물의 세계는 기특하다. 방부제를 너무 많이 뿌려 며칠이 지나도 상하지 않았던 '보름달 빵'은 없어졌지만 끊임없이 불량식품은 우리를 위협한다. (2017)

우리를 지탱해 주는 것들

요즈음은 6,70년대 한국 영화배우들의 연기에 더빙을 했던 성우들의 부자연스러운 목소리를 흉내 내는 광고가 유행이다. 탈북자들이 늘어나면서 어떤 광고는 북한 말씨까지 혼합한 것도 있다. 어떤 경우이든 21세기가 시작된다는 요즈음 갑자기 불어 닥친 촌스런 복고풍 목소리의 흉내 내기는 그 화려한 영상 기기의 세련됨과는 전혀 이질적인 부조화로 소비자들의 관심을 불러일으킨다. 엄앵란이든 김지미든 관계없이 주연 여배우는 고은정이라는 성우의 목소리로 최무룡, 김진규, 신성일 등의 남자 배우는 모두 이창훈이라는 성우의 목소리로 나왔던 것 같다. 배우의 이미지들이 다 다르고 영화에서 인물들의 성격도 물론 다른데 어떻게 똑같은 목소리로 더빙을 했는지 모르겠다.

최고의 외모에 최고의 목소리가 합성되어 만들어낸 조형적인 아름다움을 표현하고 싶었을 것이다. 그 어색한 행동과 대사에 향수를 느끼며 옛날 필름을 보는 것은 좋은 영화라거나 감동을 받아서가 아니라 우리가 살았던 그 시간들이 소중하기 때문일 것이다. 비오는 화면, 여주인공의 수줍음을 표현하기 위해 꼭 사용되었던 손수건, 지적이고 우수에 찬 매력 있는 남성은 모두 버버리코트 깃을 올리고 바람 부는 언덕에 서 있었다. 아! 그래도 참 괜찮은 배우들이 많았었지. 문정숙, 주증녀, 이민자, 이빈화 등등… 김진규, 최무룡 같은 잘생긴 배우들도 좋았지만, 허장강, 이예춘, 장동휘, 황해, 독고성 같은 소위 조연급 배우들이 더 기억에 남는다.

몇 년 전 한국 영화에 평생을 바치신 후배 아버지의 장례식엘 갔더니, 배우 장동휘씨가 '형님'하는 외마디 소리를 지르며 조사를 읽는데 무척 감동적이었다. 화면에서 보여 주었던 열혈남아의 모습을 현실에서도 유감없이 보여주었던 그는 역시 배우였다. 그렇게 열심히 보았던 영화의 몇 장면이나 뚜렷하게 내 기억 속에 남아 있을지 모르지만, 그 영화들을 통해 받았던 느낌이며 감독의 세계관들은 지금까지 내 인생 어디엔가 스며있다고 나는 생각한다.

얼마 전에는 '금지곡 모음집'이라는 카셋 테이프가 돌아다녀서 들어보았더니, 군사 정권 하에서 비판적인 노래라고 분류되었던 소위 통기타 가수들의 노래들이었다. 우리는 그 속에서 현실 비판의 울분보다는 서정성이나 애수를 느끼며 술잔을 기울였는데, 왜 금지까지 시키며 젊은이들의 반항 정신을 자극했는지 모르겠다. 그 금지곡들이 나오다가 중간쯤에서 카바레 분위기의 경음악이 깔리면서 갑자기 이상한 대사가 나오기 시작했다. "경아, 오래간만에 같이 누워보는군." 느끼한 중년 남자의 목소리로 시작되는 영화 〈별들의 고향〉 중 한 부분이었다. 80년대 술집

호스티스의 전형 경아도 고은정의 목소리였다.

어머니가 계시는 고향에 편지를 보냈는데 주소불명으로 돌아왔다는 경아의 사연을 들으면서 나는 〈77번 미스 김〉의 김지미를 생각했다. 산업화의 기치 아래 산천은 파헤쳐지고 사람들은 고향을 떠나야 했다. 고향 떠난 사람들이 살아낼 수 있는 길은 육체를 담보로 하는 방법밖에 없었다. 그래서 나온 경아의 이야기도 사회를 비판했다고 해서 금지되었었나보다. 그 후의 많은 젊은이들은 다만 코미디 대사로 생각할 뿐인 그 구절을 말이다. 내 머리 속에서 〈별들의 고향〉과 〈77번 미스 김〉의 변별력이 없어졌듯이, 이십 년 전이었던가 삼십 년 전이었던가 아스무라한 시간 저 편에서 우리를 고통스럽게 또는 환희에 차게 했던 그 많은 사건들은 이제 기억으로 존재하기도 어렵다.

어머니의 등에서 한국 전쟁을 경험했던 나는 중학교에 입학하고 며칠 안 되었을 때 종례시간에 담임 선생님에게서 내일부터는 특별한 연락이 있을 때까지 학교에 오지 않아도 괜찮다는 말을 들었다. 집으로 돌아오는 길에 북으로 북으로 향하는 대학생들의 트럭을 보았고 불타는 파출소를 보았다. 4·19였다.

그 뒤로부터 지금까지 참 많은 일들이 섞이고 쌓이고 잊혀지고 또 많은 것들이 내 머리 속에 가슴 속에 남아 있다. 정작 나는 기억하지 못하는 것들을 옆 사람들에게서 "네가 그때 그렇게 말했어." "너 그때 그렇게 했지 않니?" 라는 말을 들을 때마다 깜짝깜짝 놀래곤 한다. 내 기억 속에 전혀 없는 시간들을 과연 살았다고 할 수 있을까 하는 생각도 든다.

요즈음 사람들이 나이 들어가면서 제일 두려워하는 것이 치매인 모양이다. 우리 주위에서도 흔하게 발견되는 이 병의 기억 상실 정도는 우리가 상상할 수 없다. 그분들을 통해 우리는 평생 동안 쌓았던 지적인 업적이나 고매한 인품이 얼마나 덧없는 것인지를 확인할 뿐이다. 우리가 존경하는 큰 스승인 선생님 한 분은 치매에 걸리신 후 원고지를 달라고 하시고는 계속해서 당신 이름을 칸 속에 써넣는 일을 하셨다고 한다. 물론 그렇게 조용한 일만을 하시는 것은 아니었고 누구에게든지 총을 쏘는 시늉을 하신 다든지 어렸을 때나 사용했을 법한 욕도 서슴치 않으셨단다. 자식과 이야기를 나누다가도 "그런데 누구세요?"는 보통이다.

평생 동안 노력해서 쌓은 지적인 퇴적물과 고양된 감정들은 재난을 당한 듯이 다 날아가 버리고 본능적인 육신만이 남아서 주위 사람들을 가슴 아프게 한다. 육체는 어떤가? 세상을 살아가며 만들어진 육신의 모든 것은 다 빠지고 얼마나 작은 몸뚱이로 이 세상을 떠나는지. 결국 이 세상에서 받은 모든 것들을 다 버리고 한 줌 흙으로 돌아간다는 것을 인간의 실체를 통해서 보여 주지 않는가.

인쇄된 자료들에 의지해 논문이나 책을 썼던 우리 세대에게 인터넷으로 쏟아져 나오는 그 엄청난 양의 자료들은 인간을 거대한 홍수 속에서 허우적거리는 작은 물고기에 지나지 않는다는 생각도 들게 한다. 우리의 머릿속에 어느 정도의 용량을 입력할 수 있을까? 기껏해야 디스켓 몇 개 분량을 집어넣을 수 있을 것이다. 그럼에도 현재 진행되는 모든 자연과학의 발달은 평범한 사람들을 공포스럽게 만든다.

우리가 만든 과학의 산물에 다 먹히고 인간의 인간다움을 증명할 수 있는 것이 무엇일까? 결국 우리에게 믿을 것이라고는 이 엄청난 혼돈을 정리하며 살아갈 수 있는 올바른 사유 체계밖에는 없을 것이라는 생각이다. 그나마 영혼이든 육신이든 인간의 품위를 지켜가며 생을 끝내기 위한 노력은 자신에게서 찾을 수밖에 없을 것이다. (2015)